AF140134

Bibliografische Information der Deutschen Nationalbibliothek:
Die Deutsche Nationalbibliothek verzeichnet diese Publikation
in der Deutschen Nationalbibliografie; detaillierte bibliografische
Daten sind im Internet über http:// dnb.dnb.de abrufbar.

Zweite Auflage
© 2016 Sabine Kalkowski
Herstellung und Verlag:
BoD-Books on Demand, Norderstedt

ISBN: 978-3-7347-2971-3

Prolog

Erst war es nur ein kleiner, heller Punkt am Nachthimmel, von niemandem bemerkt, denn es war niemand da, der ihn bemerken konnte. Die Tiere schenkten dem Himmel keine Beachtung.

Der kleine Punkt wuchs, wurde größer, bis er auch am Tag über dem Meer zu sehen war.

Irgendwann war er kein Punkt mehr. Sein Leuchten füllte den ganzen Himmel aus. Nun nahmen auch die Tiere Notiz, spürten, dass sich etwas näherte, etwas Bedrohliches, etwas, das nicht in diese Welt gehörte.

Mit dem Leuchten kam ein Grollen, erst ganz leise, dann immer lauter. Aber es kam nicht von dem Licht. Es kam aus den Bergen, welche die kleine, fruchtbare, grüne Ebene an drei Seiten begrenzten. Die Tiere waren gefangen zwischen dem Leuchten über dem Meer und den grollenden Bergen. In ihrer Unruhe drängten sie von einer Grenze zur anderen und zurück. Aus dem Licht wurde ein gleißender Blitz, als der Meteorit in den Ozean einschlug. Erst war es totenstill, selbst das Grollen war verstummt. Dann kam die Druckwelle mit ohrenbetäubendem Gebrüll und sengender Hitze, die alles auf der Ebene zu Staub verbrannte. Dann kam die Flut, brandete in riesigen Wellen gegen das Gebirge und begrub die verbrannte Erde unter sich. Was den Feuersturm in einer Höhle in der Erde überlebt hatte, ertrank nun in den Wassermassen. Aber nicht alles starb. Tief im Berg regte sich etwas. Es hatte das Nahen des Meteoriten gespürt und war von ihm in seiner Ruhe gestört worden. Nun regte es sich, tastete die Felsen entlang und fand Silberadern. Es kroch in das Silber, ließ es flüssig werden und formte einen handflächengroßen Ring. Es dehnte das umliegende Gestein, bewegte sich und weckte den schlafenden Vulkan. Mit einem Dröhnen und Krachen brach er aus und schleuderte mit der flüssigen Lava und der Asche auch den Ring heraus, der ins Wasser fiel und auf den Grund sank. Dort sollte er viele tausend Jahre ruhen und warten.

Er sah das Wasser zurückgehen und das Land zu neuem Leben erwachen. Er sah den Vulkan mehrere Male ausbrechen und seine nähere Umgebung in eine Einöde verwandeln. Und schließlich sah er, wie einige Menschen das Gebirge überwanden und sich auf der grünen Ebene niederließen. Sie tauften dieses Stück Land Araquitar, was in ihrer Sprache lebendiges Land bedeutete.

Die Menschen vermehrten sich und breiteten sich immer weiter auf der Ebene aus. Auf der Suche nach Erzen und Edelsteinen kamen sie auch eines Tages zum Vulkan.

Der magische Feuerring

Der erste Quitadar

Beginn der Aufzeichnung

„Nador, komm zurück!"
Nador drehte sich zu seiner Schwester um und winkte.
Er spürte, wie sich Steine unter seinen Füßen lösten und
zu rutschen begannen. Rasch hörte er auf zu winken und
kletterte den Hang noch ein Stück höher.
„Nador!"
Norias Stimme nahm einen schrillen Klang an. Nador
ignorierte sie. Er wusste, dass sie, wenn sie zu den
anderen zurückkehrten, seinem Vater petzen würde, dass
er weiter als erlaubt den Hang hinaufgeklettert war. Aber
das war ihm egal. Er konnte sehr gut klettern und das
Risiko einschätzen. Seit einigen Tagen zeltete seine
Familie am Rand der Steinwüste, die den toten Vulkan
umgab. Die Steinwüste grenzte direkt an die Weiden, die
zu ihrem Hof gehörten. Vor zwei Wochen hatte sein
Vater einen Stein aus dem Huf eines ihrer Ponys
entfernt. Und dieser Stein hatte sich als Edelstein
entpuppt. Die einzige Erklärung dafür war, dass sich die
kleine Stute bei der Nahrungssuche zu weit in die
Steinwüste vorgewagt hatte. Vielleicht hatte sie auch
etwas aufgeschreckt, ein lautes Geräusch oder eine
unerwartete Bewegung in einem der flachen Büsche am
Rand der Steinwüste. Oder vielleicht ein Rudel Godros,
wilde Hunde, die eigentlich in den Wäldern am Fuß des
Gebirges lebten. Immer wieder rissen sie Herdentiere.
„Nador! Ich gehe jetzt zu Papa!"

Nador seufzte. Noria konnte eine wahre Nervensäge sein.

Ein Glitzern erregte seine Aufmerksamkeit. Das Licht der letzten Sonnenstrahlen hatte sich in etwas verfangen. Er kletterte langsam seitwärts über das lose Geröll, Norias forderndes Geschrei ignorierend. An der Stelle angekommen, schob er vorsichtig die Steine und den Sand beiseite und legte einen silbernen, etwa handflächengroßen Ring frei. Er nahm ihn in die Hand. Der Ring fühlte sich merkwürdig warm und lebendig an.

„Nador!"

Norias Gezeter hatte seinen Vater angelockt. Schnell steckte Nador den Ring ein und kletterte, so rasch wie der rutschige Hang es zuließ, zu seinem Vater hinab. Bevor dieser seine Strafpredigt loslassen konnte, zog Nador eine Hand voll Steine aus der Tasche.

„Ich glaube, das könnten welche sein."

Er gab sie seinem Vater in die Hand und hielt seinem strengen Blick stand. Schließlich sah sich sein Vater die Steine genauer an. Einige sortierte er aus und warf sie weg, aber das Lächeln, das sich in sein Gesicht stahl, ließ keinen Zweifel zu.

„Du hast sie in diesem Hang gefunden?"

Nador nickte.

„Lose im Geröll, ich denke, wir finden noch viel mehr, wenn wir etwas tiefer graben."

„Gut gemacht."

Er gab Nador einen Klaps auf die Schulter und gemeinsam gingen sie zur Familie zurück, die an einem anderen Hangabschnitt gesucht hatte.

Noria zog einen Flunsch, weil die erwartete Strafpredigt ausblieb und Nador streckte ihr die Zunge heraus.

Schweigend folgten sie ihrem Vater. Nador steckte die Hand in die Tasche, berührte den Ring und fühlte, dass er unter seiner Berührung zu vibrieren begann.

Am Abend saßen sie noch eine Weile am Lagerfeuer zusammen. Nador schaute schläfrig den tanzenden Flammen zu, während er mit halbem Ohr den Unterhaltungen lauschte. Sein Blick fiel auf den alten Tok, der mit Tusche etwas auf das grobe, handgeschöpfte Papier schrieb, das sie sonst für die Aufzeichnungen der Ernteerträge nutzten. Seine Neugier war geweckt und er setzte sich neben Tok, um zu schauen, was er da schrieb.

„Was schreibst du da?", fragte Nador und versuchte einen Blick auf das Blatt auf Toks Knien zu erhaschen.
Tok lächelte stolz.

„Das ist unsere Geschichte. Sie muss doch für unsere Nachfahren aufgezeichnet werden. Da, lies! Ich bin schon an der Stelle angelangt, wo unser Klan das Ende der Welt überquert."
Nador wollte erst dankend ablehnen, hatte er die Geschichte doch schon viele Male gehört. Aber das Leuchten in Toks Augen ließ ihn die Seiten nehmen, die ihm entgegengestreckt wurden. 'Aufzeichnung Band 1: Die Entdeckung von Araquitar' stand in Toks krakeliger Schrift über dem Text. Nador seufzte tief. Lesen und Schreiben war nie seine Lieblingsbeschäftigung gewesen, so sehr seine Mutter sich auch bemüht hatte. Er rückte ein wenig näher an das Feuer, um mehr Licht zu bekommen und begann zu lesen.
'Rau ist das Leben im Quitar-Gebirge und nur die Stärksten überleben. Doch manchmal sind auch die

Stärksten zu schwach. Unser Volk lebte in Klans zusammen, die sich das weite, aber trockene Land östlich des Quitar-Gebirges teilten. Jeder Klan beanspruchte sein eigenes Gebiet an den Hängen des Quitar-Gebirges. Die einzelnen Großfamilien eines Klans zogen in ihrem Gebiet im Sommer zu den Weiden, die höher im Gebirge lagen. Im Winter zogen sie in tiefer gelegenes Gebiet. Jede Familie hatte ihre eigenen Weidegründe, sodass sie sich nur zweimal im Jahr, im Frühling und im Herbst, versammelten. Dann wurden Neuigkeiten ausgetauscht, Hochzeiten vereinbart und Waren getauscht, bevor die Familien dann weiter zu den Sommer- oder Winterweiden zogen. Der Wolfsklan traf sich immer am roten Berg, der Bärenklan am blauen See, der Adlerklan in der großen Schlucht, der Wieselklan auf der Hochebene am Tafelberg, der Fuchsklan an den klaren Quellen, der Baumklan unter den drei Fichten, der Hasenklan in den großen Höhlen nahe des roten Flusses, der Steinklan an dem Ort, wo man die bunten, glitzernden Steine finden kann. Alle beneideten den Steinklan um diesen Ort. Und mit diesen Steinen begann das Unglück des Wolfsklans. Schon seit einigen Jahren war der sonst schon geringe Regenfall noch spärlicher geworden. Die Mitglieder des Klans litten Hunger, weil sie im Sommer nicht mehr genug Knollen, Getreide- und Grassamen, Wurzeln und Nüsse sammeln konnten. Auch die Weiden gaben nicht mehr genug Gras her. Die Kühe und Stuten gaben weniger Milch. So manches Kalb und so manches Fohlen musste geschlachtet werden, weil auch die Menschen die Milch brauchten. Doch nun fehlten die Tiere. Ein Teufelskreis. Schaffte man es gerade noch, genug zum Überleben zusammenzutragen, blieb doch nichts mehr für die üblichen und notwendigen Tauschgeschäfte. Aber die Tochter des Klanoberhauptes sollte heiraten und für den traditionellen Kopfschmuck brauchte man drei bunte Steine. Doch der Steinklan wollte dem Wolfsklan die Steine nur im Austausch gegen Wurzeln und Grassamen überlassen. Die hatte der Wolfsklan nicht. Doch die Schande, seine Tochter ungeschmückt in die Ehe zu schicken, ließ das Klanoberhaupt des Wolfsklans eine folgenschwere Entscheidung treffen. Er rief die Männer aus allen Familien des Wolfsklans zusammen und sie überfielen die Gebiete der angrenzenden Klans. Die Gebiete des Bärenklans, des Adlerklans, des Baumklans und des Wieselklans. Sie raubten nicht nur die Wurzeln und die Grassamen, um die glitzernden Steine zu bezahlen, sondern viel mehr, denn das Oberhaupt des Wolfsklans hatte den Männern weisgemacht, dass das Gebiet des Wolfsklans das trockenste sei und ihnen die Unterstützung der anderen Klans zustünde. Und da diese ihnen nicht freiwillig helfen würden, müssten sie sich nehmen, was sie bräuchten. Die Männer vertrauten ihrem Klanoberhaupt und so führte er sie ins Verderben. Nach mehreren Überfällen erhoben sich die Klans gemeinsam gegen den Wolfsklan, vertrieben ihn von seinem Land, weit in das Quitar-Gebirge hinein. Viele Mitglieder des Wolfsklans wurden getötet oder starben auf der Flucht. Sie hatten nur die nötigsten Habseligkeiten und einige wenige Pferde und Kühe mitnehmen können. So drangen sie immer tiefer in das Gebirge vor, immer weiter getrieben von ihren unbarmherzigen Verfolgern und kletterten auf den Gebirgsgrat, der das Ende der Welt war. Getrieben von den anderen Klans wagten sie es, über den Rand der Welt zu schauen und anstatt Leere zu finden, erblickten sie ein grünes Land, durchzogen von golden glitzernden Bächen und Flüssen. Ohne zurückzuschauen, überschritten sie die Grenze und zogen in ein neues, besseres Leben. Die anderen Klans folgten ihnen nicht, denn sie glaubten, dass hinter dem Rand der Welt das Nichts war. Und so konnten sich die Überlebenden des Wolfsklans in Frieden ein neues Leben aufbauen.'

Nador schaute auf und blickte in Toks erwartungsvolle Augen. Er gab ihm die Blätter zurück und lächelte.

„Nicht schlecht. Aber du musst gut darauf aufpassen. Das Papier löst sich schon auf, sobald man nur von Regen spricht. Wenn du sie nicht trocken genug aufbewahrst, sind die ersten Seiten von Band 1 deiner Aufzeichnung schon wieder zerfallen, bevor du mit den letzten fertig bist. Vater flucht immer, weil er im Frühjahr kaum noch die Aufzeichnungen der Ernte vom Vorjahr entziffern kann. Immer fehlt eine Ecke."

Nador grinste und Tok winkte ab.

„Ich weiß, ich weiß. Aber ich habe mir schon ein paar Lederhäute besorgt und sie ordentlich eingefettet. Darin können die Aufzeichnungen in einen Gewitterguss geraten und sie werden trocken bleiben!"

Nador sah ihn nur zweifelnd an, denn genau das taten sie mit den Aufzeichnungen der Ernteerträge ja auch und es nützte nachweislich nichts, aber Tok nickte bekräftigend, strich noch einmal liebevoll über die Seiten und legte sie vorsichtig zur Seite. Er nahm ein neues Blatt und erklärte Nador unaufgefordert:

„Ich hoffe, ich schaffe es noch aufzuschreiben, bevor wir wieder zurückkehren, wie die wenigen Überlebenden des Wolfsklans in ihrer neuen Heimat sesshaft wurden, von Nomaden zu Bauern und Viehzüchtern wurden und ihrer neuen Heimat den Namen Araquitar gaben und sich selbst Araquitaner nannten und so ihre traurige Geschichte hinter sich ließen."

Nador nickte ernst. So oft er die Geschichte auch gehört hatte, konnte er sich doch nicht vorstellen, als Nomade zu leben. In einem Zelt zu wohnen, so wie sie es taten, wenn sie sich auf den abgelegeneren Weiden aufhielten, fand er gar nicht so schlimm, zumindest nicht im Sommer, aber im Winter? Das war doch viel zu kalt! Und immer unterwegs sein zu müssen. Nein, das wäre nichts für ihn. Seit ungefähr zehn Generationen lebten die Araquitaner nun schon in Araquitar. Sie hatten sich stark vermehrt, denn es mangelte ja nicht an Platz und die fruchtbare Erde konnte noch viele Menschen mehr ernähren. Sie hatten die wenigen Tiere, die sie mitnehmen konnten, erfolgreich weitergezüchtet und mit dem gezielten Anbau von verschiedenen, wilden Getreidesorten und Gemüsepflanzen begonnen. Von Jahr zu Jahr wuchs der Ertrag. Nador wusste das, weil er seinem Vater seit drei Jahren bei der Aufzeichnung der Ernteerträge helfen musste. Eine schrecklich langweilige Aufgabe. Er schaute zu Tok, der schon wieder fleißig schrieb.

„Vergiss auch nicht die Gründung unserer Hauptstadt, Angor. Sie ist zwar immer noch nicht größer als ein Dorf, aber wer weiß?!", meinte Nador zu Tok.

Der nickte.

„Selbstverständlich nicht. Und ich denke, dass die Aufzeichnungen auch dort gelagert werden sollten."

Er ließ die Feder sinken und starrte verzückt in das Feuer.

„Stell dir vor Nador: Es bleibt ja nicht bei dem einen Band, es werden ja viele hinzukommen und irgendwann einen ganzen Raum füllen, ja ein ganzes Haus. Die Büchersammlung von Araquitar. Auch Rinta sollte ihr Wissen über die Kräuter aufschreiben und dort lagern. Dann könnte jeder dort hingehen und sich bilden! Das wäre doch toll, oder?"

Tok sah Nador aufgeregt an und Nador nickte zustimmend, da das offensichtlich von ihm erwartet wurde. Tok seufzte tief und wandte sich wieder seinem Blatt Papier zu. Nadors Vater setzte sich zu ihnen und knurrte mit einem finsteren Blick auf den schreibenden Tok:

„Schreibst du immer noch an deiner Geschichte? Ich denke wir sollten die Vergangenheit einfach vergessen und diese Verbrecher, diese räudigen Godros, die uns beinahe alle umgebracht hätten, aus unserem Gedächtnis löschen! Wir sind Araquitaner und das allein zählt!"

Doch Tok ließ sich nicht stören und schrieb unbeirrt weiter. Nadors Vater verdrehte nur die Augen, zwinkerte Nador zu und meinte dann leise zu ihm:

„Das Ganze wird den nächsten Regen sowieso nicht überstehen!"

Später, als alle schon schliefen, schlich sich Nador aus dem Zelt, das er mit seiner Schwester teilte, und setzte sich ein wenig abseits vom Lager unter einen Baum. Er lauschte eine Weile dem Rascheln der Blätter des Baumes in der kühlen Brise, während seine Finger mit dem Ring in der Tasche spielten. Schließlich holte er ihn hervor. Der Ring schimmerte sacht, obwohl der Mond vom Blätterdach verdeckt wurde. Das Leuchten schien aus dem Ring selbst zu kommen. Und je genauer Nador hinschaute, desto heller schien der Ring zu leuchten. Plötzlich hob er sich von seiner Handfläche und begann, sich zu drehen. Je schneller er sich drehte, desto heller wurde das Leuchten, bis es schließlich wie weißes Feuer loderte.

„Nador? Bist du das?"

Im Schein des Ringes sah Nador seine kleine Schwester auf sich zukommen. 'Geh zurück, Noria und schlaf doch einfach' dachte Nador missmutig und wollte schon aufstehen, als Noria mitten im Schritt anhielt, sich umdrehte und wieder zum Zelt zurückging.

Nador ließ erstaunt die Hand sinken. Der Ring hörte auf, sich zu drehen, und fiel ins Gras. Verwirrt schaute Nador auf ihn hinab. Hatte er Noria eben wieder zurück ins Zelt geschickt? Er ging neben dem Ring in die Hocke und streckte die Hand nach ihm aus. Noch bevor er ihn berührte, hob sich der Ring seiner Handfläche entgegen und begann, sich wieder zu drehen. Nadors Herz klopfte wild. Was war das nur für ein Ding? Er sah sich um. Unweit vom Baum lag ein großer Stein. Ob er wohl? Kaum war ihm der Gedanke gekommen, da hob sich der Stein schon in die Luft. Nador verstand nicht genau, wie es geschah. Aber er spürte wie eine Energie durch ihn hindurch zu seiner Hand floss, über welcher der Ring schwebte. Sein ganzer Körper kribbelte.

„Was bist du?", fragte er den Ring laut.

In seinem Kopf hörte er eine Stimme antworten: 'Ich bin alt. Ich war schon immer da und habe geruht. Aber mit dir bin ich jemand und durch dich lebe ich.'

Darüber musste Nador nachdenken. Langsam schloss er seine Hand und der Ring ließ sich dabei auf seine Handfläche nieder.

In dieser Nacht fand Nador keine Ruhe. Immer wieder wanderte seine Hand in die Tasche zu dem Feuerring. So hatte er den silbernen Ring getauft, und immer noch hatte er das Bild des leuchtenden Kranzes aus weißem Feuer vor Augen. Wann immer seine Finger den Feuerring berührten, vibrierte er und Nadors Kopf begann, sich mit Gedanken darüber zu füllen, was jetzt alles möglich war.

Als sie am nächsten Morgen wieder zu den Geröllfeldern aufbrachen, warf sein Vater ihm einen scharfen Blick zu. Wenn er das müde Gesicht seines Sohnes auch bemerkt hatte, sagte er doch kein Wort. Kurze Zeit später hatten sie die Hänge erreicht, stiegen ab und banden die Werkzeuge von den Sätteln los. Vorsichtig begann die kleine Gruppe, den Hang hinaufzuklettern.

Nador war so müde, dass er kaum darauf achtete, wohin er trat. Immer wieder rutschte er im losen Geröll ab, bis sein Vater ihn schließlich mit harter Hand festhielt und barsch fragte:

„Was ist denn nur los mit dir? Du bist schon den ganzen Morgen so komisch! Wirst du etwa krank?"

Nador machte sich los und schüttelte den Kopf.

„Ich habe letzte Nacht nicht gut geschlafen und bin einfach müde."

Sein Vater grunzte mürrisch.

„Dann geh zurück zu den Pferden und bereite die Feuerstelle für die Pause vor. In deiner Unachtsamkeit löst du sonst noch einen Steinschlag aus."

Nador wollte nicht wie ein kleines Kind zurückgeschickt werden und öffnete den Mund, um zu protestieren. Aber die harten Augen des Vaters erstickten jeden Protest und mit gesenktem Kopf kletterte er den Berghang hinab. Der Vater hatte ja Recht. Aber er hatte diese Stelle gefunden und es wäre nur gerecht gewesen, wenn er ebenfalls nach Edelsteinen hätte suchen dürfen. Schmollend erreichte er den Fuß des Hanges und machte sich daran, die mitgebrachten Holzbündel auseinanderzunehmen. Er begann gerade, die Holzscheite zusammenzuschichten, als er ein Rumpeln und aufgebrachte Schreie hörte. Erschrocken blickte er auf und sah, dass nicht weit entfernt von seiner Feuerstelle ein Steinschlag niederging. Keine fünfzig Meter entfernt donnerten Steine den Hang hinunter und rissen loses Geröll mit sich. Nador hatte alle Mühe, die erschrockenen Ponys zusammenzuhalten, damit sie sich nicht losrissen und durchgingen. Trotz des Gepolters hörte er noch immer Schreie und hoffte, dass sich alle in Sicherheit bringen konnten und niemand verletzt wurde. Schließlich ebbte das Gepolter ab und nur noch vereinzelt rollten ein paar Brocken den Hang herunter.

„Nador!"

Nador konnte seinen Vater durch den Staub nur erahnen.

„Schnell, bring deine Hacke. Sato und Tok sind verschüttet. Wir müssen sie schnell ausgraben!"

Nadors Vater hustete und winkte ihm zu, ihm zu folgen. Nador schnürte es die Kehle zu. Unter all diesem Geröll begraben? Das hatten die beiden doch nicht überlebt! Tränen schossen ihm in die Augen. Er kannte Sato und Tok seit er denken konnte. Er straffte entschlossen die

Schultern. Noch war nichts verloren, vielleicht waren sie ja nur verletzt.

Mit der Hacke in der Hand kletterte er wieder den Hang empor, zu den anderen, die bereits zu graben begonnen hatten. Aber mit jedem Spatenstich rutschte wieder Gestein nach. Schnell war klar, dass sie so die Verschütteten niemals finden würden. Nador sah die Verzweiflung und die Tränen in den Augen seines Vaters, die er nun nicht mehr zurückhalten konnte. Plötzlich spürte er ein Vibrieren in seiner Tasche. Ob er wohl…? Er holte den Feuerring heraus. Sobald er die Hand öffnete, hob sich der Ring und begann, sich zu drehen.

„Nador! Was…?"

Nador hörte seinen Vater nicht. Seine Gedanken waren im Geröllfeld und suchten die zwei Männer. Er fand sie nicht weit entfernt. Es war noch Leben in ihnen, das konnte er spüren. Vorsichtig schob er Geröll zur Seite, doch es rutschte immer wieder nach. Seine Stirn furchte sich tief, während er nach einer Lösung suchte. Er fand ein paar große Steinblöcke, die er zu einer Barriere oberhalb der Männer aufschichtete, dann konnte er das Geröll über ihnen zur Seite schieben und sie befreien. Langsam ließ er sie auf sich zu schweben und setzte sie vorsichtig am Rand des Steinschlags ab. Er schloss die Hand und Erschöpfung übermannte ihn. Er ging in die Knie und ließ schwer atmend den Kopf hängen. Ein großer Teil der Energie, die er für die Bergung der Männer gebraucht hatte, war aus der Umgebung durch ihn hindurchgeflossen, aber ein Teil war auch aus ihm selbst gekommen. Sein Vater untersuchte die beiden Männer und stellte erleichtert fest, dass sie zwar schwer verletzt waren, aber wahrscheinlich überleben würden. Er kam nun zu Nador und hockte sich vor ihn hin.

„Wie hast du das gemacht?", fragte er, doch Nador konnte nur müde den Kopf schütteln.

„Wir reden später. Kannst du laufen?", fragte der Vater schließlich, als Nador nichts sagte.

Nador nickte und kämpfte sich auf die Beine. Er war sich der Blicke der anderen nur am Rande bewusst, als er ihnen und seinem Vater zurück zu den Pferden folgte. Sie hatten zwei Männer bei den Verletzten gelassen und wollten schnell zum Hof reiten, um Bahren für den Transport der Verletzten zu holen. Nador überließ es seinem Pony, den anderen zu folgen. Er hielt sich am Sattel fest und schaffte es gerade so, sich auf seinem Pony zu halten. Immer wieder drehten sich die anderen zu ihm um und warfen ihm misstrauische und ängstliche Blicke zu. Manche ritten immer wieder dicht nebeneinander und tuschelten leise, mit Seitenblicken auf Nador. Doch Nador bemerkte kaum etwas davon und blickte erst auf, als sein Pony stehen blieb. Sie hatten ihren großen Hof, der eigentlich schon eher ein kleines Dorf war, erreicht und sein Vater lief bereits die schmale Straße hinunter und rief die zurückgebliebenen Männer zusammen. Rasch wurde Material herangeschafft, um Tragen für die Verletzten zu bauen. Sein Vater kam zu Nador, der immer noch auf seinem Pony hockte. Er legte ihm eine Hand auf den Arm und Nador schreckte hoch.

„Geh ins Bett!", forderte sein Vater ihn auf. Nador nickte nur. Er war zu müde, um zu widersprechen, und es nützte niemandem, wenn er im Stehen einschlief. Er ließ sich vom Pony gleiten und wäre gestürzt, wenn sein

Vater ihn nicht gehalten hätte. Sein Vater schwang ihn kurzerhand über die Schulter und brachte ihn ins Haus. Seine Mutter gab einen erschrockenen Laut von sich, beeilte sich dann aber, die Tür zu Nadors Zimmer zu öffnen, sodass sein Vater ihn auf dem Bett ablegen konnte.

„Ist er verletzt?", fragte sie und begann, Nador zu entkleiden.

„Nein, nur erschöpft", sagte Nadors Vater und rüttelte ihn wach. Mühsam öffnete Nador die Augen.

„Wirst du sie heilen können?", fragte sein Vater drängend.

„Weiß ich nicht", murmelte Nador und schlief wieder ein. Sein Vater schüttelte ihn noch einmal, konnte ihn aber nicht wieder wecken.

„Was ist passiert?" Nadors Mutter hatte die Stirn vor Sorge in tiefe Falten gelegt.

„Es gab einen Steinschlag. Sato und Tok wurden verschüttet. Wir sind nicht an sie rangekommen, weil das Geröll immer wieder nachgerutscht ist. Aber er hat sie da rausgeholt. Ich weiß nicht wie, aber er hat es geschafft. Es hat ihn erschöpft."

Nadors Vater sah noch einen Moment ernst auf seinen schlafenden Sohn hinab und blickte dann seine Frau an.

„Sorg dafür, dass er gut isst, wenn er ausgeschlafen hat. Wir werden ihn brauchen, wenn wir mit den Verletzten zurück sind."

Mit diesen Worten verließ er das Zimmer.

Nador erwachte erholt und hungrig. Verschwommen konnte er sich erinnern, dass sein Vater im Zimmer gewesen war und versucht hatte, ihn zu wecken, aber er war zu müde gewesen. Mit einem Schlag erinnerte er sich. Er sah an sich herunter und blickte sich dann suchend in seinem Zimmer um. Dann stolperte er aus seinem Bett zu seinen Kleidern, die ordentlich über dem Stuhl hingen. Er griff in die Taschen seines Kittels. Er seufzte schließlich erleichtert, als er den Feuerring in einer der Taschen fand, und holte ihn heraus. Sofort vibrierte dieser wieder. Ein Schauer überlief Nador, als er sich daran erinnerte, wie er die beiden Männer aus dem Geröll befreit hatte. War das wirklich geschehen? 'Sprich mit mir', forderte er in Gedanken den Feuerring auf. 'Wie habe ich das gemacht?' Der Feuerring schwieg und Nador wollte ihn schon zur Seite legen, um sich anzuziehen, als er doch antwortete: 'Du kannst mit mir tun, was immer du dir vorstellen kannst, solange es den Gesetzen der Natur nicht widerspricht. Die Kraft dafür kommt von mir.' Nador dachte darüber nach. 'Wenn die Kraft von dir kommt, warum war ich dann so erschöpft?' Nador wartete. 'Unsere Verbindung ist noch nicht vollkommen, du bist noch nicht ganz auf mich eingestimmt, aber das Potenzial ist da.' Das klang logisch. 'Wie stimme ich mich auf dich ein?' Irgendwie ahnte Nador die Antwort. 'Du musst üben!' Natürlich, was denn sonst?! Nador seufzte und legte den Feuerring zur Seite, um sich anzuziehen. Bevor er übte, musste er etwas essen, das war im Moment wichtiger als alles andere.

Den Feuerring gut in der Tasche verstaut, verließ er sein Zimmer und ging in die Küche. Er fand dort ein Tablett, auf dem einige Scheiben Brot lagen, dazu Butter, Käse und Wurst. Ohne groß nachzufragen, machte er sich über die Dinge her und schlang sie mit Heißhunger herunter. Er war fast fertig, als sein Vater in die Küche kam. Er sah müde und erschöpft aus. Nador bekam ein schlechtes Gewissen, weil er keinen Gedanken an Sato und Tok verschwendet hatte. Und ein Blick auf das Gesicht seines Vaters sagte ihm, dass es nicht gut um die beiden stand.

„Wie geht es dir?", fragte sein Vater mit heiserer Stimme. Nador schluckte den letzten Bissen herunter.

„Gut, wie geht es Sato und Tok?"

Nadors Vater senkte den Kopf.

„Sato geht es soweit gut, ein paar gebrochene Knochen, aber die heilen wieder."

„Tok?", Nador schnürte es die Kehle zu. Er sah Toks leuchtende Augen vor sich, als er von seiner Geschichte erzählt hatte. War das erst gestern gewesen?

„Wir wissen nicht, was ihm noch fehlt. Er wird immer schwächer."

Nadors Vater sah seinen Sohn eindringlich an.

„Kannst du was tun?"

Nador sah unsicher zu seinem Vater auf. Dessen Gesicht war ernst, aber frei von dem Misstrauen und der Angst, die er am Rande bei den anderen wahr genommen hatte. Der Feuerring war eine gute Sache, sein Vater schien das zu spüren.

„Ich weiß es nicht. Ich verstehe es selbst noch nicht ganz." Nador stockte. Sein Vater verzog enttäuscht das Gesicht und wandte sich zum Gehen. Nador stand auf und schloss sich ihm an.

„Aber ich kann es versuchen!", sagte er entschlossen und sein Vater nickte grimmig.

Toks Gesicht war leichenblass, als ob alles Blut aus ihm gewichen war. Der Heiler blickte müde auf, als Nador und sein Vater den Raum betraten.

„Es ist immer noch unverändert, er ist nicht aufgewacht und wird es wohl auch nicht mehr tun."

Die Stimme des Heilers klang traurig und erschöpft. Nador trat an das Bett und nahm Toks kalte Hand in seine. Langsam zog er den Feuerring aus der Tasche. Dieser begann, sich zu drehen und Nador spürte Toks Schmerzen. Der Arm, dessen Hand er hielt, war gebrochen. Schnell legte Nador die Hand wieder hin. Er schob die Decke, unter der Tok lag, zur Seite und begann mit seiner freien Hand, vorsichtig Toks Leib abzutasten. Wie bei dem Geröll versuchte er, in das Innere zu sehen, stellte sich vor, dass Toks Fleisch durchsichtig war. Er sah die gebrochenen Rippen, das schwach schlagende Herz, das Geflecht aus Adern. Fasziniert von dem, was er vor sich hatte, dauerte es eine Weile, bis er registrierte, was er da genau sah. Eine der großen Adern hatte einen kleinen Riss, aus dem sich mit jedem Herzschlag ein kleiner Schwall Blut in den Bauchraum ergoss. Tok verblutete tatsächlich.

Nadors gerade gewonnene Selbstsicherheit geriet ins Wanken. Wie sollte er den Riss schließen? Dass Wunden heilen, war doch eine ganz natürliche Sache oder? Vielleicht … Er stellte sich vor, wie die Ader ohne Riss aussehen würde, und der Riss schloss sich. Nador merkte plötzlich, wie er schwitzte und stieß den angehaltenen Atem aus. Er hielt noch einige Zeit den Blick auf Toks Innerstes gerichtet und merkte wie das Herz kräftiger und ruhiger schlug. Vorsichtig zog er sich zurück und ließ sich auf den nächsten Stuhl plumpsen. Sein Vater sah ihn fragend an. Den skeptischen Blick des Heilers ignorierend sagte er:

„Da war ein Riss in einer großen Ader. Ich habe es geschafft, ihn zu schließen. Ich hoffe er wird jetzt gesund."

Sein Vater legte ihm die Hand auf die Schulter und sah zum Heiler, der den Puls von Tok fühlte. Schließlich nickte dieser zufrieden.

„Sein Herz schlägt wieder kräftiger", sagte er mit Erleichterung in der Stimme. Dann sah er Nador scharf an.

„Wie hast du das gemacht und was ist das für ein Ding in deiner Hand?"

Nador hielt den Kopf gesenkt und den Feuerring fest in der Hand. Er war etwas müde aber nicht so sehr wie nach dem gestrigen Tag. Was hatte der Ring gesagt? Er musste üben. Vielleicht sollte er sich erst einmal ein paar einfachere Aufgaben suchen und nicht gleich mit den komplizierten Dingen anfangen. Er spürte, dass der Ring sich über seine Gedanken amüsierte.

„Nador?"

Langsam hob Nador den Kopf und sah seinem Vater in die Augen.

„Zeig mir, was du da hast."

Nador zögerte, legte dann aber den Feuerring in die ausgestreckte Hand seines Vaters. Er erwartete, dass sich etwas tat, aber der Feuerring lag still und regungslos. Er hatte sogar seinen Glanz verloren. Nur mühsam beherrscht sah Nador zu, wie sein Vater den Ring untersuchte, ihn hin und her drehte, an ihm zog und versuchte, ihn zu verbiegen. Beinahe fühlte Nador

Schmerzen. Er konnte spüren, dass dem Feuerring die Berührung des Vaters unangenehm war.

„Ich habe ihn dort gefunden, wo ich auch die Steine gefunden habe."

Nador hielt es nicht mehr aus und nahm seinem Vater den Feuerring aus der Hand. Als er die leichte Vibration spürte, atmete er auf. Er spürte den prüfenden Blick seines Vaters auf sich und rutschte unruhig auf seinem Stuhl hin und her. Der Heiler räusperte sich und streckte ebenfalls die Hand aus. Nador ignorierte ihn. Er konnte den Ring nicht noch einmal weggeben.

„Genaugenommen hat er mich gefunden", sagte er, den Blick immer noch gesenkt.

Der Heiler nahm seine ausgestreckte Hand zurück.

„Es ist dennoch eine interessante Sache, die genau untersucht werden muss. Von jemanden mit Erfahrung!" Wieder streckte er auffordernd die Hand aus. Nadors Vater nickte seinem Sohn zu. Nador biss die Zähne zusammen und legte den Feuerring in die ausgestreckte Hand des Heilers. Wieder geschah nichts. Die Enttäuschung im Gesicht des Heilers war nicht zu übersehen und bevor auch er den Feuerring eingehend untersuchen konnte, nahm Nadors Vater ihn an sich und gab ihn Nador zurück.

„So wie es aussieht, wird die Erforschung Nadors Aufgabe sein." Der Heiler schnaubte.

„Hexenwerk", murmelte er leise und begann, seine Sachen zusammenzupacken. Nadors Vater lachte.

„Wäre es auch Hexenwerk gewesen, wenn dieses Ding auf deine Berührung reagiert und geleuchtet hätte, alter Freund?"

Der Heiler knurrte nur.

„Es ist gefährlich, das spüre ich!"

Nador schüttelte vehement den Kopf.

„Es ist so gefährlich, wie derjenige, der ihn beherrscht."

„Sag ich doch, dass er gefährlich ist, in den Händen eines hitzköpfigen Burschen!"

Der Heiler drehte ihm den Rücken zu.

„Es reicht, mein Freund!", wies Nadors Vater den Heiler zurecht und dieser verließ schweigend den Raum.

„Wenn einer hier hitzköpfig ist, dann wohl er", meinte er dann an Nador gewandt. Eine Weile herrschte Schweigen und sie lauschten den leisen, aber regelmäßigen Atemzügen des Verletzten.

„Zeig mir noch mal das Leuchten", sagte Nadors Vater schließlich leise. Nador öffnete die Hand und der Feuerring hob sich und begann, sich langsam zu drehen. Fasziniert starrte Nadors Vater in das Licht, schließlich fragte er:

„Kannst du auch in die Zukunft sehen? Den Steinschlag gestern haben nicht wir ausgelöst. Große Felsbrocken hatten sich gelockert und haben die Lawine ausgelöst. Es wäre wahrscheinlich auch ohne unsere Anwesenheit geschehen."

Er sah Nador fragend an. Doch Nador konnte nur den Kopf schütteln.

„Nein, das ist etwas, was ich mir auch nicht vorstellen kann."

Der Vater nickte ein wenig enttäuscht.

„Na gut, wir werden sicherlich eine sinnvolle Verwendung für deine neuen Fähigkeiten finden. Und es gilt, unsere Familie und Freunde davon zu überzeugen, dass dieser Ring kein Hexenwerk ist", sagte er zu Nador, doch dieser reagierte nicht, er hatte den Blick nach innen gerichtet und schien etwas oder jemandem zuzuhören.

„Nador?" Nadors Vater schüttelte seinen Sohn und dieser schreckte hoch. Der Feuerring drehte sich immer noch über seiner Hand.

„Es gibt eine Möglichkeit."

„Was?"

„Eine Möglichkeit, solche Unglücke vorherzusehen."
Der Vater schaute Nador verdutzt an.

„Hast du nicht eben gesagt, dass es nicht geht?"
Nador nickte.

„Ich selbst kann es nicht, aber der Feuerring kann es. Ich verstehe es nicht ganz, aber er wird mir helfen."
Nador stand auf.

„Ich muss noch mal zur Stelle, wo der Steinschlag stattgefunden hat."
Sein Vater nickte.

Später am Tag erreichten sie die Stelle und Nador holte den Feuerring aus der Tasche. Er drehte sich und Nador spürte, dass es diesmal anders war. Er war nur das Medium, der Kanal, durch den der Ring seine Kraft fokussierte. Er sah was passierte, konnte aber keinen Einfluss darauf nehmen. Das gleißende Feuer des Rings richtete sich auf den Hang. Es war so heiß, dass die Steine schmolzen. Aus der brodelnden Masse hob sich langsam eine glänzende, silberne Scheibe. Sachte senkte sie sich vor Nador hinab. 'Das ist der Spiegel, der alles sieht! Sprich diese Formel und er zeigt dir die Ereignisse des kommenden Jahres. Wähle sorgsam diejenigen aus, welche die Formel kennen dürfen, denn der Spiegel ist ein mächtiges Instrument.'

Nador, sein Vater und sein Onkel, der sie begleitet hatte, sahen staunend auf die glänzende Scheibe zu ihren Füßen hinab. 'Hattest du nicht gesagt, nur natürliche Dinge sind möglich? In die Zukunft zu sehen, ist nicht gerade natürlich', fragte Nador den Feuerring. 'Für dich gilt diese Regel, aber nicht für mich.'

Damit schwieg der Feuerring und überließ es Nador, sich einen Reim darauf zu machen.

„Das ist der Spiegel, der alles sieht", erklärte Nador seinem Vater und seinem Onkel.

„Der Spiegel, der alles sieht?", fragte Nadors Vater ein wenig ratlos. Nador nickte.

„Du hast mich doch gefragt, ob ich in die Zukunft sehen kann, um solche Unglücke wie den Steinschlag vorherzusagen. Ich kann es nicht, aber der Spiegel kann es. Man muss die Formel sprechen und der Spiegel zeigt uns, was uns im kommenden Jahr bevorsteht."

Nadors Vater raufte sich nachdenklich den Bart.

„Mh... Die Formel. In die Zukunft sehen. Das ist nichts, was für alle zugänglich sein sollte."

Nador nickte.

„Tok hat immer von dem Rat der Klanoberhäupter unserer Vorfahren erzählt ..."

Nadors Vater schnaubte abfällig. Doch Nador ließ sich nicht beirren.

„Wir werden immer mehr und wir sollten einen zentralen Rat oder so etwas haben, der Streit schlichtet, vielleicht auch die Verteilung des Landes überwacht, weil manche sich ja doch mehr nehmen als sie brauchen."

Nadors Vater und sein Onkel nickten nachdenklich. Der Onkel räusperte sich:

„Ja, das habe ich mir auch schon oft gedacht. Wegen des Landes gibt es auch viel Streit. Ich habe auch schon von anderen den Wunsch nach einem zentralen Rat, einer Autorität gehört, an die man sich wenden kann. Ich denke die Zeit ist reif dafür und so würde Angor auch endlich die Bedeutung einer Hauptstadt zukommen."

Nadors Vater zog die Stirn in nachdenkliche Falten.

„Wir wählen also einen Rat, der in Angor tagt und befragen regelmäßig den Spiegel, der alles sieht, nach den kommenden Ereignissen. Und dann?"

Nador kam ein Gedanke.

„Und dann komme ich ins Spiel. Ist ein drohendes Unglück bekannt geworden, kann ich es vielleicht verhindern oder zumindest hinterher schnell wieder Ordnung schaffen."

Nadors Vater zog die Augenbrauen hoch, raufte sich den Bart, nickte dann aber langsam.

„Du hast sicherlich bemerkt, wie unsere Leute auf deine Zauberei reagiert haben. Es wird ein ordentliches Stück Arbeit werden, sie von der Gutartigkeit des …, wie nennst du ihn?"

„Feuerring!"

„Sie von der Gutartigkeit des Feuerrings zu überzeugen."

„Und es wird Zeit brauchen!", bekräftigte Nadors Onkel.

Nador zuckte nur mit den Schultern.

„Wir schaffen das, wir sind Araquitaner!"

Nadors Vater lachte laut und schlug ihm kräftig auf die Schulter.

„Ja, das sind wir. Und wie willst du dich nennen? Der Feuerringzauberer?"

Nador schüttelte den Kopf. Der Feuerringzauberer. Viel zu lang. Da hätte man den Anfang vom Wort schon wieder vergessen, bevor man am Ende angelangt wäre. Er schaute seinen Vater an.

„Ich bin der erste Quitadar!", verkündete er.

Aufzeichnung Band 1658: Die Bedrohung durch die Moraner

Es trug sich im Jahre 1658 nach Beginn der Aufzeichnung zu, dass der Spiegel, der alles sieht, eine Gefahr ohnegleichen zeigte. Eine Flotte von Schiffen näherte sich Araquitar. Die Schiffe waren bemannt mit Männern, deren Haut die Farbe des Stoffes aus dem Moragras hatte, das an den Ufern des Goldflusses wächst. Darum sollen sie Moraner genannt werden, damit sie nicht namenlos in Vergessenheit geraten.

Der Spiegel, der alles sieht, zeigte die grausamen Taten, die diese Männer auf ihrem Weg nach Araquitar begangen hatten. Auf der Suche nach Ruhm und Reichtum überfielen sie friedliche Länder, raubten die kräftigsten Männer, um sie zu Sklaven zu machen, und brachten die restliche Bevölkerung auf grausame Weise zu ihrem Vergnügen um. Sie plünderten und verwüsteten das Land und löschten ganze Völker aus.

Dieses Schicksal stand nun auch Araquitar bevor. Doch den Araquitanern stand Jingoral zur Seite, der vortrefflichste aller Quitadare seit Beginn der Aufzeichnung. Seine Taten und sein Können im Umgang mit dem Feuerring waren in ganz Araquitar bekannt und berühmt. Auf ihm ruhte die ganze Hoffnung des Landes. Unbeeindruckt von der Aufregung und der Sorge des hohen Rates nahm er sich viel Zeit, um die Moraner im Spiegel zu studieren. Er verbrachte viel Zeit am Meer, um das Wesen des Meeres und des Wetters zu studieren. Die Bilder im Spiegel, der alles sieht, wurden immer bedrohlicher, doch Jingoral, der Herrliche, tat nichts. Der Rat rief ihn an, Araquitar doch beizustehen und Maßnahmen zu ergreifen, um die Gefahr abzuwenden. Doch Jingoral blieb ruhig und widmete sich weiter seinen Studien.

Im Glauben, dass Jingoral der Gefahr nicht gewachsen sei und darum tatenlos bliebe, stellte der Hohe Rat in Windeseile eine Armee zusammen. Jingoral schüttelte nur erstaunt den Kopf und fragte den Rat:

„Was tut ihr da? Glaubt ihr, dass diese kleine Armee die Moraner aufhalten kann?"

Doch der Rat erwiderte:

„Was sollen wir denn sonst tun, es scheint, dass du das Schicksal Araquitars und deines Volkes über deinen Studien vergessen hast, denn du tust ja nichts!"

Jingoral, in seiner Weisheit, sprach zum Rat:

„Grämt euch nicht, ich habe Araquitars Schicksal nicht über meinen Studien vergessen. Sie dienen vielmehr der Rettung unseres Landes. Es ist nur zu kompliziert, als dass ein einfacher Mensch es verstehen könnte. Seid unbesorgt, Araquitar ist sicher."

Der Rat ließ sich vom mächtigen Jingoral beruhigen, denn nach all seinen großen Taten, konnten sie nicht anders, als ihm zu vertrauen. Bald waren die ersten Schiffe mit dem großen Fernrohr im Universitätsturm auszumachen. Auf jedem der Segel prangte ein großes rotes Dreieck, gezeichnet mit dem Blut ihrer Opfer. Der Rat beschwor Jingoral, endlich einzugreifen, da die Moraner bald Araquitar erreichen würden und es dann keine Rettung mehr für ihr Land und seine Einwohner geben würde.

Jingoral hatte seine Studien abgeschlossen. Er wies die Araquitaner an, die Nacht und den Tag in ihren fest verschlossenen Häusern zu verbringen. Er selbst begab sich an die Küste und rief die Winde, die das Meer aufwühlten. Höher und höher türmten sich die Wellen. Stunde um Stunde warf sich das tosende Meer auf die Schiffe der Moraner und brachte eins nach dem anderen zum Kentern. Am Ende des Tages waren alle Schiffe der Moraner gesunken und Araquitar war gerettet. Ein großes, prächtiges Fest zu Ehren Jingorals wurde gefeiert. Ganz Araquitar kam zusammen, um an den Feierlichkeiten teilzunehmen. Gelobt sei Jingoral, der größte Quitadar aller Zeiten, der Retter Araquitars.

Aufzeichnung Band 2912: Die Bedrohung durch die Godronen

Es trug sich im Jahr 2912 nach Beginn der Aufzeichnung zu, dass der Spiegel, der alles sieht, erneut eine Gefahr zeigte, die Araquitars Untergang bedeuten konnte.

Eine Horde von wilden Menschen, die jenseits des Quitar-Gebirges ein nomadisches Leben führten, wartete an den Pässen des Quitar-Gebirges auf die Schneeschmelze. Sie wollten Araquitar stürmen und sich das Land zu eigen machen. Doch diesmal stand den Araquitanern kein legendärer Quitadar wie der heilige Jingoral zur Seite, der sich allein gegen die Gefahr stemmen konnte.

Der Quitadar in dieser Zeit war Quintor, ein geachteter Mann, der seinem Amt Ehre machte, aber dennoch: Es hatte nie wieder jemanden wie Jingoral gegeben.

Quintor erhielt Unterstützung von der kleinen Armee Araquitars. Als die Gefahr bekannt wurde, wurde jeder waffentaugliche Mann nach Angor beordert, um für den nahenden Kampf ausgebildet zu werden. Die Männer trainierten den ganzen Winter hindurch, um bereit zu sein, wenn die Schneeschmelze einsetzte.

Der Dova-Pass und der Scrabol-Pass waren als erste passierbar und die wilden Horden strömten in kleinen Gruppen nach Araquitar und überfielen einen Hof nach dem anderen. Durch die zotteligen Felle, in die sie sich kleideten, ähnelten sie Godros, wilden Hunden, die in den Wäldern am Fuße des Gebirges jagten. Darum sollen sie Godronen genannt werden, damit sie nicht namenlos in Vergessenheit geraten.

Die Godronen nahmen einen Hof nach dem anderen, ein Dorf nach dem anderen ein und töteten die

Einwohner, die nicht rechtzeitig geflohen waren. Die Einwohner konnten ihr Hab und Gut nicht verteidigen, da alle waffenfähigen Männer in Angor bei der Armee waren. Mit Beginn der Überfälle rückte die Armee gegen die Godronen aus. Quintor ritt an ihrer Spitze und schleuderte mit dem Feuerring Blitze auf die Feinde. Sie eroberten einen Hof nach dem anderen, ein Dorf nach dem anderen zurück. Sie bemerkten aber zu spät, dass die Überfälle auch eine Ablenkung waren, denn ohne Armee war Angor ungeschützt. Bloß und ohne Schutz, nahe am Quoral-Pass gelegen, war Angor ein leichtes Ziel und die Godronen plünderten die Stadt drei Tage lang. Angor brannte bereits lichterloh, als die Armee die Stadt erreichte.

Die Godronen, die das Umland überfallen hatten, waren alle vernichtet und auch die Godronen, die Angor geplündert hatten, wurden bis auf die Wenigen, die über den Quoral-Pass zurück in ihr Land fliehen konnten, vernichtet.

Doch Angor war fast zerstört. Araquitars Herz schlug nur noch schwach. Auch viele Araquitaner hatten ihr Leben verloren. Die Gefahr war vorerst gebannt, wenn auch zu einem hohen Preis. Doch ohne Quintor, der tapfer gekämpft hatte, wäre Araquitar verloren gewesen, darum sei ihm Lob und Dank erwiesen.

Schneegestöber

Schneeflocken flogen ihm immer wieder in die Augen und trübten seine Sicht. Er war erschöpft, hatte er sich doch den ganzen Weg bis zum Pass hinauf durch tiefen Pulverschnee gekämpft. Noch war der Pfad nicht mit den Ponys und dem ganzen Gepäck, das seine Leute mit sich führten, passierbar. Aber sobald der Schnee getaut war und die Legenden sagten, dass er es irgendwann tun würde, konnten sie auf diesem Weg ohne Schwierigkeiten in das Paradies gelangen. Er und einige andere sollten eigentlich nur auskundschaften, wie die Wetterlage am Pass war, und nach den besten Pfaden suchen. Aber er wollte es sehen, das Paradies. Das Land, das so grün war, dass die Tiere immer etwas zu fressen fanden. Das Land, das seine Bewohner ohne Probleme ernähren konnte, wo das Wasser süßer als Wein war.

Er kämpfte sich weiter, geriet ins Rutschen und eine kleine Lawine begrub ihn unter sich. Dunkelheit umgab ihn. Mühsam kämpfte er sich wieder an die Oberfläche. Er würde heute nicht sterben und er würde nicht aufgeben, bis er einen Blick auf die Verheißung geworfen hatte. Der Pass war nicht mehr weit. Er konnte die Lücke zwischen den Berggipfeln trotz des Schneetreibens schon sehen. Er kämpfte sich weiter voran. Schritt für Schritt. Das Atmen fiel ihm schwer und der Umhang aus dem dichten Pelz lastete unerbittlich auf ihm.

Dann hatte er den Pass erreicht. Der Schnee wirbelte so dicht, dass er nur einen blaugrünen Schimmer erkennen konnte. Er drehte sich um. Das Land hinter ihm schimmerte graubraun, die Farbe der Trostlosigkeit, des

Hungers und des Durstes. Er schaute wieder begierig nach vorn und tastete sich durch die wirbelnden Flocken weiter in Richtung des Paradieses.

Nur noch ein paar Schritte und der Pass lag hinter ihm und der Wind legte sich ein wenig. Ihm stockte der Atem. Durch den lichter werdenden Schneefall konnte er Wälder erkennen, eine dunkelgrün und braun gemischte Masse.

Er sah die schwarze Erde abgeernteter Felder, teilweise noch mit einem gelben Schimmer der Getreidestoppel versehen. Und das Gras hatte seine satte grüne Farbe noch nicht verloren. Im Sonnenlicht, in welches das Paradies an diesem Spätherbsttag getaucht war, funkelte der große Fluss, der das Land zweiteilte, wie Gold. Tränen rannen ihm über das Gesicht. Das verheißene Land war noch schöner, als die Legenden es beschrieben. Ein Knacken neben ihm schreckte ihn auf und bevor er reagieren konnte, wurde er mit dem Gesicht voran in eine Schneewehe gestoßen. Die Arme wurden ihm auf den Rücken gedreht und die Hände zusammengebunden. Als er glaubte, ersticken zu müssen, wurde er aus dem Schnee gezogen. Er sah sich zwei Männern gegenüber, ein dritter hielt ihn fest. Die Bewohner des Paradieses, die elenden Nachkommen des Wolfsklans.

Er begann sich zu winden. Er musste seine Leute warnen. Die Bewohner des Paradieses waren auf der Hut. Es würde diesmal vielleicht nicht so einfach werden, wie die Legenden es versprachen. Doch er war zu schwach, er konnte sich nicht gegen drei Männer gleichzeitig wehren. Er musste es zulassen, dass sie ihn mit sich nahmen und auf ein Pony setzten. Zwei der Männer blieben zurück, um weiter am Pass Wache zu halten, während der Dritte sich mit dem Gefangenen auf den Weg nach Angor machte, der Hauptstadt von Araquitar.

Er schaffte es gerade so, auf dem Pony zu bleiben. Mit auf den Rücken gebundenen Händen war das sehr schwierig und sehr unbequem. Sein von dem geschmolzenen Schnee durchnässter Umhang drückte ihn zusammen und er konnte nur mit Mühe atmen. Er war hungrig und heftiger Durst quälte ihn, während er und der Araquitaner ohne Pause über das Land ritten. Er schaute kaum nach links und rechts und hielt den Kopf gesenkt. Er wusste, er sollte seine Umgebung aufmerksam beobachten und jede Information, die den Klans bei ihrem Vorhaben nützlich sein konnte, in sich aufsaugen, aber ihm fehlte die Kraft auch nur den Kopf zu heben. Und er glaubte auch nicht, dass er seine Familie je wiedersehen würde. In Angor angekommen, spürte er seine Arme und Hände kaum noch. Sein Bewacher zog ihn vom Pony, machte aber keine Anstalten, ihm die Fesseln abzunehmen. Nur seine Willenskraft bewahrte ihn davor, kraftlos zusammenzubrechen und Schwäche zu zeigen. Zitternd und schwankend stand er da, während sich um ihn und den Soldaten eine immer größer werdende Menschenmenge bildete. Die Menschen raunten, einige fassten sogar seinen Umhang an, während der Soldat ihn mit sich zog. Irgendwann betraten sie ein flaches, langgestrecktes Gebäude. Er wurde in eine kleine Zelle gestoßen, in der eine schmale Pritsche und ein Eimer standen. Endlich wurden ihm die Fesseln abgenommen. Er schaffte es gerade noch, zur Pritsche zu wanken, bevor seine Beine unter ihm nachgaben.

Unangenehme Wahrheit

Aramar wälzte sich im Bett herum. Die schweißgetränkte Decke wickelte sich unangenehm um seine Beine und wütend strampelte er sie von sich herunter. Sein Körper strafte diese abrupte Bewegung sofort ab und ein heftiger Hustenkrampf schüttelte ihn, bis er keuchend und nach Luft ringend, zusammengekrümmt auf der Seite liegen blieb. Asa, aufgeschreckt von seinem Hustenanfall, huschte ins Zimmer.

„Oh, Aramar!", sagte sie teils mitleidig, aber auch ungeduldig. Die Zudecke war heute nicht das erste Mal auf dem Boden gelandet. Seufzend hob sie die Decke auf und wollte Aramar wieder darin einwickeln. Doch der hielt sie davon ab, richtete sich langsam auf und machte Anstalten aufzustehen.

„Du glaubst doch nicht im Ernst, dass ich dich aufstehen lasse. Du hast immer noch Fieber!"

Aramar wischte barsch ihre Hand beiseite, die sie ihm auf die Stirn legen wollte.

„Lass das, Weib. Ich ersticke, wenn ich noch weiter liegen muss!"

Asa gab nach.

„Na schön. Du kannst dich in den großen Sessel vor den Kamin setzen, aber in eine Decke gewickelt."

Sie schaffte es nun doch, ihm die Stirn zu fühlen.

„Mh… Das Fieber ist zurückgegangen." Sie schürzte die Lippen. „In den Sessel vor den Kamin, mit einer Decke! Und das Anstrengendste, was du tun darfst, ist ein Buch lesen!"

Sie schaute mit flammenden Augen auf Aramar herab, der seufzend nickte und die Arme hob, um sich von ihr hochziehen zu lassen. Mit wackeligen Beinen, fest auf Asa gestützt, schlurfte Aramar zum Sessel und ließ sich erleichtert hineinsinken. Asa schüttelte den Kopf, sagte aber nichts, während sie die Decke um Aramar feststopfte.

„Ich bringe dir deinen Hustentee!"

Sie stapfte aus dem Zimmer und Aramar hörte sie noch murmeln:

„Alter störrischer Esel …", dann war sie um die Ecke verschwunden.

Er lauschte, hörte sie in der Küche hantieren und schälte sich dann aus der Decke. Er erhob sich ächzend aus dem Sessel, hielt sich an allen Gegenständen, die in Reichweite waren, fest und hangelte sich zum Bücherregal, wo er Bände der Aufzeichnung von Araquitar herauszog.

„Aramar!"

Aramar zuckte zusammen und ließ die Bücher fallen. Asa fasste ihn energisch am Ellenbogen und bugsierte ihn wieder in den Sessel.

„Kannst du nicht eine Sekunde Geduld haben?"

Sie stopfte die Decke wieder fest und hielt ihm die Tasse Tee hin.

„Austrinken!", befahl sie. Aramars Gesicht verfärbte sich langsam in ein zorniges Rot.

„Es reicht Asa! Übertreib es nicht! Bring mir die Bücher, wenn ich schon nicht aufstehen soll!"

Aramar nahm ihr die Tasse ab, nippte daran und verzog das Gesicht. Der Tee schmeckte nach wie vor scheußlich, aber er half gegen das Kratzen im Hals. Asa ließ die Bücher mit einem Knall auf den Beistelltisch neben dem Sessel fallen und marschierte erhobenen

Hauptes aus dem Zimmer. Aramar seufzte. Er war seit zehn Jahren der mächtigste Mann im Land, Vorsitzender des Rates, aber sie zeigte keinerlei Respekt und je älter sie wurde, desto schlimmer wurde es.

Sie hatten früh geheiratet, wie es Brauch war, und sie war ihm zur Universität gefolgt, hatte ihm den Haushalt geführt und ihm alles abgenommen, was ihn von seinen Studien abgehalten hätte. Sie waren sich über die Jahre ans Herz gewachsen, wenn auch zwischen ihnen nie das heftige Feuer gebrannt hatte, von dem er einmal gelesen hatte, wenn es das überhaupt gab. Er vertraute ihr, mehr als jedem anderen, wenn er das auch nie zugeben würde und ihre Meinung war ihm wichtig. Mit ihrer praktischen Art und Weise gelang es ihr immer wieder, ihn zurechtzustutzen und auf den Boden zurückzuholen.

Aramar schmunzelte, als er das Gepolter in der Küche hörte und nahm schnell einen Schluck Tee, um den neuen Hustenanfall, den ein Kratzen im Hals ankündigte, abzuwenden. Er stellte den Tee ab und nahm sich eines der schweren Bücher. Schon oft hatte er in ihnen gelesen. Aber nun galt es herauszufinden, was der Spiegel, der alles sieht, dem Rat seit einigen Monaten zeigte. Seine Gedanken wanderten all die Jahre zurück, in denen er nun Mitglied des Rates war. Des Rates, der Araquitar regierte. Nie hatte der Spiegel Ähnliches gezeigt. Er hatte vor Stürmen und Überschwemmungen gewarnt, welche die Bewohner Araquitars manchmal bedrohten. Aber diesmal war es anders. Unheil hatten die Bilder verheißen. Keine wage Gefahr in ferner Zukunft. Sie hatten eine direkte Gefahr, die von Osten drohte, beschrieben. Er hatte Bilder von wild aussehenden Männern auf zotteligen Ponys erblickt. Sie versammelten sich in großer Zahl auf der anderen Seite des Quitar-Gebirges. Godronen. Allein ihr Name jagte ihm einen Schauer über den Rücken.

Das Quitar-Gebirge bildete eine natürliche Grenze zwischen Araquitar und dem Hinterland, dem scheinbar grenzenlosen Bergland, das die Heimat der Godronen war. Die steilen, meist mit Schnee bedeckten Gipfel der Gebirgskette hielten sie auf ihrem Gebiet. Seit zweihundert Jahren hatten sie das Quitar-Gebirge nicht mehr überschritten. Allmählich waren sie in Vergessenheit geraten, nur ein Geist, der noch manchmal durch dunkle Träume spukte. Doch nun sammelten sie sich auf der anderen Seite des Gebirges und warteten darauf, dass der Schnee von den wenigen Pässen verschwand.

Sobald der Spiegel die ersten Bilder gezeigt hatte, waren die Pässe mit Kundschaftern besetzt worden. Aber bis jetzt war alles ruhig geblieben. Kein Anzeichen von Godronen. Also was sollte das Ganze? Stand ihnen tatsächlich wieder eine Invasion bevor oder war es nur blinder Alarm? Allerdings hatte sich der Spiegel bis jetzt noch nie geirrt.

Aramar schlug wieder die Seiten auf, auf denen der erste und bis jetzt einzige Überfall der Godronen geschildert wurde. Er hatte diesen Abschnitt nun schon so oft gelesen, dass er ihn fast auswendig kannte. Er fragte sich oft, was wohl in den ersten Bänden der Aufzeichnung gestanden hatte. Doch sie waren auf sehr schlechtem Papier geschrieben worden und bei einem heftigen Gewitterregen unglücklicherweise zerstört worden. Nur Bruchstücke konnten noch gerettet werden, aus denen hervorging, dass diese Bände die Entstehungsgeschichte von Araquitar und dem Spiegel, der alles sieht, und dem ersten Quitadaren enthalten hatten. Was für ein Verlust. Gerade als er den Abschnitt über den Überfall der Godronen erneut lesen wollte, um vielleicht doch noch einen verborgenen Hinweis zu entdecken, gab es einen Aufruhr in der Küche. Er hörte Asa keifen:

„Auf gar keinen Fall lasse ich Euch zu ihm. Er ist krank!"

Aramar richtete sich in seinem Sessel auf.

„Asa, was ist da los?", verlangte er laut zu wissen.

Amar, ein junger Hauptmann von Araquitars kleiner Armee, betrat Aramars Studierzimmer, während ein weiterer Soldat die zeternde Asa zurückhielt. Amar verbeugte sich tief vor Aramar.

„Verzeiht, wenn ich Euch bei Eurer Genesung störe, verehrter Aramar, aber wir haben einen Godronen gefangen genommen."

Aramar starrte ihn an und schluckte. Er musste sich gerade verhört haben.

„Entschuldigt Hauptmann Amar, die Erkältung muss mir auf das Gehör geschlagen sein. Ich habe gerade verstanden, Sie hätten einen Godronen gefangen genommen?"

Amar nickte.

„Er befindet sich in einer der Zellen in der Kaserne. Er kam allein über den Pass. Wir denken, dass er ein Spion ist und die Lage auskundschaften sollte. Wer weiß, wie viele es noch gibt."

Aramar bekam vor lauter Schreck einen Hustenanfall. Und als dieser nachließ, stand Asa schon neben ihm und reichte ihm eine Tasse Hustentee, mit einem bösen Blick auf den jungen Hauptmann. Aramar trank so viel Tee, bis das Kratzen im Hals nachließ, und schlug dann entschlossen die Decke zur Seite.

„Was soll das werden?", fragte Asa misstrauisch.
Aramar ignorierte sie und hievte sich unter einiger Anstrengung aus dem Sessel.

„Asa, ein paar Kleider. So kann ich mir unmöglich den Gefangenen ansehen!"

„Du wirst gar nichts tun!", begehrte Asa auf, doch unter dem strengen Blick von Aramar fügte sie sich und eilte aus dem Zimmer.

„Das Weib macht mich fertig", sagte Aramar in den Raum hinein und sah im Augenwinkel, wie der Hauptmann grinste.

„Wartet nur ab, bis Ihr verheiratet seid", drohte er ihm, aber der Hauptmann grinste nur noch breiter.

„Dem heiligen Quitadar sei Dank! Mir ist das bis jetzt erspart geblieben. Vater ist der Meinung, dass die Armee vorgeht. Für eine Familie ist noch später Zeit." Aramar schmunzelte und folgte Asa.

Eine halbe Stunde später stand Aramar vor dem Gitter der Zelle, das ihn von dem Godronen trennte. Dieser lag auf der Pritsche und schlief. Das Brot und das Wasser, das man ihm in die Zelle geschoben hatte, waren unberührt. Amar runzelte die Stirn und bevor ihn Aramar davon abhalten konnte, schlug er mit dem Schwertknauf gegen das Gitter. Der Godrone rührte sich nicht.

„He, aufwachen!", rief Amar und schlug abermals mit dem Schwertknauf gegen das Gitter, bis Aramar ihn festhielt. Das Geräusch verursachte ihm

Kopfschmerzen. Aber es hatte seinen Zweck erfüllt und der Godrone richtete sich langsam auf.

Er starrte sie aus blutunterlaufenen Augen an. Aramar rann ein Schauer über den Rücken. Er hatte das Gefühl, als blicke der Godrone ihm direkt in die Seele und hinterließe dort pure Angst.

„Verstehst du mich?", fragte Aramar. Der Godrone starrte sie nur weiter an und schließlich schaute Aramar den Hauptmann mit einem Schulterzucken an.

„Ich verstehe dich." Die raue Stimme ließ Aramar herumfahren. Der Akzent war seltsam, fremd, doch dennoch verständlich.

„Warum sammelt ihr euch auf der anderen Seite des Gebirges? Was wollt ihr von Araquitar und seinen Bewohnern?", die Antwort auf diese Fragen interessierten Aramar mehr als alles andere.

Doch der Godrone sagte nichts und schnaubte schließlich nur verächtlich.

„Wer bist du, dass du überhaupt mit mir redest, Verräter aus dem Wolfsklan?"

Aramar schluckte.

„Ich verstehe nicht."

Der Godrone wandte angewidert den Kopf ab.

„Ihr solltet sterben für euren Verrat an den Klans, doch stattdessen stehlt ihr euch davon und entzieht euch der Strafe. Dieses Land steht euch nicht zu!"

Der Godrone legte sich wieder hin und drehte ihnen den Rücken zu. Er ließ sich auch nicht mehr aufschrecken, als Amar wieder gegen das Gitter schlug.

Aramar hielt seinen Arm fest.

„Was hat er gemeint?"

Doch Amar zuckte nur mit den Schultern.

„Das bekommen wir noch aus ihm heraus."
Seine Stimme war gefährlich leise und Aramar stellte
lieber keine Fragen. Es war zu wichtig, dass der Godrone
redete.

Aramar ging in Gedanken versunken zurück, den Mantel
gegen den kalten Herbstwind fest um sich geschlungen.
Er hatte gerade die Eingangstür zu seinem Haus erreicht,
als ihn ein erneuter Hustenanfall schüttelte. Asa schien
hinter der Tür auf seine Rückkehr gelauert zu haben und
riss die Tür auf. Sie packte ihren hustenden Ehemann am
Ärmel und zog ihn in den Flur. Dort lehnte sie ihn
kurzerhand an die Wand und drückte ihm eine Tasse mit
dampfendem Hustentee in die Hand, der auf der
Kommode bereitstand. Aramar trank langsam und das
Husten ließ nach. Irgendwann seufzte er und sah in Asas
zornige Augen.
    „Kein Wort!", wies er sie an und drückte ihr die leere
Tasse in die Hand. Sie presste die Lippen zu einem
schmalen Strich zusammen und half ihm aus dem
Mantel. Aramar ließ es geschehen, ging dann ins
Studierzimmer und ließ sich in den Sessel plumpsen.
Immer wieder gingen ihm die Worte des Godronen
durch den Kopf. Bedeuteten sie etwa, dass die
Araquitaner von den Godronen abstammten? Das
konnte nicht sein. Die Godronen waren wilde Tiere.
Aber dennoch hatte der Godrone eine ihnen
verständliche Sprache gesprochen. Sie hatte fremd
geklungen, aber Aramar hatte jedes Wort verstanden.
Und sie hatten sich in seinen Verstand eingebrannt. Er
stand auf und sah sich Asa gegenüber.

„Wo willst du jetzt schon wieder hin?", fragte sie misstrauisch und wich nicht zur Seite.

„Ich muss noch mal in die Kaserne. Ich muss noch mal mit dem Godronen sprechen. Ich muss verstehen, was er gemeint hat!"

„Das kannst du später tun. Ich werde nicht zulassen, dass du dich überanstrengst und einen Rückfall bekommst. Ich habe die Nase voll von deinem Kranksein und deiner Nörgelei!"

Asa stopfte ihn samt einer Decke zurück in den Sessel. Flink zog sie ihm die Schuhe aus. Aramar wollte protestieren und sie wegschieben, aber die Augen fielen ihm zu und er schlief schon, als Asa sich aufrichtete. Sie lächelte ein wenig hinterhältig.

„Wäre doch gelacht, wenn ich nicht dafür sorgen könnte, dass du ausreichend schläfst, mein Lieber!", sagte sie leise zu ihrem nun schnarchenden Mann. Sie verließ das Zimmer und zog die Tür hinter sich zu.

Stunden später erwachte Aramar ausgeruht, aber mit steifem Rücken. Der Sessel war zwar sehr bequem, eignete sich aber definitiv nicht zum Schlafen. Ihm war sofort klar, was geschehen war. Dieses Weib! Hatte es ihm doch ein Schlafmittel in den Tee gemischt. Dabei musste er dringend herausfinden, was der Godrone gemeint hatte. Er kämpfte sich unter der Decke hervor.

„Asa!"

Die Tür öffnete sich und eine ernst schauende Asa schob den noch ernster schauenden Hauptmann Amar in das Zimmer. Der Hauptmann öffnete den Mund, schloss ihn wieder und warf einen hilfesuchenden Blick zu Asa.

„Beim heiligen Quitadar, was ist denn los?", donnerte Aramar ungeduldig und die beiden zuckten zusammen.

Amar senkte den Blick und schluckte.

„Wir wollten den Gefangenen vor einer halben Stunde zur Befragung holen und haben ihn tot in seiner Zelle gefunden. Er hatte Reste von Beeren im Mund. Er muss sie mitgebracht haben."

Aramar ließ sich zurück in den Sessel sinken.

Der Godrone war tot. Warum hatte er sich umgebracht? Hatte er die Worte des Hauptmanns zu ernst genommen? Nun ja, sie waren schon glaubwürdig gewesen, aber Araquitaner waren doch keine Unmenschen. Was war ihm denn bloß durch den Kopf gegangen? Allerdings, wenn er davon ausging, dass die Araquitaner einst zu den Godronen gehört hatten …

Ein Schauer rann Aramar den Rücken hinunter. Er mochte und konnte sich gar nicht vorstellen, was Godronen mit ihren Gefangenen anstellten, wenn sie selbst den Tod einer Befragung vorzogen.

„Warum hat er sich umgebracht? Haben Sie ihm einen Grund gegeben?", fragte Aramar barsch, seine Enttäuschung kaum verbergend.

Amar zog ein entrüstetes Gesicht, beherrschte sich aber sofort.

„Nein. Seit Ihr gegangen seid, war niemand bei ihm." Er zuckte hilflos mit den Schultern.

„Wir wollten ihm nur ein paar Fragen stellen, obwohl ich nicht erwartet habe, dass er freiwillig redet. Aber vielleicht hätte er uns noch etwas beschimpft und so etwas verraten. Ich weiß nicht, was er sich gedacht hat."

Aramar raufte sich den Bart.

„Nun, seinen wenigen Worten konnte ich entnehmen, dass er glaubt, die Araquitaner stammen von Godronen ab, die einst über die Berge geflohen waren."

Amar nickte langsam.

„Und wenn er davon ausgegangen ist, wie die Godronen möglicherweise ihre Gefangenen behandeln …"

Aramar nickte.

„Dann hatte er womöglich guten Grund, sich das Leben zu nehmen."

Er seufzte.

„Wie dem auch sei, es ist nicht ermutigend, im Gegenteil. Wir müssen davon ausgehen, dass die Godronen grausame Kreaturen sind."

Er sah Amar an.

„Wo ist Sarison?"

Amar straffte ein wenig die Schultern.

„Er ist gestern im Dorf Hohenholt angekommen und müsste jetzt die Befragung der Bewohner abgeschlossen haben."

Aramar nickte, seufzte und wischte sich dann müde über die Augen. Sarison war seit zwei Monaten unterwegs. Der Rat hatte ihn auf die Suche nach einem Quitadaren geschickt, nachdem sich beim letzten Feuerringfest kein neuer Quitadar zu erkennen gegeben hatte. Das Feuerringfest fand einmal im Jahr, Anfang Herbst, in Angor statt. Die ganze Stadt war dann auf den Beinen und zum Bersten mit Gästen gefüllt. Am dritten Tag wurde dann der Feuerring öffentlich ausgestellt und konnte von allen bestaunt werden. Es fand dann auch die traditionelle Prüfung statt. Alle Jungen und Männer hielten nacheinander die Hand über den Feuerring. Bei vielen zuckte der Feuerring leicht, die Ansätze der Gabe waren in Araquitar weit verbreitet. Aber dass es jemand schaffte, den Feuerring zum Drehen und Leuchten zu bringen und mit ihm Dinge zu tun, von denen andere nur träumen konnten, kam ungefähr alle vier Generationen vor. Alle bisherigen Quitadare waren so entdeckt worden. Wenn der Feuerring einen neuen Quitadar auswählte, ging das Fest einen Monat weiter und wurde erst dann wieder gefeiert, wenn sich der Feuerring für einen neuen Träger entscheiden musste.

Sarison hatte umfassende Kenntnisse über den Feuerring und seine Benutzung. Doch Aramar war sehr froh, dass der Feuerring nicht auf Sarison reagierte, denn Sarison war kein angenehmer Mensch. Kalt, machthungrig, aufbrausend, ungeduldig und stets trug er Verachtung in seiner Miene zur Schau. Aramar hatte seine Wahl in den Rat nie verstanden. Sicher, es wurden die klügsten Köpfe in den Rat gewählt und Sarison war hochintelligent, das war unbestritten. Aber eigentlich wurden bei der Wahl auch immer die charakterlichen Eigenschaften beachtet. Sarison war gefährlich und dennoch war es logisch, ihn wegen seiner Kenntnisse über den Feuerring auf die Suche zu schicken. Aramar hatte ihm noch den jungen Notor, ein weiteres Ratsmitglied, zur Seite stellen wollen. Doch Sarison hatte mit der nicht von der Hand zu weisenden Begründung, dass jeder kluge Kopf zur Lösung des Problems in Angor gebraucht würde, Aramars Wunsch abgelehnt. Hauptmann Amar hatte veranlasst, dass jeden Tag, ohne Sarisons Wissen, Bericht über die Reise erstattet wurde. Daher wusste der Rat genau Bescheid und konnte so Sarisons Berichte richtig deuten. Denn Sarison hatte die leidige Angewohnheit, die Tatsachen so darzustellen, dass sie ihn selbst immer im besten Licht dastehen ließen.

Amar räusperte sich.

„In gut zwei Wochen werden sie wieder nach Angor zurückkehren, um frische Verpflegung zu holen und die Soldaten auszutauschen."

Sarison war nach einem Monat Suche für eine Woche nach Angor zurückgekehrt, um sich zu regenerieren und um einen neuen Trupp Soldaten mitzunehmen. Die Soldaten Araquitars trainierten im Moment für den bevorstehenden Kampf und man konnte es sich nicht leisten, auch nur einen Soldaten unvorbereitet zu lassen.

„Im neuen Jahr werde ich selbst einen Monat lang die Leitung des Begleittrupps übernehmen. Bis dahin sind die Soldaten gut eingearbeitet und Tarl wird auf mich verzichten können. Ich will mir selbst ein Bild vom Gebiet machen."

Aramar nickte. Amar war ein guter Mann, zwar noch sehr jung, aber mit einem wachen Verstand und schneller Auffassungsgabe. Doch das nützte ihnen alles nichts, wenn sie nicht bald einen Quitadar fanden.

Hochmut kommt vor dem Fall

Aramar wachte schweißgebadet auf. Asa drehte sich um, murmelte etwas, schlief aber weiter, ohne aufzuwachen. Vorsichtig und leise, um sie nicht zu stören, stieg Aramar aus dem Bett und ging an das Fenster. Er schaute durch die Lücke zwischen den Vorhängen in die dunkle Nacht. Der Morgen war noch fern und eine friedliche Stille lag über der Stadt. Man mochte kaum glauben, dass sich hinter den Bergen ein solches Unheil, das diese friedliche Atmosphäre für immer zerstören konnte, zusammenbraute.

Seit der Godrone in ihre Gefangenschaft geraten war und sich selbst getötet hatte, wurde Aramar von Albträumen gequält. Die Frage, ob Araquitaner tatsächlich von Godronen abstammten, war unbeantwortet geblieben und verfolgte ihn in den Schlaf. Allein der Gedanke daran war unvorstellbar. Immer wieder sah Aramar das Gesicht voller Hass und Verachtung vor sich. Aber was immer der Godrone auch behauptet hatte, sie hatten sich dieses Land urbar gemacht und jedes Recht darauf, hier zu leben. Die Godronen waren die Eindringlinge, sie sollten bleiben, wo sie waren. Die Araquitaner würden alles in ihrer Macht tun, um die Spiegelbilder nicht wahr werden zu lassen.

Aramar seufzte und ging wieder ins Bett. Seine Gedanken drehten sich jedoch weiter um dieses Problem und er fand keinen Schlaf.

Am nächsten Morgen stieg er schlecht gelaunt und müde aus dem Bett. Erst in den frühen Morgenstunden war er dann doch eingeschlafen, aber Asa hatte ihn erbarmungslos zur vereinbarten Zeit geweckt.

„Konntest du wieder nicht schlafen?", fragte sie mitfühlend, während sie die Vorhänge zurückzog und das Fenster öffnete, um die kühle Luft einzulassen. Aramar fröstelte und er zog seinen Morgenmantel fest um sich.

„Mach dich frisch und dann gibt es Frühstück", versuchte Asa Aramar aufzumuntern, aber der schlurfte mit einem leisen Knurren aus dem Zimmer. Asa sah ihm besorgt nach. Wenn er nicht bald vernünftig schlafen konnte, würde er wieder krank werden. Und das verkraftete sie diesen Winter nicht noch einmal.

Das Frühstück hob Aramars Laune nur wenig. Doch noch bevor er sich seinem Frühstücksei zuwenden konnte, wurde er unterbrochen. Ein Bote brachte ihm die Nachricht, dass Sarison einen Quitadar gefunden hatte. Aramar ließ das Ei klappernd auf den Teller zurückfallen und zerriss die Nachricht fast in seiner Hast. Er las sie mehrmals und eine Welle der Erleichterung durchflutete ihn. Sarison hatte einen Quitadar gefunden und selbst bei der üblichen Übertreibung, die sie von Sarison gewohnt waren, musste es doch ein fähiger Quitadar sein. Sie waren gerettet! Aramar ließ sich zurück in seinen Stuhl fallen und atmete noch einmal tief durch. Dann gab er dem Boten den Auftrag, den Rat zusammenzurufen. Sie hatten wieder einen Quitadar, das waren großartige Neuigkeiten!

Eine Stunde später hatte sich der Rat im Versammlungszimmer um den Spiegel, der alle sieht, versammelt. Aramar las dem Rat gerade die gute Neuigkeit vor, als ein Bote neue Nachrichten von Sarison und dessen Begleitern brachte. Aramar nahm sie entgegen und wartete, bis der Bote das Zimmer verlassen hatte.

„Lies vor!", forderte Taror ihn mit krächzender Stimme auf.

Aramar klappte das Papier auf und räusperte sich.

„Der Kandidat hat den Test nicht bestanden. Ich setze die Suche fort. Sarison."

Schweigen herrschte ihm Saal. Schließlich räusperte sich Taror.

„Das war alles? Erst dieses weitschweifige Gerede darüber, wie herausragend die Fähigkeiten des Kandidaten sind, und dann besteht er den Test nicht? Wenn da einer herausragende Fähigkeiten hat, dann Sarison im Übertreiben!"

Zustimmendes Gemurmel im Saal. Aramar war bei den wenigen Worten ganz kalt geworden. Die Hoffnung, die er verspürt hatte, war gestorben. Sie waren doch nicht gerettet. Sarison hatte sich überschätzt und sie alle zum Narren gehalten.

Er öffnete die Nachricht von Sarisons Begleiter und las darin letztendlich den Beweis von Sarisons Übertreibung. Der Feuerring hatte zwar deutlich stärker auf den Kandidaten reagiert, aber die Reaktion war dennoch nicht mit den Aufzeichnungen zu vergleichen gewesen. Der Ring hatte über der Handfläche des Kandidaten geschwebt und sich langsam gedreht, aber er hatte sein Feuer nicht gezeigt. Aramar seufzte und ließ den Kopf hängen. Er spürte, wie jemand ihm die Zettel aus der

Hand nahm und sah wie Notor die Nachricht durchlas und weiterreichte.

„Und nun?", fragte Notor.

Aramar zuckte mit den Schultern.

„Wir machen weiter wie bisher und hoffen das Beste."

„Falls wir, wenn überhaupt, rechtzeitig einen Quitadaren finden?"

Taror sprach Aramars Befürchtungen aus.

„Hoffentlich prüft der Esel das nächste Mal seinen Kandidaten, bevor er seine Erfolgsmeldung in die Welt hinausposaunt!"

Auch diesmal brachte Taror Aramars Gedanken auf den Punkt und dem zustimmenden Gemurmel nach zu urteilen nicht nur seine.

Aramar hob die Hand.

„Uns bleibt nichts übrig, als abzuwarten. Die Sitzung ist beendet."

Eine Woche später ritt Sarison erhobenen Hauptes durch das Stadttor. Er hielt sein Gesicht ausdruckslos, obwohl er vor Wut fast platzte. Alle lachten über ihn, seine Begleiter, die Soldaten, die das Stadttor bewachten, ja sogar die Stadtbewohner, die ihm auf dem Weg zur Universität begegneten. Sie versuchten, es zu verbergen, aber er konnte es in ihren Gesichtern lesen. An der Treppe zum Haupteingang der Universität angekommen, stieg er umständlich von seinem Pferd. Ihm tat alles weh und am liebsten wäre er in seinen Räumen verschwunden, um sich wenigstens zu baden, bevor er dem Rat gegenübertreten und eine Erklärung für seine voreilige Erfolgsmeldung abgeben musste. Aber so wie es aussah, war ihm das nicht vergönnt. Aramar schien auf ihn gewartet zu haben und kam ihm die Treppe herunter entgegen. Auch er trug dieses leicht spöttische Lächeln im Gesicht. Sarison hatte größte Mühe, seine Gefühle unter Kontrolle zu halten, um den Hass, den er im Moment empfand, nicht zu zeigen. Er würde es ihnen schon noch zeigen. Und wenn er erst mal auf dem Stuhl des Ratsvorsitzenden saß, würde es niemand mehr wagen, über ihn zu lachen. Sarison verfluchte sich selbst, weil er die Meldung losgeschickt hatte, ohne die Prüfung durchgeführt zu haben. Das würde ihm nicht noch einmal passieren. Falls er überhaupt einen Kandidaten fand. Seine anfängliche Euphorie war schnell verflogen. Das Reisen auf dem Pferderücken war viel unbequemer, als er es sich vorgestellt hatte. Und diese Bauern, wie sehr ihre Einfältigkeit ihn anwiderte.

„Sarison."

Sarison zwang ein Lächeln in sein starres Gesicht und sah Aramar in die Augen.

„Aramar."

Aramar verzog keine Miene bei der versteckten Anmaßung.

„Ich hoffe die Reise war nicht allzu beschwerlich und Ihr könnt uns gleich Bericht erstatten. Der Rat ist versammelt und wartet sehnlichst auf Eure Ausführung der Geschehnisse."

Aramar sah, dass Sarison den Mund wütend zusammenkniff und konnte sich nur mit Mühe ein schadenfrohes Lächeln verkneifen. So ernst die Lage auch war, bereitete es ihm immer wieder eine diebische Freude, wenn er Sarison eins auswischen konnte. Und nicht nur er. Es war Tarors Vorschlag gewesen, Sarison sofort zu befragen, damit er sich nicht erholen und seine

Worte zurechtlegen konnte. Ohne auf Sarisons Antwort zu warten, drehte Aramar sich um und ging die Treppe hinauf. Nach kurzem Zögern folgte Sarison ihm.

„Ah, da seid Ihr ja endlich!", krächzte Taror, als Sarison den Ratssaal betrat.

„War wohl doch etwas voreilig, dass wir uns schon versammelt haben." Taror lachte gackernd. Und auch die anderen Ratsmitglieder konnten sich ein Grinsen nicht verkneifen.

„Taror!", wies Aramar den alten Mann zurecht, der nicht im Geringsten ein schlechtes Gewissen hatte.

„Ist doch wahr!", bekräftigte der noch und grinste Sarison frech an. Dessen Lippen waren so fest zusammengepresst, dass sie kaum noch zu sehen waren. Aramar räusperte sich.

„Die Lage ist zu ernst, um Späße zu machen, und wir machen alle mal Fehler, das sei auch dem geehrten Sarison zugestanden. Bitte, Euer Bericht", wandte er sich an Sarison, der ihm verkniffen zunickte und sich erhob.

„Schön langsam und nicht so hastig!", murmelte jemand kaum hörbar und wieder ging ein leises Gekicher durch den Raum.

„Meine Herren!", donnerte Aramar und es kehrte Stille ein.

Sarison, vor Wut weiß im Gesicht, verwarf die Worte, die er sich zurechtgelegt hatte. Sie würden es ihm doch nicht glauben und nur die Gelegenheit nutzen, ihn weiter zu verspotten.

„Ich habe meinen Berichten, die ich von unterwegs gesandt habe, nichts hinzuzufügen. Leider hat sich der Kandidat als ungeeignet herausgestellt und ich werde meine Suche fortsetzen, nachdem ich mich erholt habe. Erst die knappe Hälfte der Dörfer habe ich bereist und dann sind da auch noch die Höfe an den Hängen des Quitar-Gebirges. Noch besteht die Hoffnung, dass ich einen Quitadar finde."

Sarison sah in die Runde. Niemand grinste mehr. Hatten diese Dummköpfe nun endlich den Ernst der Lage verstanden? Wie er sie verachtete. Sarison wandte sich an Aramar.

„Mit Eurer Erlaubnis werde ich mich nun zurückziehen."

Aramar nickte ihm knapp zu und der Rat sah zu, wie Sarison stolz den Raum verließ.

„Dieser eitle Esel!", knurrte Taror.

„Du warst nicht sehr hilfreich!", rügte Aramar seinen alten Freund, konnte sich ein Grinsen aber nicht verkneifen.

„Glaubt Ihr, dass er einen Quitadaren finden wird?", meldete sich Notor zu Wort.

Aramar konnte nur sorgenvoll den Kopf schütteln.

„Ich weiß es nicht, ich …" Er verstummte.

„Wir sollten uns auf das Schlimmste gefasst machen", führte Taror seine Gedanken zu Ende und Aramar nickte.

Sarison knallte voller Wut die Tür zu seinen Gemächern hinter sich zu. Sie hatten ihn offen ausgelacht. Für einen kleinen Fehler. Dabei war es nicht einmal sein Fehler. Es war der Fehler dieses dummen Kandidaten und dieses Feuerrings. Sie hatten ihm etwas vorgegaukelt, was dann nicht eingetroffen war. Sie hatten ihn getäuscht. Anscheinend hatte sich ganz Araquitar gegen ihn verschworen. Aber sie würden schon sehen. Er würde den nächsten Quitadar finden und dann würde er der mächtigste Mann in Araquitar werden. Er würde nur einige Tage rasten und dann sich sofort wieder auf den Weg machen. Er sah aus dem Fenster. Es hatte angefangen zu schneien. Sein Gesicht verfinsterte sich noch weiter. Sogar das Wetter hatte sich gegen ihn verschworen. Der Winter war nun endgültig da. Der Schneefall würde ihn für die nächste Zeit an Angor fesseln.

Spiegelbilder

Langsam erlosch das Leuchten im Spiegel und mit ihm die Bilder. Aramar starrte noch lange Zeit auf die nun blinde Oberfläche des Spiegels, der alles sieht. Er sah nur noch sein eigenes, leicht verzerrtes Spiegelbild. Die weißen, in den letzten Jahren deutlich dünner gewordenen Haare fielen ihm ins Gesicht und verschmolzen mit seinem Bart, den er jeden Morgen sorgfältig in Form brachte. Seine blauen, mit der Zeit blasser gewordenen Augen starrten ihm entgegen. Sorgen ließen die Falten in seinem Gesicht noch tiefer werden. Er nahm den Ratssaal, in dem der Spiegel stand, nicht mehr wahr. Seine Gedanken wanderten durch die letzten Wochen.

Die Schneefälle hatten so ziemlich alle Aktivitäten in Araquitar zum Erliegen gebracht. Es waren die heftigsten und am längsten anhaltenden Schneefälle seit fünfzig Jahren gewesen. Was für ein Glück. Durch sie würden die Pässe länger als normal unpassierbar sein. Sie hatten den Araquitanern noch ein wenig Zeit verschafft, um sich für den Überfall der Godronen zu wappnen.

Sarison hatte sich weitgehend in seinen Gemächern aufgehalten und war nur selten zu den Ratssitzungen erschienen. Nicht, dass sie seine Abwesenheit bedauert hätten. Doch Aramar machte sich Sorgen, dass Sarison in seinem stillen Kämmerlein etwas ausbrütete. Er hatte lieber ein Auge auf ihn.

Seit zwei Wochen hatte es nicht mehr geschneit und die Temperaturen waren spürbar milder geworden. Sarison war gestern wieder aufgebrochen, um seine Suche fortzusetzen, und der Hauptmann Amar begleitete ihn diesmal. Ein kühler Windhauch strich durch das Zimmer und ließ Aramar frösteln. Leise Schritte erklangen hinter seinem Rücken. Er drehte sich zu Asa um, die gerade ein Tablett mit einer Kanne dampfenden Tees auf dem kleinen Tisch an der Wand abstellte. Naserümpfend ging sie an Aramar vorbei und riss beide Fenster auf, durch die man einen Blick auf den Universitätsgarten hatte. Im Moment war er nur ein Schatten seiner selbst. Kahle Bäume säumten die breiten Wege und die im Sommer vor bunten Blüten beinahe platzenden Beete waren braun und lagen brach. Leise vor sich hinmurmelnd begann Asa, die Stühle um den erloschenen Spiegel zurechtzurücken und die leer getrunkenen Becher von den Beistelltischen zu sammeln. Während frische Luft in den muffigen Ratssaal strömte, sah Aramar lächelnd Asa dabei zu, wie sie geschäftig durch das Zimmer eilte, ohne ihn eines Blickes zu würdigen. In ihrer Gegenwart konnte er immer vergessen, welche Verantwortung auf ihm lastete, und sich als einfacher, normaler Mensch fühlen.

Asa begann nun, die Möbel abzustauben, und als sie sich energisch dem Spiegel zuwandte, unterbrach Aramar sie mit einem bestimmten:

„ Es reicht, Asa!"

Asa stemmte eine Faust in die rundliche Hüfte und sah Aramar ärgerlich an.

„Bitte, wenn der Rat im Schmutz tagen soll!"

Beleidigt ging sie zum kleinen Tisch an der Wand, nahm das Tablett auf und sagte über die Schulter:

„Der Tee ist fertig!"

Mit einem letzten Stirnrunzeln verschwand sie aus dem Ratssaal. So wie der Duft des Tees verschwand, so kamen die Sorgen zurück. Aramar trat wieder an den Spiegel und strich mit der Hand darüber, als könne er die verstörenden Bilder, die er darin gesehen hatte, einfach wegwischen.

„Aramar! Der Tee wird kalt!"

Aramar seufzte. Was war nur aus dem schüchternen, folgsamen Mädchen geworden, das er einst zur Frau genommen hatte. Asa erschien in der Tür, die Faust wieder in die Hüfte gestemmt.

„Schweig, Weib! Ich komme, wann es mir beliebt!"

Asa verschwand mit Zornesfalten auf der Stirn und begann in dem Nachbarzimmer laut mit dem Geschirr zu klappern.

Noch einmal strich Aramar mit der Hand über den Spiegel und dieser begann in der Tiefe zu glühen. Aramar hielt die Luft an. Nur einmal im Monat erglühte der Spiegel und auch nur, wenn der Rat gemeinsam die Zauberformel sprach. Was hatte das zu bedeuten? Aramar beugte sich über den Spiegel. Er spürte, wie sein Herz schneller schlug und sein Atem sich beschleunigte. Langsam stiegen Bilder an die Oberfläche. Schneebedeckte Berge, Männer auf zotteligen Ponys, Zeltlager auf den Hochebenen des Quitar-Gebirges, nahe der Pässe, die nach Araquitar führten. Aramar runzelte die Stirn. Dies alles hatte ihnen der Spiegel bereits in der Sitzung gezeigt. Aramar richtete sich auf und schüttelte langsam den Kopf. Das ergab keinen Sinn. Was wollte der Spiegel ihm nur sagen?

Lautes Geschirrgeklapper drang aus dem Nebenzimmer. Ärgerlich wollte sich Aramar zur Tür wenden und Asa erneut zurechtweisen, als er im Augenwinkel bemerkte, dass sich die Bilder im Spiegel änderten. Alles verschwamm. Nebelschwaden trieben durch das Bild und langsam tauchte ein Segel auf, dann noch eins und dann ein weiteres. Eine ganze Flotte bewegte sich auf Araquitar zu. Aramars Herz schien auszusetzen. Das Symbol auf den Segeln kannte er aus Legenden, die noch weiter in die Vergangenheit reichten als die Geschichten über die Godronen. Moraner! Wenn es noch etwas Schlimmeres gab als die Godronen, dann waren es die Moraner. Trotz der kühlen Luft, die durch die Fenster strömte, begann Aramar heftig zu schwitzen. Sein Herz pochte schmerzhaft schnell in seiner Brust.

„Asa!"

Aramars Stimme überschlug sich.

„Asa!"

Asa erschien mit einem verärgerten Stirnrunzeln im Türrahmen. Als sie Aramars entsetzten Gesichtsausdruck sah, erbleichte sie. Dann bemerkte sie, dass der Spiegel wieder Bilder zeigte, und ihre Augen weiteten sich erschrocken.

„Hol den Rat zusammen, Asa. Schnell!"

„Wie …?"

Asa stand wie erstarrt.

„Steh nicht herum, Weib! Tu, was ich dir sage!", donnerte Aramar und riss Asa aus ihrer Erstarrung.

Sie nickte und verschwand.

Aramar wandte sich wieder den Bildern zu. Eine ganze Flotte der Moraner. Woher kamen die denn nur? Aramar war überzeugt gewesen, dass sie nicht mehr existierten. Und nun waren sie crncut auf dem Weg nach Araquitar!

Sie wussten nicht einmal, wie sie mit den Godronen fertig werden sollten, und nun kamen auch noch die Moraner. Verzweiflung drängte sich in Aramars Verstand. Sie waren verloren. Araquitar hatte nur eine kleine Armee, die in kleinen Patrouillen über das Land zog, für Ruhe und Ordnung sorgte und in Notlagen, wie Überschwemmungen und Erdrutschen, die Bevölkerung unterstützte. Dass sie außerhalb des Trainingslagers und der Turniere wirklich kämpfen musste, war Jahrhunderte her.

Aramar trat ans Fenster und sah hinaus. Ein Ausblick, den er im Sommer immer so genoss, der ihm aber nun das Herz schmerzen ließ. All diese Schönheit war in Gefahr. Der große Ozean grenzte im Westen an Araquitars Steilküste. Das Quitar-Gebirge begrenzte das kleine Land im Norden und im Osten. Im Süden lag die Vulkanwüste, in der nichts leben konnte. Von den Bergen herab fließende Bäche vereinten sich zum Goldfluss, der seinen Namen vom gelben Kies in seinem Flussbett hatte. In seinem Delta holten die Fischer die unterschiedlichsten Fische aus dem Wasser und die kleinen Krabben, die er so liebte. Angor war die Hauptstadt von Araquitar und ein gutes Stück nördlich vom Goldfluss gelegen. Die Stadt war um die Universität herum entstanden und hatte über die Jahrhunderte eine beachtliche Größe erreicht.

Araquitar war ein friedliches Land. Bauern bestellten die fruchtbare Erde und weideten ihr Vieh und die Pferde auf den üppigen Wiesen an den Hängen des Quitar-Gebirges. Handwerker stellten verschiedenste Waren her. Selten gab es Konflikte oder Streit. Aramar blinzelte die Tränen weg, die ihm in die Augen gestiegen waren. Wie sollten sie dies im Angesicht dieser übermächtigen Bedrohung nur beschützen? Hinter sich hörte Aramar ein Schnaufen. Er drehte sich um und sah Taror auf sich zu hasten.

„Aramar, was ist denn los? Asa war ganz aufgeregt und hat kaum ein Wort herausgebracht."

Wortlos deutete Aramar auf den Spiegel. Taror riss den Mund auf, als er die Bilder sah.

„Das darf nicht wahr sein!"

Mit ein paar schlurfenden Schritten war er am Spiegel und stützte sich schwer darauf. Ein leises Stöhnen entfuhr ihm.

„Moraner!", flüsterte er entsetzt.

„Ja, alter Freund", seufzte Aramar, fasste den schwankenden, alten Mann am Arm und half ihm auf seinen Sitz.

Nach und nach trafen die Ratsmitglieder wieder ein. Einer nach dem anderen sah die Bilder und erbleichte. Schweigend saßen sie eine Ewigkeit um den Spiegel und starrten ratlos auf die Bilder, die er ihnen in rascher Folge zeigte. Die Schiffe mit geblähten Segeln. In bunte, weite Hosen und Jacken gekleidete, dunkelhäutige Männer, die mit geschwungenen Säbeln Menschen aus ihren Häusern trieben und diese anzündeten, nachdem sie alle Wertsachen geraubt hatten. Die langen Schlangen von aneinander geketteten Menschen, die wie Vieh auf die Schiffe getrieben wurden. Der endlose Zug von Wagen und Lasttieren, die Metalle, Edelsteine, Stoffe und andere wertvolle Dinge zu den Schiffen brachten. Und immer im Hintergrund die Rauchschwaden, die über dem geplünderten Land lagen. Und dann wieder die Bilder von den Godronen, die sie schon kannten. Die

Zeltlager auf der anderen Seite der Pässe. Godronen, die über Araquitar ausschwärmten, die Bewohner der Höfe und Dörfer töteten und das Land in Besitz nahmen.

Der Spiegel zeigte nicht nur die Gefahren, die Araquitar drohten, sondern auch was in Araquitar geschehen würde, wenn diese Gefahr nicht abgewendet werden konnte. In Friedenszeiten zeigte er ihnen Naturgewalten an, Überschwemmungen, die regelmäßig im Frühjahr auftraten oder die Lawinen, die regelmäßig abgingen. Die Bevölkerung konnte so rechtzeitig gewarnt und in Sicherheit gebracht werden. Aber Bilder, wie diese, die nun im Spiegel zu sehen waren, gab es nur alle paar hundert Jahre.

„Was hat das zu bedeuten?", fragte Aramar schließlich in die Stille. Die Frage war an Taror gerichtet, den an Jahren Ältesten unter ihnen. Er hatte vor Aramar den Vorsitz gehabt, bevor er für das Amt zu alt und zu krank geworden war. Zusammengesunken saß er auf seinem Stuhl, die Augen starr auf den Spiegel gerichtet. Seine Stimme war kaum mehr als ein Flüstern.

„Nur ein einziges Mal hat der Spiegel selbstständig Bilder gezeigt, ohne dass der Rat sie rufen musste. Es war, als Araquitar das letzte Mal vor einer derartigen Bedrohung stand. Es ist solange her, dass es nur noch in den Legenden zu finden ist. Damals wurde die Bedrohung von dem mächtigsten Quitadar, den es je gegeben hat, zurückgetrieben."

Aramar stöhnte leise auf. Er erinnerte sich. Jingoral war sein Name gewesen. Die Aufzeichnung führte über dreitausend Jahre in die Vergangenheit zurück und Jingoral waren viele Seiten gewidmet. Die Quitadare waren seit jeher geachtete Männer, aber erst mit Jingoral war der Kult um die Quitadare entstanden.

„Aber wir haben jetzt keinen Quitadar!"

Notors Stimme war panikerfüllt. Aramar sah den Jüngsten im Rat beruhigend an.

„Das stimmt. Wir können nur abwarten, ob Sarison rechtzeitig einen Quitadar findet."

„Oder auch nicht. Wir müssen auf jeden Fall die Kommandeure der Armee über die neue Lage informieren!"

Taror klang verärgert.

„Selbstverständlich, das war mein nächster Gedanke", meinte Aramar trocken. Obwohl Taror nicht mehr Vorsitzender wahr, hatte er doch hin und wieder die Angewohnheit, das Zepter an sich zu reißen.

„Ja, etwas anderes können wir jetzt auch nicht tun", gab Taror zurück, mitnichten versöhnt.

Er erhob sich und verließ den Raum. Nacheinander taten es ihm die übrigen Ratsmitglieder gleich und ließen Aramar am Spiegel allein zurück. Mühsam widerstand Aramar der Versuchung, das Gesicht in die Hände zu legen und den Tränen, die in seinen Augen brannten, nachzugeben. Er hörte leise Schritte hinter sich und eine dampfende Tasse Tee wurde neben ihm abgestellt. Eine Hand legte sich auf seine Schulter und drückte sacht zu. Aramar drehte den Kopf und blickte in Asas besorgte Augen. Seufzend legte er seine Hand auf ihre. Schwere Zeiten standen ihnen bevor. Asa lächelte aufmunternd und verließ den Raum. Aramar schaute ihr nach, immer wieder aufs Neue erstaunt, was für eine sanfte Seele sich hinter all dem Gepolter und der Aufmüpfigkcit verbarg. Seufzend wandte er sich wieder dem Spiegel zu. Seine

Gedanken wanderten durch die Geschichte Araquitars zurück zu Jingoral, dem mächtigsten Beherrscher des Feuerrings, aller Zeiten. Jingoral war von großer, schöner Gestalt gewesen, erzählten die Legenden. Wahrscheinlich übertrieben sie maßlos. Von seinem Urgroßvater wusste Aramar, dass der letzte Quitadar ein kleiner, kahlköpfiger Mann mit einer dicken Warze auf der Nase gewesen war. Ein Grinsen schlich sich in Aramars Gesicht, aber er wurde augenblicklich wieder ernst. Selbst ein hässlicher Quitadar war besser als gar keiner.

Jingoral hatte den Feuerring meisterlich beherrscht. Der Legende nach konnte er ganze Berge versetzen, Sterbende heilen und Feinden seinen Willen aufzwingen. Auch damals hatte eine große Flotte der Moraner Kurs auf Araquitar genommen. Der Spiegel hatte die gleichen erschreckenden Bilder gezeigt und dem Rat die Gewissheit vermittelt, dass von Araquitar nur noch ein Haufen rauchender Asche übrig bleiben würde, sollten sie die Moraner nicht aufhalten.

Jingoral hatte einen mächtigen Sturm heraufbeschworen, der das Meer aufgewühlt hatte und riesige Wellen über die Schiffe hereinbrechen ließ. Er hatte die Moraner mit seinen Gedanken gezwungen, mitten in diesen Sturm hineinzusegeln. Das Meer hatte alle Schiffe verschlungen, keiner der Moraner war ihm entkommen und Araquitar war gerettet. Danach war Jingoral als Heiler durch das Land gezogen und hatte weitere Wunder vollbracht. Es hatte nicht lange gedauert, bis er von der Bevölkerung verehrt wurde und ihm eine Schar Jünger überall hin folgte. Nach seinem Tod hatte wochenlang Trauer im Land geherrscht und Jingoral war zum Schutzheiligen verklärt worden.

Aramar seufzte wieder. Was musste das für eine Zeit gewesen sein. Er schüttelte frustriert den Kopf. Es regte ihn nur auf, darüber nachzudenken, und ändern konnte er es ja doch nicht. Sollte Sarison tatsächlich einen Quitadar finden, würde das seine Stellung im Rat massiv stärken. Aramar runzelte die Stirn. Als ob sie nicht schon genug Sorgen hatten, auch ohne sich mit einem intriganten Emporkömmling herumschlagen zu müssen. Aramar hatte Angst vor dem Tag, an dem Sarison den Vorsitz des Rates antrat, denn das war mit Sicherheit sein Ziel.

Verzweifelte Suche

Ungeduldig trieb Sarison sein Pferd an und es verfiel widerwillig in einen Trab, der ihn bis auf die Knochen durchschüttelte. Sarison fluchte. Wenn es nach ihm gehen würde, wäre das verfluchte Biest schon lange beim Schlachter gelandet. Aber die Alternative wäre eines von den deutlich kleineren Ponys, auf denen seine Begleiter saßen. Wie hätte das ausgesehen! Er biss die Zähne zusammen.

Langsam kam das Dorf Kantum in Sicht. Sarison scherte sich nicht im Geringsten um den Namen dieses Dorfes, genauso wenig wie um die Namen der Dörfer, die sie bereits besucht und ohne Erfolg verlassen hatten. Aber der Adjutant, den ihm Aramar zur Seite gestellt hatte, unterrichtete ihn ausführlich über jedes Dorf, in dem sie Halt machten, ja über jeden Hof, an dem sie vorüber kamen, konnte es doch der Geburtsort des neuen Quitadars sein. Der Adjutant hatte Sarison gerade wortreich über den Zustand des kleinen Gasthofes des Dorfes Kantum in Kenntnis gesetzt. Der Trab, in den er nun sein Pony drängen musste, um mit Sarisons Pferd Schritt halten zu können, erschwerte ihm das Reden, sodass er sich mit den restlichen Informationen kurz fasste:

„Ich habe zwei Soldaten bereits voraus geschickt. Bei unserer Ankunft sollten die Dorfbewohner versammelt sein, damit wir mit der Prüfung sofort beginnen können."

Damit verstummte er und Sarison atmete innerlich auf, verfluchte den Mann aber gleichzeitig. Alles war immer perfekt durchgeplant. Seit sie unterwegs waren, hatten sie keinen Tag Rast gemacht. Aber es war unter seiner Würde zuzugeben, dass die Reise ihn allmählich erschöpfte. Wenn sie doch nur endlich einen geeigneten Kandidaten finden würden. Warum hatte er sich nur darauf eingelassen?

Sarison rief sich selbst zur Ordnung. Den nächsten Quitadar zu finden, würde ihm Ansehen und Achtung verschaffen. Beides konnte er brauchen, wenn er Aramar von der Spitze des Rates verdrängen wollte. Er lächelte böse, setzte aber schnell seine übliche, undurchdringliche Miene auf. Er durfte sich nicht verraten. Und er fühlte sich von dem jungen Hauptmann, der den kleinen Trupp Soldaten anführte, der Sarison begleitete, scharf beobachtet. Er warf einen finsteren Blick auf den Hauptmann, der sein Pony gerade vor dem Gasthof zügelte und einen Blick in die Runde warf. Die Dorfbewohner strömten bereits herbei. Der Adjutant hatte mal wieder ganze Arbeit geleistet. Der Hauptmann stieg ab und gab dem herbeigeeilten Gastwirt ein paar Anweisungen. Sarison seufzte und stieg ebenfalls ab. Die Soldaten machten sich daran, das Gepäck in das Gasthaus zu bringen, während ein paar Burschen einen Tisch und einen Stuhl aus dem Gasthaus trugen und sie aufstellten.

Mittlerweile hatten sich alle Dorfbewohner versammelt. Sarison stellte sich vor den Tisch und richtete sich zu voller Größe auf. Das Raunen der Menge verstummte.

„Bewohner von Kantum. Der Rat hat beschlossen, dass es an der Zeit ist, einen neuen Quitadar zu suchen. Seit über 50 Jahren ist der letzte Quitadar nun tot und seitdem hat sich kein neuer gezeigt. Die letzten Erdrutsche und Überschwemmungen haben deutlich gemacht, wie notwendig es ist, einen Quitadar zu haben, darum hat der Rat beschlossen, mit der Tradition zu brechen und mich, Sarison, auf die Suche geschickt. Ich werde jetzt alle männlichen Bewohner über 10 Jahren prüfen, um zu sehen, ob der neue Quitadar unter ihnen ist."

Er hielt den Feuerring hoch, hörte das ehrfürchtige Luftholen der Menge, drehte sich um und legte den Feuerring auf den Tisch. Dann setzte er sich auf den Stuhl und wartete, dass die Männer und Jungen sich zu einer Reihe formten.

Der Rat hatte beschlossen, die wahren Gründe für die Suche zunächst noch geheim zu halten, um keine Unruhe zu verursachen. Sarison schaute verächtlich auf die einfachen Dorfbewohner. Was wussten sie schon von Gefahren und Kriegen, sie interessierten sich doch nur für ihr dämliches Vieh und ihr Gemüse. Er winkte dem ersten, dass er vortreten und seine Hand über den Feuerring halten sollte. Die Menge hielt den Atem an. Nichts geschah. Als der vorletzte Mann seine Hand über den Feuerring hielt, riss sich ein kleiner Junge von der Hand seiner Mutter los und stellte sich ebenfalls an.

„Jiral, komm zurück!"

Jiral schüttelte den Kopf. Seine Mutter kam aus der Menge zum Tisch und wollte ihn wegziehen.

„Aber ich will ihn doch auch mal sehen!", maulte Jiral und entwand sich dem Griff seiner Mutter. Ärgerlich schaute Sarison ihn an, denn Jiral hatte schon die ganze Zeit teilweise recht lautstark gequengelt und damit Sarisons Nerven strapaziert, aber dennoch gab er ihm das Zeichen, seine Hand über den Feuerring zu halten.

Jiral stellte sich auf die Zehenspitzen und hielt seine Hand über ihn.

Der Ring hob sich von der Unterlage und begann sich zu drehen, immer schneller, bis aus dem Glühen das ersehnte flammende Leuchten wurde. Ein Seufzen ging durch die Menge und sie wichen vor Jiral zurück, der erstarrt vor Sarison stand und den Blick nicht von dem glitzernden Ding, das unter seiner ausgestreckten Hand schwebte, nehmen konnte.

Sarison gab Jiral die Anweisung, seine Hand zu bewegen, und der Feuerring folgte der Bewegung. Der Junge wurde immer aufgeregter und der Feuerring begann, kleine Blitze zu schleudern. Sarison befahl dem Jungen, die Hand zu schließen Der Ring hörte auf, sich zu drehen und fiel in Sarisons ausgestreckte Hände. Jirals Mutter packte ihn am Arm und riss ihn ein Stück vom Tisch weg.

„Ich habe dir gesagt, du sollst bei mir bleiben!", flüsterte sie dem immer noch auf den Feuerring starrenden Jiral zu.

„Entschuldigt bitte, edler Herr!", sagte sie mit zitternder Stimme an Sarison gerichtet und begann Jiral mit sich, weg vom Tisch zu ziehen.

„Halt!"

Sarisons Stimme war eiskalt. Langsam richtete er sich auf.

„Ich muss noch eine genaue Prüfung durchführen, um festzustellen, ob Jiral genug Potenzial hat, um die Ausbildung zum Quitadar zu beginnen!"

„Aber …"

Die Mutter verstummte unter Sarisons unbarmherzigem Blick.

„Du wirst uns zu deinem Haus führen, dort werden wir die eigentliche Prüfung durchführen!"

Das war keine Bitte.

„Ich wohne nicht im Dorf, wir sind bei meiner Schwester zu Besuch …"

„Dann eben das Haus deiner Schwester!"

Sarisons Geduld war aufgebraucht.

„Mein Pferd!", herrschte er den Hauptmann an.

„Es ist sicherlich nicht weit", erwiderte dieser mit einem Blick auf die Frau.

„Ich gedenke nicht, zu Fuß zu gehen wie ein gewöhnlicher Bauer!", fauchte Sarison und maßregelte den Hauptmann mit einem strafenden Blick. Dessen Gesicht wurde ausdruckslos und er nickte.

„Wie Ihr wünscht, edler Herr."

Er gab einem der Soldaten ein Zeichen und dieser verschwand im Stall des Gasthauses.

Während sie warteten, blickte Sarison nachdenklich auf Jiral hinab. Die Neugier und der Trotz, mit dem er sich seiner Mutter widersetzt hatte, waren verschwunden. Nun starrte er ängstlich, die Hand seiner Mutter fest umklammert, zu Sarison herauf. Sarison zwang ein Lächeln in sein Gesicht.

„Wie alt bist du, mein Junge?", fragte er Jiral.

Der schluckte.

„Sechs."

Seine Stimme war kaum mehr als ein Flüstern. Er drängte sich dichter an seine Mutter. Sarison runzelte leicht die Stirn. Mit sechs Jahren war der Junge noch jünger als er befürchtet hatte. Hoffentlich war er der großen Aufgabe gewachsen, die auf ihn wartete. Als der Soldat mit dem gesattelten Pferd aus dem Tor des

Gasthauses kam, riss Sarison ihm die Zügel aus der Hand.

„Warum hat das so lange gedauert?", fuhr er ihn an und stieg, ohne eine Antwort abzuwarten, auf das Pferd. Er gab der Frau ein Zeichen, ihnen den Weg zu zeigen. Ihr Gesicht war wie versteinert und sie hielt Jiral fest an der Hand. Nach gut zweihundert Metern kam eine Frau aus einem Haus und lief ihnen ein paar Schritte entgegen. Sie war Jirals Tante.

„Susna, was …?
Sie verstummte, als sie Sarison und die Soldaten sah.

„Jiral hat die Hand über den über den Feuerring gehalten und er fing an, sich zu drehen."
Die Stimme von Jirals Mutter war heiser, als versuchte sie mit aller Gewalt, Tränen zurückzuhalten.

„Aber er ist doch noch viel zu klein!", stellte seine Tante mit einem fragenden Blick auf Sarison fest.
Der stieg vom Pferd und ging festen Schrittes auf den Hauseingang zu.

„Das ist kein Grund, ihn als Quitadar auszuschließen", sagte er mit einem abwertenden Blick auf die Tante und betrat das Haus ohne Aufforderung. Er setzte sich auf einen Stuhl am Esstisch und sah den Soldaten dabei zu, wie sie die für die Prüfung notwendigen Dinge vorbereiteten. Ein Teller wurde auf den Tisch gestellt, die Glut aus dem Kamin entfernt und frisches Holz hinein gestapelt. Sarison erhob sich und holte den Feuerring aus der Tasche.

„Jiral, komm her!"
Seine Stimme ließ keinen Widerspruch zu. Zögernd kam Jiral näher und stellt sich vor ihn.

„Strecke deine Hand aus!"

Jiral tat wie ihm geheißen. Sarison legte den Ring in seine Handfläche. Sofort hob er sich und begann, sich zu drehen.

„Das gibt es doch nicht", hörte Sarison Jirals Tante flüstern, aber er ignorierte sie und konzentrierte sich ganz auf den Jungen.

„Konzentriere dich auf den Teller und hebe ihn an", befahl er Jiral.

Der Junge starrte auf den Teller, die Stirn in angestrengte Falten gezogen. Der Teller begann zu vibrieren.

„Stell dir vor, wie er schwebt", gab Sarison Anweisung. Der Teller begann hin und her zu wackeln und kippte schließlich um. Ängstlich sah Jiral zu Sarison. Der zwang ein Lächeln auf seine verkniffenen Lippen.

„Nicht schlecht für den Anfang."

Jiral entspannte sich ein wenig.

„Und nun konzentriere dich auf das Holz und zünde es an."

Zweifelnd drehte sich Jiral zum Kamin und sein kleines Gesicht legte sich wieder in angestrengte Falten. Der Ring drehte sich immer schneller, bis er zu brennen schien, und ein Blitz löste sich, der den Holzstapel explodieren ließ. Der Feuerring fiel klappernd zu Boden, als alle vor den herumfliegenden, brennenden Holzstücken in Deckung gingen. Sofort machten sich die Soldaten ans Löschen, bevor das ganze Haus in Brand geriet. Sarison sah mit einem grimmigen Lächeln auf den kreidebleichen Jiral hinab. Nun immerhin konnte er dem Feuerring ohne Probleme die Blitze entlocken. Das reichte, um die Ausbildung zu beginnen. Der Junge hatte eindeutig mehr Potenzial, als der andere Kandidat, den er getestet hatte, aber selbst mit gründlichem Training würde er kein herausragender Quitadar werden. Aber die Zeit lief ihnen davon, sie hatten keine Zeit, weiter durch die Gegend zu reisen. Mal davon abgesehen, war Sarison in nahezu jedem Dorf gewesen. Nur die Höfe entlang des Quitar-Gebirges fehlten noch. Die Wahrscheinlichkeit jemanden zu finden, der noch mehr Potenzial als Jiral hatte, war verschwindend gering, reine Zeitverschwendung. Jiral würde hart arbeiten müssen, um seine Aufgabe zu erfüllen.

„Kehre sofort mit Jiral nach Hause zurück und packe seine Sachen, damit er morgen früh reisefertig ist. Ich werde ihn mit mir nach Angor nehmen, wo seine Ausbildung unverzüglich beginnen wird!"

Ohne ein weiteres Wort wandte er sich von der Mutter ab und verließ das Haus. Er überließ es dem Hauptmann, den Weg zu erfragen, und machte sich auf den Weg zum Gasthaus, um unverzüglich die Nachricht seines Erfolges an den Rat zu senden.

Am nächsten Morgen erwachte Sarison kurz nach Morgengrauen. Sein ganzer Körper schmerzte und er gestattete sich ein Ächzen, als er aus dem Bett stieg.

Als er die Gaststube betrat, waren die Soldaten bereits dabei, die Pferde zu satteln und das Gepäck aufzuladen. Nach dem Frühstück ritten sie los. Sarison dachte an den kleinen, verängstigten Jungen, den er gestern zurückgelassen hatte. Ärgerlich wischte er die Erinnerung beiseite. Der Junge würde sich fangen und die Neugier wieder zum Vorschein kommen. Sarison lächelte grimmig in sich hinein. Es war gar nicht so schlecht, dass Jiral noch so jung war. Er war noch formbar. Sarison würde dafür sorgen, dass sich Jiral immer daran erinnern würde, wer ihm zu dem privilegierten Leben, das auf ihn wartete, verholfen hatte. Sein Pferd riss heftig am Zügel und Sarison damit aus seinen Gedanken. Ärgerlich gab er ihm einen Tritt in die Flanken und zwang es, sein Tempo beizubehalten.

Kurze Zeit später zügelte Sarison sein Pferd vor dem kleinen Hof, der Jirals Zuhause war. Ein Mann mittleren Alters kam aus dem Haus, fasste nach den Zügeln des Pferdes und Sarison stieg ab.

„Jatal!", rief der Mann und ein fast erwachsener Junge kam aus dem Stall, sich die Hände an der Hose abwischend.

„Bring die Pferde in den Stall und gib ihnen etwas zu fressen und zu saufen!"

Er wandte sich an Sarison:

„Hier entlang, edler Herr!"

Sarison nickte ihm zu, winkte seinen Begleitern, ihm zu folgen und betrat nach dem Mann das Haus. Die Wohnstube war einfach, aber gemütlich eingerichtet. Zwei Bänke mit dicken Kissen darauf, davor ein großer Tisch auf dem eine Schale mit Äpfeln vom Vorjahr und Nüssen stand. Im Kamin prasselte ein behagliches Feuer und die plattgesessenen Kissen auf den zwei Schaukelstühlen davor besagten, dass dies wohl die beliebtesten Plätze waren. Sarison nahm dies nur am Rande war. Sein Blick wurde sofort von Jiral angezogen, der ihn mit angstvoll aufgerissenen Augen anstarrte. Neben Jiral saß seine Mutter und schluchzte hemmungslos. Sarison runzelte die Stirn. Was heulte die Frau? Als Quitadar ausgewählt zu werden, war eine Ehre ohnegleichen. Sie sollte stolz auf ihren Sohn sein, anstatt so jämmerlich neben ihm zu hocken und ihn zu verwirren. Auch Jiral standen die Tränen in den Augen. Sarison fluchte innerlich. Ein Muttersöhnchen, das hatte ihm noch gefehlt. Anstatt eines aufgeweckten, neugierigen, unerschrockenen Knaben hatte sich der Feuerring dieses Häufchen Elend ausgesucht. Kurz erwog Sarison, doch noch weiter zu suchen, aber er verwarf den Gedanken sofort wieder. Es war keine Zeit. Der Mann hatte Sarisons ärgerliches Stirnrunzeln bemerkt und sagte leise entschuldigend:

„Sie hängt sehr an Jiral. Es ist schwer für sie loszulassen."

Sarison drehte sich zu ihm um und maß ihn mit einem kühlen Blick.

„Es ist eine unvorstellbare Ehre, Mutter des Quitadars zu sein. Trauer ist völlig unangebracht. Wir werden uns sofort auf den Weg machen."

Der Mann schluckte hart und nickte. Ohne ein weiteres Wort wandte sich Sarison um und verließ das Haus. Seine Begleiter folgten ihm hinaus. Jirals ältester Bruder verließ gerade den Stall und Sarison winkte ihn zu sich.

„Mach die Pferde bereit und sattle auch eines für deinen Bruder, wir reisen sofort ab!", befahl er ihm herrisch.

Der Junge blickte hilfesuchend zu seinem Vater, der gerade mit dem weinenden Jiral an der Hand aus dem Haus trat. Der Vater nickte seinem Ältesten zu, beugte sich dann zu Jiral hinunter und redete beruhigend auf ihn ein. Als Jiral langsam ruhiger wurde, war das laute Schluchzen, das aus dem Haus drang, nicht zu überhören. Sarison wippte ungeduldig auf den Zehen auf und ab und schenkte dem Kind keine Beachtung. Es würde schon noch in seine Aufgabe hineinwachsen. Der älteste Bruder brachte die Pferde, eins nach dem anderen, aus dem Stall und Sarison und seine Begleiter saßen auf. Jiral wurde von seinem Vater auf das Pony gesetzt und ein letztes Mal umarmt. Der junge Hauptmann lächelte Jiral aufmunternd zu und dieser lächelte zaghaft zurück. Dann setzte sich der kleine Zug in Bewegung und ließ den Hof langsam hinter sich.

Jirals Pony trottete folgsam dem Hauptmann, der den Zug anführte, hinterher. Jiral saß zusammengesunken auf seinem Pony und schniefte vor sich hin. Sarison, der hinter ihm ritt, verzog erneut ärgerlich die Stirn. Was war denn bloß mit dem Jungen los? So eine Heulsuse. Ihn erwartete ein neues, interessantes Leben samt einer luxuriösen Suite in der Universität von Angor, die in diesem Moment für ihn vorbereitet wurde. Diener würden ihm jeden Wunsch von den Augen ablesen. Er würde nur die erlesensten Speisen vorgesetzt bekommen. Kein Vergleich zu dem ärmlichen Haus, in dem er nicht im Mittelpunkt stand. Also, warum jammerte er nur so herum? Er musste doch froh sein, dem eintönigen Leben, das ihn auf dem kleinen Hof erwartete, entfliehen zu können. Begriff er denn nicht, was er für ein Glück hatte? Als Quitadar würde er einer der mächtigsten Männer in Araquitar werden. Etwas, nach dem sich doch jeder Mann sehnte, oder?
Sarisons Stirnfalten vertieften sich noch, als er sah, dass sich der junge Hauptmann zurückfallen ließ, bis er auf Jirals Höhe war, und den Jungen ansprach. Sarison verstand nicht, was er sagte, aber er sah, dass Jiral zur Antwort nickte und die Tränen nur noch stärker kullerten. Der Hauptmann legte ihm tröstend eine Hand

auf die Schulter und sagte wieder etwas, was ein zaghaftes Lächeln auf Jirals Gesicht zauberte. Sarison schnaubte. Das ging zu weit. Der Hauptmann vergaß wohl, wo sein Platz war. Und wie sollte der Junge nur erwachsen werden, wenn er weiterhin solche Schwäche zeigen durfte. So wie es aussah, musste seine Ausbildung sofort beginnen. Sarison drückte seinem Pferd die Hacken in die Flanken und schloss zu Jiral auf.

„Hauptmann! Begeben Sie sich sofort wieder an die Spitze, wie es Ihre Aufgabe ist. Sie sind zum Schutz und nicht zur Unterhaltung hier!"

Jiral zuckte bei der eiskalten, schneidenden Stimme heftig zusammen. Er warf erst Sarison einen furchtsamen, dann dem jungen Hauptmann einen flehenden Blick zu, den dieser bedauernd erwiderte. Dann nickte dieser Sarison schweigend zu und setzte sich wieder an die Spitze des Zuges.

Eine Weile ritten Sarison und Jiral still nebeneinander. Jiral saß wie erstarrt auf seinem Pony und wagte kaum zu atmen. Seine ganze Körperhaltung strahlte Angst aus. Sarison kochte innerlich. Am liebsten hätte er Jiral gepackt und kräftig durchgeschüttelt, aber das war unter seiner Würde. Was war nur mit dem Bengel los? Was hatte der Feuerring nur in ihm gesehen, als er auf ihn reagiert hatte? Keiner der Quitadare vor ihm war so ein Schwächling gewesen. Wie sollte dieses furchtsame Wesen bloß Araquitar retten? Der fürchtete sich doch schon vor seinem eigenen Schatten. Sarison räusperte sich und verdrehte genervt die Augen, als Jiral wieder zusammenzuckte.

„Dir ist doch bewusst, dass es eine große Ehre ist, der neue Quitadar zu sein, oder Jiral?", richtete er die Worte an den Jungen, der erst schniefte und dann mit einem zweifelnden Gesichtsausdruck nickte.

„Warum also die Tränen?"

Sarisons Stimme war eisiger als der Wind.

Jirals Lippen bewegten sich, aber es kam kein Ton heraus.

„Sprich lauter, ich höre dich nicht!"

Jiral schluckte.

„Mir fehlt meine Mama."

Die Worte waren kaum mehr als ein Flüstern.

Sarison atmete tief durch. Ihm fehlte die Mama! Jiral war sechs Jahre alt. Alt genug, um sich von seinen Eltern zu lösen. Kein Grund, sich so anzustellen. Was konnten ihm seine Eltern schon bieten?

„Du wirst viele neue Dinge lernen und sehen. Du wirst deine Mutter bald vergessen haben. Es wird Zeit, dass du dich auf deine kommende Aufgabe konzentrierst, denn du hast noch viel zu lernen. Araquitars Schicksal liegt in deinen Händen und du darfst dich von nichts abhalten lassen, deine Pflichten dem Land gegenüber zu erfüllen!"

Der Hauptmann hatte sich bei diesen Worten umgedreht und schien etwas sagen zu wollen. Aber unter Sarisons finsterem Blick runzelte er nur die Stirn und drehte sich wieder um. Sarison starrte noch einen Moment auf den Rücken des jungen Mannes vor ihm. Wenn sie zurück in Angor waren, musste er Erkundigungen über ihn einziehen. Dieser Hauptmann war eindeutig zu aufmüpfig für eine leitende Position in der Armee. Er würde ihn am besten auf einen einsamen Wachposten an den Pässen des Quitar-Gebirges versetzen lassen. Dort konnte er überlegen, was die Tugenden eines guten Soldaten waren. Ein eiskaltes Lächeln umspielte Sarisons

Lippen, als er seinen Blick wieder auf Jiral richtete, auf dessen Wangen frische Tränen glänzten.

„Hör endlich auf zu heulen wie ein kleines Mädchen! Werde endlich erwachsen und benimm dich so, wie es sich für einen Quitadar gehört!", fauchte Sarison das Kind an.

Jiral sackte weiter in sich zusammen.

„Wenn Araquitar untergeht, ist es deine Schuld. Also stell dich der Aufgabe!"

Zorn färbte Sarisons bleiche Wangen rot, während Jiral weiter unter seinem Blick schrumpfte.

„Edler Herr!"

Der Hauptmann hatte sich wieder umgedreht.

„Er ist ein kleiner Junge, der gerade Mutter und Vater zurücklassen musste. Gebt ihm ein wenig Zeit."

Der Hauptmann ließ sich nicht von Sarisons Blick einschüchtern und hielt stand.

„Mir scheint, Sie vergessen Ihren Platz, Hauptmann! Das wird Konsequenzen haben."

Mit einem weiteren finsteren Blick auf Jiral ließ sich Sarison auf seinen alten Platz zurückfallen. Ihm entging das an Jiral gerichtete Augenzwinkern des Hauptmanns nicht. Wie konnte er es wagen, sich einzumischen.

Traumgewitter

Zuckende Blitze schwirrten durch die Dunkelheit. Ein Netz aus greller Helligkeit, das kurz aufblitzte. Dazwischen glitzernde, sich rasend schnell drehende Formen. Rund, eckig, verzerrt. Und immer wieder Blitze. Sori wachte mit einem Ruck auf und schaute sich einen Moment orientierungslos um. Allmählich nahm sie in der Dunkelheit Umrisse wahr. Im leichten Schimmer, der durch die Vorhänge vor dem Fenster drang, konnte sie den Stuhl am Bett, den kleinen Schrank und den Kleiderständer, an dem ihr Mantel hing, erkennen. Die Tür ging auf und ihre Mutter kam herein.

„Ah, Sori, gut, dass du schon wach bist. Mach dich schnell fertig. Ich brauchen ein paar Dinge aus dem Dorfladen und Niris Schuhe müssten auch fertig sein."
Sori nickte, gähnte herzhaft und kniff dann die Augen zusammen, als ihre Mutter mit einem Ruck die Vorhänge aufzog und das Fenster öffnete.

„Beeil dich Sori, du musst mir heute Nachmittag noch mit der Wäsche helfen, bevor du und dein Vater für ein paar Tage verschwindet."
Mit einem mahnenden Blick auf ihre Tochter verließ sie das Zimmer. Sori zog fröstelnd die Decke um die Schultern, schloss für einen Moment die Augen und atmete tief die kalte, durch das Fenster einströmende Luft ein. Sie hörte ihre Mutter in der Küche mit den Tellern klappern und stand schnell auf, bevor ihre Mutter es sich mit dem Gang ins Dorf noch anders überlegte. Sie hatte schon einige Male davon gesprochen, dass Niri diese Aufgabe allmählich übernehmen konnte.

Als sie in die Küche kam, hatte ihre Mutter die Tasche und die Einkaufsliste schon bereitgelegt. Während Sori in ihre warme Jacke schlüpfte, wanderte noch ein kleines Päckchen mit etwas zu Essen und zu Trinken in den Beutel. Sori drückte ihrer Mutter rasch einen Kuss auf die Wange und wollte aus dem Haus verschwinden.

„Und trödele nicht herum! Zum Mittag bist du wieder da!"

Sori nickte im Rausgehen, aber ihre Gedanken waren schon woanders. Wenn sie sich beeilte, konnte sie noch bei Rana, der Dorfheilerin, vorbeischauen. Dort gab es immer etwas zu tun und zu lernen. Ihr Vater wartete draußen schon mit ihrem Pony auf sie. Er nahm sie kurz in den Arm und hielt dann das Pony, während sie aufstieg.

„Beeil dich!", mahnte auch er und Sori verdrehte die Augen.

„Ja, ja ich weiß, die Wäsche."

Ihr Vater grinste.

„Wir wollen doch nicht, dass deine Mutter es sich anders überlegt."

Sori schüttelte vehement den Kopf, sodass ihr schulterlanges Haar durch die Luft flog. Sie freute sich auf die jährliche Herdeninspektion im Frühjahr, auf die sie ihren Vater seit zwei Jahren begleiten durfte, obwohl es dieses Jahr wohl ziemlich frisch werden würde. Der Winter war lang und hart gewesen und wich nur zögerlich den ersten Anzeichen des Frühlings.

„Ich bin zum Mittag wieder da", versprach sie und drückte ihrem Pony die Fersen in die Flanken.

Sie trieb ihr Pony zur Eile, band es in dem kleinen Stall neben dem Laden an, warf ihm eine Decke über, damit es sich nicht erkältete, und füllte etwas von dem bereitstehenden Wasser in die Tränke. Sie konnte es immer hier unterstellen, wenn sie sich im Dorf aufhielt. Diesmal ließ sie sich nicht auf ein Schwätzchen mit der Verkäuferin ein, sondern ließ nur die Liste da, machte sich auf den Weg zum Schuster, holte Niris Schuhe ab und ging dann weiter zu Ranas Haus. Die Tür stand offen und als Sori die Diele betrat, kam Rana ihr auch schon entgegen.

„Ah, Sori, schön, dass du kommst!"

Sie ließ sich von Rana drücken und atmete tief den herben Kräuterduft ein, der immer an ihr haftete.

„Ich habe heute nur wenig Zeit. Ich muss zum Mittagessen wieder zu Hause sein. Heute wird Wäsche gewaschen."

Sori verzog ihr Gesicht und Rana lachte und drohte ihr mit dem Finger.

„Auch das ist wichtig! Ich habe gerade den kleinen Bal da. Er hat sich tief ins Bein geschnitten und muss genäht werden. Das ist etwas, dass ich dir noch nicht gezeigt habe."

Sori nickte aufgeregt und folgte Rana ins Haus. Diese beugte sich über den kleinen, schlafenden Jungen und strich ihm über das Haar.

„So, nun wird er nichts merken", sagte sie beruhigend zu Bals Mutter, die aussah, als ob sie selbst eine Behandlung brauchte.

Sori beobachtete aufmerksam, wie Rana Nadel und Faden in kochendes Wasser tauchte und dann die Wunde mit ein paar Stichen nähte.

„So, fertig. In zehn Tagen kommst du wieder zum Fäden ziehen", erklärte Rana Bals Mutter und diese nickte erleichtert. Sori verband die Wunde, während Rana Tee kochte. Bei einer Tasse beruhigenden Tees gab sie der Mutter noch ein paar Ratschläge sowie ein Töpfchen mit Salbe und Verbandsmaterial. Dann schickte sie sie auf den Heimweg. Kopfschüttelnd kam sie zu Sori zurück.

„Die Mutter war aufgeregter als der Junge."
Sie setzte sich ächzend.

„Das nächste Mal bist du dran."
Sori nickte eifrig.

„Ich denke, das schaffe ich", sagte sie zuversichtlich und Rana lächelte.

Sori war gerne bei Rana. Sie vertraute Sori auch schwierige Aufgaben an und hatte Geduld, alle Fragen zu beantworten. Gerne würde Sori eine Heilerin wie Rana werden. Sie hatte sich noch nicht getraut, mit ihren Eltern darüber zu sprechen, würde es aber bald tun müssen.

„Du siehst müde aus", bemerkte Rana und nippte an ihrem Tee. Sori nickte.

„Ich hatte wieder diesen merkwürdigen Traum. Er kommt in letzter Zeit häufiger."

Sori verstummte. Rana war die einzige, die davon wusste. Als kleines Mädchen hatte sie ihrer Mutter davon erzählt, aber diese hatte es einfach abgetan. Danach behielt sie diese Träume für sich. Es war ihr Geheimnis, das sie nur mit Rana teilte.

„Das hat auf jeden Fall etwas zu bedeuten, ich weiß nur nicht was."

Sori lächelte.

„Ich finde es hoffentlich irgendwann heraus. Aber was ich weiß, ist, wenn ich mich jetzt nicht auf den Weg mache, bekomme ich Ärger."

Rana lachte und Sori macht sich rasch auf den Weg zum Dorfladen und sammelte ihre Einkäufe ein. Wenn sie ihr Pony wieder zur Eile trieb, würde sie diesmal nicht zu spät kommen. Sie wollte ihre Mutter nicht verärgern. Nicht heute.

Grelle Blitze zuckten durch die Dunkelheit, veränderten ihre gezackte Form zu Schlangenlinien, begannen sich ineinander zu winden und zu drehen und wurden immer heller.

„Sori!"

Sori riss die Augen auf und kniff sie sofort wieder zusammen, geblendet von der Lampe in der Hand ihrer Mutter, die an ihrem Bett stand.

„Bist du wieder eingeschlafen? Steh auf, sonst reitet dein Vater ohne dich los!"

Soris Mutter entzündete die Lampe an der Wand, zog die Vorhänge zurück und öffnete das Fenster. Mit einem strengen Blick auf ihre Tochter, die immer noch verschlafen im Bett lag, verließ sie den Raum.

„Sofort, Sori!", sagte sie im Rausgehen.

Sori seufzte. Fröstelnd zog sie die Schultern zusammen, stieg in ihre mit Fell gefütterten Stiefel, stolperte zum Fenster und schloss es wieder.

„Sori!"

Mutter klang eindeutig verärgert. Rasch spritzte sich Sori ein wenig Wasser ins Gesicht und zog ihre wärmsten Sachen an. Vater und Mutter saßen bereits am Tisch und warteten auf sie.

„Na, du Schlafmütze?"

Soris Vater lächelte sie warm an. Sori gähnte herzhaft und setzte sich an den Tisch.

„Es ist noch gar nicht richtig hell und wieso dürfen Niri, Nora, Tori und Natal noch schlafen?", maulte sie, während sie nach der Scheibe Brot griff, die ihre Mutter ihr reichte.

„Ich dachte, du wolltest mit mir die Herden inspizieren? Hast du es dir anders überlegt?"

Ihr Vater sah sie fragend an. Sori schüttelte hastig den Kopf. Sie liebte ihren Vater, der nie so streng wie ihre Mutter war. Es machte Spaß, mit ihm zu den Herden hinauszureiten. Manchmal waren sie tagelang unterwegs.

„Es ist nur sehr kalt und sehr früh!", erklärte sie.

Ihr Vater lachte leise.

„Du wirst es verkraften. Du bist doch nicht aus Zucker."

Sori richtete sich ein wenig auf. Sie war stolz darauf, dass ihr Vater ihr so viel zutraute. Ihre Mutter hingegen hatte ihre Stirn in besorgte Falten gelegt.

„Vielleicht ist es wirklich noch zu kalt. Und es ist noch viel im Haus zu tun."

Sie sah Soris Vater fragend an, aber der winkte nur ab.

„Niri und Nora können dir genauso gut helfen und so kalt ist es nun auch wieder nicht. Ich habe genügend Decken eingepackt. Wir machen das ja nicht zum ersten Mal."

Er zwinkerte Sori zu, stand auf und drückte seiner Frau eine Kuss auf die immer noch gerunzelte Stirn.

„Ich schätze, wir sind in drei Tagen wieder da. Komm Sori!"

Sori folgte ihrem Vater sofort auf den Hof, bevor ihre Mutter es sich doch noch anders überlegte.

’So kalt ist es nun auch wieder nicht’, hatte ihr Vater gesagt, ging es Sori durch den Kopf, als eine eisige Böe sie erzittern ließ. Den Blick fest auf den Rücken ihres Vaters geheftet, versuchte sie, sich im Sattel zu entspannen und bloß nicht so auszusehen, als ob sie frieren würde. Ihre Mutter stand gewiss noch am Tor und schaute ihnen nach. Und Mutter hatte scharfe Augen.

Als sie den ersten Hügel hinter sich gebracht hatten, atmete sie auf und wagte einen Blick zurück. Niemand mehr zu sehen. Ihr Vater ließ sich zurückfallen, bis er neben ihr war und lächelte sie an.

„Sie ist ziemlich streng mit dir, mh?“

Sori zuckte mit den Schultern.

„Sie versucht immer noch krampfhaft, eine fleißige und brave Hausfrau aus mir zu machen.“

Soris Vater warf den Kopf in den Nacken und lachte lauthals.

„Ja, sie kann sehr hartnäckig sein“, sagte er, als er sich wieder beruhigt hatte. „Ich habe neulich mit Rana gesprochen“, fuhr er fort und Sori hielt die Luft an.

Zaghaft schaute sie ihren Vater an und sah ihn lächeln.

„Rana hat mir erzählt, dass du ihr häufig hilfst.“

Sori nickte langsam und wartete auf Schelte, aber ihr Vater lächelte immer noch.

„Sie hat gesagt, dass du das Zeug zu einer guten Heilerin hast. Du bist einfühlsam, kannst gut mit Menschen und Tieren umgehen und lernst sehr schnell. Sie würde dich gerne als Lehrling annehmen, da sie allmählich älter wird und die Arbeit nicht nachlässt. Was meinst du dazu?"

Soris Vater sah sie aufmerksam an. Sie wurde rot vor Freude und Aufregung. Genau das wünschte sie sich. Jedes Mal, wenn sie bei Rana war, hatte sie fragen wollen und sich dann doch nicht getraut. Sori nickte heftig und kämpfte gegen die Tränen an, die ihr in die Augen schossen.

„Ja, das will ich so gerne machen. Ist doch viel besser, etwas Sinnvolles zu tun, als nur blöd die Betten auszuschütteln und den Abwasch zu machen!"

Jetzt war es heraus. Soris Vater lachte leise und strich ihr mit der Hand über den Kopf.

„Nun, Abwaschen ist wichtig, aber das eine schließt ja das andere nicht aus. Ich werde mit deiner Mutter darüber sprechen, wenn wir zurück sind."

Sori strahlte und ihr Herz wurde ganz leicht. Doch dann schlichen sich Zweifel ein. Das klang zu gut, um wahr zu sein.

„Was ist los, Sori?"

Ihr Vater hatte sie beobachtet.

„Mutter hat andere Pläne, oder?"

Sori hatte vor zwei Wochen ein Gespräch zwischen ihren Eltern mitbekommen. Ihre Mutter war der Meinung gewesen, dass es für Sori allmählich Zeit wäre, den Hof zu verlassen, eine eigene Familie zu gründen und Verantwortung zu übernehmen. Dieses Jahr war ihr 17. Geburtstag. Oron, der Älteste vom Steinhügelhof, sollte die kleine Hütte in der Nähe der Nadelspitze bekommen und dazu eine kleine Herde von Rindern. Sori und er kannten sich seit ihrer Kindheit und mochten sich. Für ihre Mutter war das eine gute Idee gewesen. Soris Eltern hatten selbst jung geheiratet, wie es in der Gegend Brauch war. Sori hatte sich leise auf ihr Zimmer geschlichen und noch stundenlang wach gelegen. Sie mochte Oron, das war wahr. Aber wollte sie den Rest ihres Lebens auf einem Rinderhof verbringen?

„Hast du gelauscht?"

Soris Vater sah sie streng an.

„Aus Versehen."

Sori zuckte entschuldigend mit den Schultern und ihr Vater seufzte.

„Deine Mutter und ich waren nicht einer Meinung und sind es bis heute nicht. Ich hätte gern ein wenig später geheiratet und Kinder bekommen und deiner Mutter hätte es auch gut getan. Ich denke, du solltest erst einmal einen Beruf lernen, und vor allem solltest du selbst entscheiden, welchen Mann du willst. Es sei denn, du willst Oron unbedingt?"

Soris Vater sah sie fragend an und Sori schüttelte verwirrt den Kopf. Das war gegen die Tradition. Die Familien schlossen die Ehen. Es wurde schon darauf geachtet, dass die Eheleute zusammenpassten und sich mochten, aber dass man sich den Mann oder die Frau selbst aussuchen konnte, das gab es noch nie. Zumindest hatte Sori noch nichts davon gehört. Sie sah ihren Vater unsicher an.

„Ich mag Oron. Er ist witzig und will mich immer beschützen, aber er …"

„… ist nicht der Hellste", beendete ihr Vater den Satz. Sori nickte ein wenig hilflos.

„Ich weiß nicht, ob ich …"

Sie brach ab und fing noch einmal an.

„Wenn ich es mir aussuchen kann, dann möchte ich erst eine Lehre bei Rana machen und mir dann überlegen, wie es weitergehen soll. Der Hof an der Nadelspitze ist weit abgelegen und …"

Wieder verstummte sie und ihr Vater nickte.

„… und eine Heilerin sollte im Dorf bei den Menschen leben."

Sori nickte stumm und seufzte. Ihr Vater gab ihr einen aufmunternden Klaps auf die Schulter.

„Kopf hoch, wir finden schon eine Lösung."

Wirre, flimmernde Blitze, zuckende, sich drehende Schemen. Mit einem Ruck setzte sich Sori auf. Sie legte ihre Hand auf ihr Herz und wartete, bis das heftige Pochen nachließ. Die Träume kamen nun fast jede Nacht. Was bedeutete das bloß? Sie schaute zur Seite und sah den Haarschopf ihres Vaters unter den Decken hervorblitzen. War es schon Zeit aufzustehen? Vorsichtig, um ihn nicht zu wecken, kroch Sori zur Zeltklappe und warf einen Blick nach draußen. Ganz vorsichtig zeichnete sich ein heller Streifen am Horizont ab.

„Ist es schon so weit?", hörte sie ihren Vater unter den Decken murmeln.

„Ja! Es ist bald hell."

Sie kniff ihn durch die Decken in das Knie und er knurrte. Sie lachte und kroch aus dem Zelt. Der Wind war noch genauso eisig wie vor zwei Tagen, als sie losgeritten waren. Heute würden sie die Ponyherde an den Hängen des Quitar-Gebirges unter die Lupe nehmen und dann ging es wieder nach Hause. Bis jetzt war alles in Ordnung gewesen.

Ihre Familie züchtete seit vielen Generationen Pferde. Große, kräftige Arbeitstiere, die stundenlang einen Pflug oder einen Wagen ziehen konnten und die kleineren, beweglichen aber robusten Ponys, die als Reittiere genutzt wurden. Auch das Fleisch der Pferde war in der Bevölkerung begehrt. Ihr Vater hatte viel zu tun, denn vor allem seine Arbeitspferde galten als die Besten und mehr oder weniger jedes der noch ungeborenen Fohlen war bereits verkauft. Viele der Stuten waren trächtig gewesen und es hatte keine Verletzungen gegeben. Ihr Vater war hochzufrieden und bei guter Laune, als sie das Feuer löschten und das Zelt zusammenlegten.

In der letzten Herde fanden sie dann doch ein verletztes Tier. Es musste mit seinem linken Hinterbein in eine Felsspalte geraten sein, dabei hatte es sich tiefe Schnitt- und Schürfwunden zugezogen, die sich nun stark entzündet hatten. Wie durch ein Wunder war das Bein nicht gebrochen. Dennoch war Soris Vater der Meinung, es töten zu müssen, da es zu schwer verletzt sei, auch wenn die kleine Stute tragend war. Ein doppelter Verlust. Aber Sori widersprach energisch. Sie packte ihre Sachen aus, säuberte das Bein, betäubte es, wusch die Wunde mit einer stark riechenden, alkoholhaltigen Tinktur, bedeckte die Wunde mit Kräutersalbe und verband das Ganze mit Leinenstreifen. Ihr Vater pfiff anerkennend und strich ihr stolz durch das Haar.

„Das wird sicherlich alle paar Tage gemacht werden müssen", meinte er nachdenklich.

Sori nickte, während sie dem Pony einen Kräutertrank gegen das Fieber einflößte.

„Gut", sagte ihr Vater zufrieden. „Das wird dann deine Aufgabe für die nächsten Wochen werden."

Sori strahlte. Das würde bedeuten, dass sie etwa jeden dritten Tag hier auf die Weide kommen müsste. So könnte sie ein wenig der langweiligen Hausarbeit entfliehen und gleichzeitig ihr Können unter Beweis stellen und ihrer Mutter zeigen, wie wichtig der Heilerberuf war.

In den zwei Wochen nach der Inspektion versuchte Sori vorsichtig herauszubekommen, ob ihr Vater mit ihrer Mutter gesprochen hatte, aber es gab keine Gelegenheit. Ihr Vater war zu beschäftigt und sie traf ihn nie alleine an und ihre Mutter mochte sie nicht fragen. Die Ungewissheit machte sie ganz unruhig. Jeden Abend, wenn sie schlafen ging, hielten sie ihre Gedanken, die ständig um dieses Problem kreisten, noch lange wach.

Schließlich rief ihre Mutter sie zu sich. Es war Zeit für einen Gang in das Dorf und da dies Soris Aufgabe war, erschien sie bereits fertig angezogen bei ihrer Mutter. Sie erntete aber nur einen unverständlichen Blick.

„Wo willst du hin?"

Sori stutzte.

„Ich dachte, ich soll ins Dorf gehen, Messer und Scheren schleifen lassen und ich glaube wir brauchen auch neuen Stoff vom Weber. Natals Hosen sind schon wieder völlig verschlissen."

Sie sah ihre Mutter fragend an, aber die winkte nur ab.

„Nein, ich habe Niri geschickt. Es wird Zeit, dass sie diese Aufgabe übernimmt. Du sollst die Schweine füttern und den Pferdestall ausmisten. Danach habe ich weitere Aufgaben für dich."

Sori schossen die Tränen in die Augen.

„Aber …"

Sie sollte nicht mehr in das Dorf gehen? Aber wie sollte sie dann Rana besuchen können?

„Ich weiß nicht, was für Flausen dir dein Vater in den Kopf gesetzt hat, aber du wirst nächstes Jahr Oron heiraten und auf den Hof an der Nadelspitze ziehen. Es kommt nicht in Frage, dass aus meiner Tochter so ein verrunzeltes, altes Kräuterweib wie Rana wird!"
Sori war wie vor den Kopf gestoßen. War alles schon entschieden?

„Aber als Rana letztes Jahr Natal vom Fieber geheilt hat, hast du nichts gegen sie gehabt!", rief sie außer sich. Begriff ihre Mutter nicht, dass sie Heilerin werden wollte, dass das wichtig für sie war? Soris Mutter schlug Sori mit flacher Hand fest ins Gesicht.

„Ich will keine Widerrede hören, Sori. Geh und tue was ich dir gesagt habe!"
Weinend floh Sori aus dem Haus.

Die Bürde eines Quitadars

Die Kapuzen zum Schutz vor dem schneidenden Wind tief in das Gesicht gezogen, näherte sich der kleine Zug Angor.

Sarison gebot dem Hauptmann anzuhalten und richtete seine Worte an Jiral, der zitternd auf seinem Pony saß.

„Sieh Jiral, das ist Angor, dein zukünftiges Zuhause."
Der Junge hob müde den Kopf und nickte kaum merklich, bevor er wieder in sich zusammensackte. Sarison kniff ärgerlich den Mund zusammen und bedeutete dem Hauptmann, der Jiral mit besorgtem Blick ansah, weiterzureiten.

„Wir sollten eine Pause machen!", widersprach der Hauptmann und machte Anstalten abzusteigen.

„Unsinn!", fauchte Sarison, „Angor ist bereits in Sichtweite. In drei bis vier Stunden haben wir unser Ziel erreicht. Eine Pause ist nicht notwendig!"
Er sah den Hauptmann gebieterisch an. Dessen Augen wurden hart und ohne die übliche Verbeugung sagte er:

„Wie Ihr wünscht, edler Herr", und drehte sich ohne ein weiteres Wort um.
Sarison kochte vor Wut. Nicht nur, dass er sich mit einem so schwächlichen Kind abgeben musste, dieser aufmüpfige Hauptmann vergaß eindeutig seinen Stand. Die ihm gebührende Anrede 'edler Herr' hatte wie eine Beleidigung geklungen. Sarisons Gesichtszüge verhärteten sich. Er würde direkt nach ihrer Ankunft dafür sorgen, dass er in die Schranken gewiesen würde. Aus dem Augenwinkel sah er, dass Jiral gefährlich im Sattel schwankte.

„Reiß dich zusammen!", fuhr Sarison das Kind an. „Was ist bloß los mit dir?"

Jiral schniefte.

„Ich habe Hunger und bin müde", sagte er mit dünner Stimme.

Der Hauptmann drehte sich um und sagte, bevor Sarison eine weitere bissige Bemerkung machen konnte:

„Es ist nicht mehr weit, Jiral, dann bekommst du etwas zu essen und ein warmes Bett wartet auch auf dich. Das schaffst du. Du bist doch ein tapferer Kerl!"

Er lächelte Jiral aufmunternd zu und dieser richtete sich ein Stückchen auf. Sarison schnaubte nur verächtlich und richtete seinen Blick starr auf Angor, das langsam näher kam. Angor lag auf einem kleinen Hügel und war um die Universität und ihren Campus herum entstanden. Die Stadt war vor zweihundert Jahren bei dem Angriff der Godronen zu einem großen Teil zerstört worden. Die Flammen hatten wütend einen Teil der Universität und viele der südlich liegenden Wohnhäuser zerstört. Wie durch ein Wunder waren die Bibliothek und damit das gesammelte Wissen der Gelehrten verschont geblieben. Nachdem die Godronen besiegt und vertrieben worden waren, hatten die Araquitaner ihre Hauptstadt rasch wieder aufgebaut. In die vorher eher wild gewachsene Stadt wurde Ordnung gebracht, sodass Angor nun auch optisch einer Hauptstadt würdig war. Eine großzügig angelegte Stadt mit breiten Alleen, vielen kleinen und großen Plätzen und Parks, deren Bänke zum Verweilen und zu angeregten Diskussionen einluden. Der größte Teil der Gelehrten und Studenten lebte auf dem Campus und in den anliegenden Häusern. Um das Universitätsgelände waren die Handwerker und Händler, welche die Stadt und die Universität mit allem versorgten, was gebraucht wurde, in verschiedenen Stadtteilen angesiedelt. Und es gab eine große Anzahl von Pensionen und Gaststuben, meist in der Nähe der Universität, welche die vielen Besucher zum Einkehren einluden. Die Stadt wuchs stetig, aber koordiniert, da sie nicht wieder zu der unordentlichen Häuseransammlung von einst verkommen sollte. Die Stadtmauer wurde stetig erweitert, sobald ein neues Viertel hinzukam, ebenso Parks zur Erholung. Einige der Gelehrten konzentrierten sich ganz auf den Ausbau der Stadt, damit sie das blieb, was sie sein sollte: ein Schmuckstück, die Seele Araquitars. Sarison lächelte kaum merklich. Wenn alles nach seinen Plänen verlief, würde er bald der mächtigste Mann in Araquitar sein.

Eine Trompete schallte vom Universitätsturm herab, als sie die äußere Stadtmauer erreichten. Ohne es sich anmerken zu lassen, seufzte Sarison innerlich auf. Man hatte sie bemerkt und es würde auf ihn ein warmes Bad warten, wenn sie dann endlich die Universität erreicht hatten. Auch wenn er es nie zugeben würde, tat ihm doch mächtig der Hintern weh, sein Rücken war ganz steif und er wünschte sich nichts sehnlicher als diesen an allem haftenden Pferdegeruch loszuwerden.

Eine halbe Stunde später hatten sie die breiten Treppen erreicht, die zur Universität hinaufführten. Der gesamte Rat hatte sich vor der weitgeöffneten Tür versammelt. Neben Aramar stand dessen Frau Asa und hinter ihr ihre mollige Zofe. Sarison verzog ärgerlich das Gesicht. Was machte dieses Weib hier? Sie maßte sich viel zu viel an und Aramar ließ ihr das durchgehen. Es wurde Zeit, dass er die Zügel in die Hand nahm. Er straffte den schmerzenden Rücken und stieg steifbeinig von seinem Pferd. Dann stieg er entschlossenen Schrittes die Stufen zu Aramar hinauf. Auf halbem Weg sah er Asa erschrocken die Hände vor den Mund schlagen und die Treppe heruntereilen, dicht gefolgt von ihrer Zofe. Er drehte sich um und sah, dass der junge Hauptmann Jiral gerade noch rechtzeitig auffing, als dieser vor Erschöpfung vom Pony rutschte. Die beiden Frauen strichen dem Jungen sanft über den Kopf und wechselten leise Worte. Dann nickte Asa energisch und bedeutete ihrer Zofe, dem Hauptmann den Weg zu weisen. Sie stiegen die Treppen hinauf, ohne Sarison eines Blickes zu würdigen. Bei Aramar angekommen, sagte Asa ein paar Worte zu ihm und zeigte dabei auf Jiral und das Haus und Aramar nickte. Sarison eilte die Treppe hinauf und rief:

„Halt!", worauf der Hauptmann und Asa stehen blieben. „Der Junge muss seine Kräfte sofort vor dem Rat unter Beweis stellen!", forderte er mit schneidender Stimme.

Er würde nicht zulassen, dass man ihm die Dinge aus der Hand nahm. Er sah Aramar auffordernd an, aber Asa meldete sich unaufgefordert zu Wort:

„Was, soll er Euch etwas vorschnarchen? Der Junge ist völlig erschöpft. Was habt Ihr Euch dabei gedacht, ihn so anzutreiben, diesen kleinen Wicht. Was seid Ihr nur für ein Mensch!"

„Asa!" Aramar sah seine Frau, die vor lauter Empörung rot angelaufen war, streng an. Sie schnaubte wütend, durchbohrte Sarison mit einem weiteren bösen Blick, drehte sich dann um und scheuchte den Hauptmann und ihre Zofe in das Haus hinein. Sarison fauchte Aramar an, seine Wut nur mühsam im Zaum haltend:

„Das kann ich nicht zulassen. Ich habe den Jungen gefunden und ich sage, der Test muss sofort erfolgen!"
Aramar zog nur die Augenbrauen hoch.

„Wir sind Euch sehr dankbar für Eure Bemühungen und haben vollstes Vertrauen in Euch, dass Ihr uns einen fähigen Quitadar gebracht habt. Aber der Junge ist erschöpft, so wie Ihr sicherlich nach der langen und anstrengenden Reise auch. Wir werden ihn morgen testen, wenn er ausgeruht ist. Solange kümmert sich meine Frau um sein Wohl. Euch muss ich allerdings noch eine Weile von Eurer verdienten Erholung fernhalten. Es haben sich neue Informationen ergeben, die Ihr sofort erfahren müsst."
Aramar trat zur Seite und überließ es Sarison, das Gebäude zuerst zu betreten. Dann folgte er ihm und warf dabei Taror und Notor einen besorgten Blick zu, den diese erwiderten. Sie mussten Sarison im Auge behalten.
Kaum hatte Sarison das Gebäude betreten, herrschte er einen der bereitstehenden Diener an:

„Nimm meinen Mantel!"
In seiner Ungeduld den Mantel loszuwerden, verhedderte er sich mit dem Arm und ließ dem Diener keine Möglichkeit, ihm aus dem schweren Kleidungsstück zu helfen.

„Du Tölpel! Ich werde dafür sorgen, dass du entlassen wirst!"
Aramar hielt Sarison kurzerhand am Arm fest, sodass der Diener ihm endlich den Mantel abnehmen konnte.

„Was sind denn das für Töne?", rügte er den Jüngeren und gab dem Diener mit einem Nicken die Erlaubnis, sich zu entfernen. Sarison schnaubte nur verächtlich und machte sich los.

„Ihr müsst in der Tat sehr müde und erschöpft sein!", sagte Aramar in einem beruhigenden Ton. Er wandte sich an einen weiteren wartenden Diener:

„Bring uns Tee in den Ratssaal."

„Den Ratssaal?"

Sarisons Interesse war geweckt. Aramar nickte.

„Am besten seht Ihr es mit eigenen Augen."

Mit einer Geste wies er Sarison an vorauszugehen, was dieser mit erhobenem Haupt tat. Schweigend versammelte sich der Rat erneut um den Spiegel. Die leise von den Bediensteten bereitgestellten Teetassen blieben unberührt. Sarison stützte sich schwer auf die goldene Einfassung des Spiegels und starrte wie hypnotisiert auf die bewegten Bilder, die immer wieder die gleichen Szenen wiederholten. Schiffe, vom Nebel verdeckt, auf dem Weg nach Araquitar und die berittenen Horden der Godronen, bereits dabei das Quitar-Gebirge zu erklimmen. Aramar hielt den Blick fest auf Sarison gerichtet, jede Regung registrierend. Das ohnehin schon bleiche Gesicht war noch bleicher geworden, der Mund schmaler und die buschigen Augenbrauen waren soweit zusammengezogen, dass sie eine Linie bildeten. In Sarisons Kopf arbeitete es, das war nicht zu übersehen. Aber in welche Richtung gingen seine Gedanken?

Aramar holte mit einem Räuspern Sarison aus seiner Erstarrung. Sarison richtete seine kalten Augen auf ihn.

„Seit wann zeigt der Spiegel Bilder, ohne dass die Formel gesprochen wurde?"

Sein Ton war anmaßend aber dennoch beantwortete Aramar seine Frage, ohne ihn zu tadeln:

„Seit knapp zwei Wochen. Er fing damit an, kurz bevor Ihr die Nachricht geschickt habt, dass Ihr einen Quitadar gefunden habt. Es sind immer die gleichen Bilder. Araquitar wird von zwei Seiten bedroht und die Gefahr rückt stetig näher."

Sarisons Augen verengten sich zu Schlitzen.

„Die Zeit drängt mehr, als ich dachte. Der Junge muss sofort …"

Aramar hob die Hand und gebot ihm zu schweigen.

„Der Junge ist in guten Händen. Er nützt uns nichts, wenn er vor Erschöpfung zusammenbricht. Auch Ihr solltet in Eure Gemächer gehen und Euch ausruhen. Der morgige Tag wird früh beginnen."

Sarison erwiderte Aramars Blick einen langen Augenblick, machte Anstalten zu widersprechen, beugte dann aber doch den Kopf und verließ den Raum.

Die Ratsmitglieder folgten ihm, einer nach dem anderen, Aramar freundlich und respektvoll zunickend.

„Du solltest dich vor ihm in Acht nehmen, er will deinen Stuhl."

Taror stützte sich wackelig neben Aramar auf seinen Stock. Aramar schaute zu ihm hinab.

„Ich weiß, alter Freund, ich weiß. Und sollte dies jemals eintreten, wird das ein schwarzer Tag in Araquitars Geschichte sein."

Taror nickte bedächtig und gemeinsam verließen sie den Ratssaal, in dem der Spiegel weiter unermüdlich Bilder zeigte.

Erleichtert seufzend ließ sich Aramar in die Kissen sinken und zog die Bettdecke bis zum Kinn. Er war so unendlich müde. Er machte sich gerade daran, die Kerze auf dem Nachtschrank zu löschen, als Asa in das Zimmer gepoltert kam. Sie war ebenfalls fertig für die Nacht gekleidet und ließ sich mit einem übertriebenen Seufzer auf ihre Hälfte des Bettes plumpsen.

„Was hat er sich nur dabei gedacht?", fing sie ohne Einleitung an. Aramar ließ sich zurück in seine Kissen sinken. Der Schlaf würde wohl noch eine Weile warten müssen.

„Der Kleine ist völlig erschöpft und verängstigt und er vermisst seine Mutter ganz schrecklich. Es hat eine Stunde gedauert, bis er sich beruhigt hatte!"
Sie sah Aramar empört an, als ob es seine Schuld wäre. Und ihre Miene verfinsterte sich, als Aramar nichts sagte.

„Er ist zu klein. Er kann unmöglich der Quitadar sein. Das einzig Richtige wäre, ihn sofort zurück zu seiner Mutter zu schicken!"
Bevor Asa so richtig in Fahrt kam, gebot Aramar ihr zu schweigen.

„Ich weiß, Asa", sagte er müde. „Und doch liegt alle Hoffnung auf seinen Schultern. Araquitar droht Gefahr vom Meer her und von den Bergen. Eine Gefahr, wie es sie seit über eintausend Jahren nicht mehr gegeben hat. Und wenn der Junge sie nicht aufhalten kann, wird sehr bald nichts mehr so sein, wie es war, und Araquitar wird aufhören zu existieren."
Asa schloss den Mund, der ihr aufstand, und schluckte mühsam.

„Er ist doch nur ein kleiner Junge."

Aramar nickte.

„Aber er ist alles, was wir haben."

In Asas Gesicht kehrte Entschlossenheit zurück.

„Dann wird er vorerst bei uns wohnen und ich werde persönlich für ihn kochen. Er hat viel zu wenig auf den Rippen."

Aramar nickte. So war Jiral wenigstens etwas Sarisons Einfluss entzogen. Dass dieser selbst Jirals Ausbildung in die Hand nehmen wollte, stand ohne Zweifel fest. Aramar löschte das Licht. Er musste dafür sorgen, dass Jiral Sarison nie allein ausgeliefert war. Es musste immer jemand dabei sein. Vom Rat vielleicht Notor, er hatte noch viel zu lernen und Sarison konnte es schlecht als Beleidigung aufnehmen, wenn er Wissen weitergeben sollte. Und vielleicht der junge Hauptmann, Jiral schien ihn zu mögen und ihm zu vertrauen. Zufrieden mit diesem Entschluss schlief Aramar ein.

Sarison hingegen fand noch lange keine Ruhe. Das Bad entspannte seine Muskeln, aber nicht seinen Geist. Immerfort drehten sich die kleinen Rädchen in seinem Kopf um den Gedanken, dass Jiral jetzt bei Aramar und seinem vorlauten Weib war. Das hatte er noch geprüft. Die Suite des Quitadars war bereit, aber der Junge war dort nicht einquartiert. Er spürte kaum den Geschmack der feinen Speisen, die er sich bestellt hatte. Immer wieder hatte er Aramars spöttischen Gesichtsausdruck vor Augen. Dem würde das Lachen noch vergehen. Oder wusste er etwa von seinem Plan? Sarison ließ die Gabel, auf die er gerade ein Stück Pastete gespießt hatte, sinken. Nein. Er schüttelte energisch den Kopf. Niemand wusste von seinen Plänen, er hatte niemanden ins Vertrauen gezogen. Hatte er sich mit seinem

Verhalten verraten? Sarison ließ die Gabel klappernd auf den Teller fallen, stand auf und ging ärgerlich in seinem Zimmer auf und ab. Er musste vorsichtig sein, damit der Rat keinen Verdacht schöpfte. Sie standen alle hinter Aramar, das wusste er. Er musste sie nach und nach auf seine Seite ziehen. Unauffällig und ohne, dass Aramar sich bedroht fühlte. Aber wie? Stunde um Stunde grübelte Sarison. Erst in den frühen Morgenstunden übermannte ihn der Schlaf.

Auch Jiral schlief nicht gut. Zwar war er zunächst rasch eingeschlafen, nachdem Asa ihm mehrfach versichert hatte, dass er bald wieder nach Hause zu seiner Mama durfte. Aber mitten in der Nacht wachte er auf, rief leise nach Mama, bis ihm einfiel, dass sie nicht da war. Niemand hatte ihn gehört und niemand kam, um ihn zu trösten und ihn wieder in den Schlaf zu wiegen. Leise weinte er vor sich hin. Er wusste, dass er nicht so schnell wieder nach Hause kommen würde. Er war vielleicht klein, aber nicht dumm. Dieser böse Mann mit den kalten Augen würde ihn nie gehen lassen. Wozu hatte er ihn sonst mitgenommen? Er hatte gesagt, dass er von nun an in dieser großen Stadt leben müsse, ohne Mama und Papa. Vielleicht konnte er sie wiedersehen, wenn er groß war. Mit diesen Gedanken schlief Jiral wieder ein. Träume mit dunklen Gestalten durchzogen seinen unruhigen Schlaf. Immer wieder sah er seine Mutter, aber wenn er die Hand nach ihr ausstreckte, verblasste sie und der Mann mit den kalten Augen versuchte, ihn zu packen.

Ein verängstigter, blasser Jiral wurde von Asa am nächsten Morgen in den großen Konzertsaal geschoben. Der Rat war bereits versammelt. Hinter Asa und Jiral betrat auch der junge Hauptmann den Raum. Sarison versteifte sich.

„Was tut der hier, dieser anmaßende Tunichtgut. Es wird Zeit, dass er lernt, was seine Aufgabe ist. Ich werde dafür sorgen, dass er auf einen der äußersten Posten des Landes versetzt wird. Dort kann er lernen, was Demut und Gehorsam ist!", ereiferte er sich.

„Was redet Ihr da für einen Unsinn, Sarison", fuhr Taror ihn unwirsch an. „Der Junge ist einer der besten Kämpfer des Landes. Er greift dem alten Tarl bereits kräftig unter die Arme und wird bald Hauptausbilder der Armee sein. Was soll er denn auf einem Grenzposten?" Taror maß Sarison mit einem verächtlichen Blick und erhob sich mühsam von seinem Stuhl. Der junge Hauptmann ließ seinen Blick durch den Raum schweifen, sah Taror, der sich langsam auf ihn zubewegte, und ein breites Lächeln überzog sein Gesicht.

„Urgroßvater!", rief er, lief auf Taror zu, umarmte ihn vorsichtig und half ihm zurück auf den Stuhl. Aramar verbarg ein Schmunzeln mit der Hand, als er Sarisons Gesicht sah, das sich augenblicklich verdüsterte.

„Taror hängt sehr an dem Jungen", raunte er Sarison zu, der mürrisch grunzte und den Hauptmann dabei beobachtete, wie er sich vor jedem Ratsmitglied verbeugte.

Aramar hob die Stimme.

„Ich habe den Hauptmann Amar hinzugebeten, weil Jiral ihn zu mögen scheint", er nickte Jiral zu, der schüchtern lächelte, während er sich krampfhaft an Asas

Hand festhielt, „und außerdem möchte ich, dass er Jiral körperlich ertüchtigt. Ihn erwartet eine anstrengende Zeit, die nicht nur seinen Geist, sondern auch seinen Körper fordern wird."

Er schaute in die Runde und sah zustimmendes Nicken, außer bei Sarison, dessen Lippen so fest zusammengepresst waren, dass sie kaum noch zu sehen waren. Aramar hätte tanzen wollen. Auch wenn er sich dafür schämte, bereitete es ihm doch unheimlich Freude, seinen Widersacher zu ärgern. Aramar mahnte sich zu Ruhe und nickte Jiral zu.

„Nun denn Jiral, zeig uns, wie du den Feuerring beherrschst."

Jiral bewegte sich nicht und sah furchtsam in die Runde. Sarison räusperte sich laut und erhob sich von seinen Stuhl.

„Ich habe den Feuerring während der langen Reise für Jiral aufbewahrt."

Er holte eine Schachtel aus seinem Gewand, entnahm ihr den Feuerring und ging festen Schrittes auf Jiral zu. Dabei entgingen ihm die empörten Blicke und das leise Raunen nicht. Er verfluchte sich selbst, weil er den Feuerring nicht noch gestern vor ihrer Ankunft an Jiral übergeben hatte. Nun ja, er würde das Misstrauen der Ratsmitglieder noch zu zerstreuen wissen. Er reichte Jiral den Feuerring, der keine Anstalten machte, ihn zu nehmen.

„Nimm ihn, du dummer Junge, und stell dich nicht so an!", fauchte er das Kind an, sodass es außer ihm nur noch Asa hörte, die erbost Luft holte.

Vorsichtig nahm Jiral den Feuerring in die Hand, die andere Hand klammerte sich immer noch an Asa. Grob machte Sarison ihn los und schob ihn unsanft in die Mitte des Raumes.

„Na los, mach schon. Du weißt doch, wie es geht!"
Jiral schossen die Tränen in die Augen.

„Und wehe, du flennst jetzt!"
Die Ratsmitglieder hörten zwar nicht Sarisons Worte, sahen aber Jirals Tränen. Das Raunen wurde lauter und Sarison machte Anstalten, Jiral kräftig durchzuschütteln, als eine harte Hand ihn packte und unsanft zur Seite schob.

„Wie können Sie es wagen!", zischte Sarison den Hauptmann Amar an, der sich zwischen ihn und den mittlerweile schluchzenden Jiral geschoben hatte.

„Erlaubt mir, edler Herr!", sagte Amar ohne jegliche Ehrerbietung in der Stimme, schob Sarison noch ein Stück weiter weg und kniete sich vor Jiral. Sanft wischte er ihm die Tränen aus dem Gesicht und strubbelte ihm durch die Haare.

„Ich weiß, dass du Angst hast und deine Mama vermisst. Aber es ist wichtig, dass du uns zeigst, dass du den Feuerring beherrschen kannst. Es ist auch für deine Mama wichtig und sie würde sich freuen, wenn du den Feuerring jetzt zum Leuchten bringen kannst. Also, was denkst du, mh?"
Er sah Jiral aufmunternd an, der tapfer nickte und dann tief Luft holte. Langsam öffnete er die Hand, der Feuerring hob sich und begann, sich zu drehen, immer schneller, bis er zu Leuchten anfing. Ein erleichtertes Seufzen ging durch die Reihe der Ratsmitglieder.
Amar sagte:

„Das machst du sehr gut Jiral, weiter so!"

„Das reicht noch nicht!", schnaubte Sarison und machte einen Schritt auf Jiral zu, der sichtbar zusammenzuckte. Ein Blitz löste sich aus dem Feuerring und ließ die Scheiben über den Köpfen der Ratsmitglieder bersten. Ein zweiter Blitz entfuhr dem Feuerring und der Hauptmann konnte gerade noch so zur Seite springen. Der Blitz hinterließ eine tiefe, schwarze Furche im Fußboden. Sarison stolperte erschrocken rückwärts, als sich Jiral in seine Richtung drehte. Er stolperte über sein Gewand und fiel rücklings hart auf den Boden. Jiral schloss die Hand und ließ den Feuerring polternd zu Boden fallen. Er rannte zu Asa und vergrub weinend sein Gesicht in ihrem Rock.

Aramar fand als Erster seine Stimme wieder, nachdem er sich die Glassplitter von der Kleidung und seinem Stuhl geklopft hatte.

„Das war sehr beeindruckend, junger Mann. In der Tat."

„Jawohl, sehr vielversprechend!", pflichtete ihm Taror bei, der sich vom Hauptmann auf die Füße helfen ließ.

Auch Sarison hatte sich aufgerappelt. Er maß Jiral mit einem kalten Blick und wandte sich an Aramar.

„Er hat noch viel zu lernen und muss noch viel trainieren. Aber unter meiner Anleitung wird er sich des Amtes schließlich als würdig erweisen!"

Aramar erwiderte Sarisons Blick starr, ohne nachzugeben.

„Daran habe ich keine Zweifel."

Asa öffnete ihren Mund zum Protest, doch Aramar sprach weiter:

„Aber ich habe eine Bitte."

Sarisons Züge verfinsterten sich.

„Ich möchte, dass Ihr Notor an den Übungsstunden teilnehmen lasst. Er ist noch jung und hat ebenfalls noch viel zu lernen. Es wäre ihm eine Ehre, ebenfalls Euer Schüler zu sein."

Aramar sah Sarison unnachgiebig an und so sehr wie sich Sarison sein Gehirn auch zermarterte, fand er keine Erwiderung, um sich dem zu entziehen, ohne Aramar offen zu beleidigen. Dafür war es noch zu früh. Er verbeugte sich vor Aramar und nickt dann Notor zu, der kühl, ohne ein Lächeln auf den Lippen seinen Gruß erwiderte. Sarison unterdrückte gerade noch ein ärgerliches Stirnrunzeln. Ein abgekartetes Spiel. Sie wollten ihm mit aller Macht die Kontrolle über den Jungen streitig machen. Nun, er würde den Kampf aufnehmen und er beabsichtigte, ihn zu gewinnen.

Er verneigte sich erneut vor Aramar.

„Ich werde den Jungen nun in seine Gemächer bringen."

Er drehte sich um, ging festen Schrittes auf Asa zu und griff nach Jiral, der sich an Asas Rock klammerte.

„Komm, Jiral."

Jiral regte sich nicht. Sarison verstärkte den Griff um Jirals Arm. Asa legte schützend den Arm um das Kind. Sarison zischte:

„Lassen Sie den Jungen los, oder ..."

„Oder was", fiel ihm Asa ins Wort und packte nun ihrerseits Sarisons Arm und bohrte ihre Finger in das Fleisch, sodass er Jirals Arm mit einem Zischen losließ.

„Das wird Ihnen noch leidtun!"

Asa baute sich vor ihm auf, mitnichten eingeschüchtert.

„Mit Euren Drohungen könnt Ihr vielleicht die Freudenmädchen, die Ihr Euch regelmäßig auf das

Zimmer holt, beeindrucken, aber bei mir klappt das nicht!"

Sie drehte sich um und zog Jiral hinter sich her.

„Komm Jiral. Zeit zum Essen und dann machst du Mittagsschlaf."

Die Tür schlug hinter den beiden zu. Wutentbrannt drehte sich Sarison um und fand sich Hauptmann Amar gegenüber.

„Mit Verlaub, edler Herr, wir sollten den heutigen Nachmittag nutzen, um Jirals Übungsplan festzulegen."

Sarison starrte Amar einen Moment lang an, doch das Gesicht des Hauptmanns bleib unbeweglich. Taror hingegen amüsierte sich köstlich und auch die anderen Ratsmitglieder konnten ihre Freude darüber, Sarison derart in seine Schranken verwiesen zu sehen, kaum verbergen. Notor hob den Feuerring auf und ignorierte Sarisons ausgestreckte Hand.

„Also Sarison", fragte er kühn, „wie soll Jirals Lehrplan aussehen? Ich bin schon ganz gespannt auf Eure Lehrmethoden."

Blitze außer Kontrolle

Jiral hatte wieder schlecht geschlafen. Zum Heimweh kam nun auch noch die Angst vor den Übungsstunden mit Sarison hinzu. Heute Vormittag sollte die erste Stunde bei diesem strengen, kaltäugigen Mann sein. Jiral war froh, dass Amar dabei sein und er den Vormittag nicht mit Sarison alleine verbringen würde. Die Sportstunde am gestrigen Nachmittag hatte Spaß gemacht. Der Mann, der ebenfalls bei den Lehrstunden dabei war, hatte sich zu ihnen gesellt und sogar einige Übungen für die Ausdauer mitgemacht. Allerdings war ihm schnell die Puste ausgegangen und er hatte sich hastig zurückgezogen, als Amar vorgeschlagen hatte, doch jeden Tag mit ihnen Sport zu machen. Er schien nett zu sein. Im Gegensatz zu Sarison. Auch Asa gab sich große Mühe und hatte ihm gestern Mittag sein Lieblingsessen gekocht. Aber ihm fehlten Mama und Papa. Er wollte einfach nur nach Hause. Der alte Mann, Aramar, hatte ihm gestern noch einmal erklärt, was von ihm erwartet wurde, und er hatte nur noch mehr Angst bekommen. Wie sollte er das nur schaffen? Es war ja nicht so, dass er gar nichts konnte. Er konnte schon die Schweine füttern, er konnte reiten und er schaffte es schon, den Mühlstein zu drehen, wenn Mama Korn zu Mehl verarbeitete. Aber das, was er jetzt machen sollte, konnte er nicht, er verstand es auch nicht. Was waren Krieg und Untergang denn eigentlich? Es hatte ihn ganz verwirrt und in seinem kleinen Kopf hatte sich alles gedreht. Asa hatte ihn schließlich in den Arm genommen und ihn ganz fest an sich gedrückt, so wie Mama es auch tat, wenn er Angst hatte. Sie hatte ihm gesagt, er müsse einfach nur sein Bestes geben, dann würde alles gut werden. Aber insgeheim glaubte er ihr das nicht. Es würde erst alles gut sein, wenn er wieder zu Hause war.

Amar kam, als Jiral noch frühstückte. Jiral lächelte Amar mit vollem Mund an, aber sein Lächeln erstarb, als er den ernsten Gesichtsausdruck des jungen Mannes sah. Das Brötchen in seinem Mund fühlte sich plötzlich wie Pappe an und nur mit Mühe konnte er es hinunter schlucken. Etwas war ganz und gar nicht in Ordnung. Auch Asa bemerkte es und ließ das Messer sinken, mit dem sie gerade ein Stück Wurst abschneiden wollte.

„Amar, was ist los?", fragte sie ohne Umschweife.
Amar schluckte und warf Jiral einen bedauernden Blick zu.

„Ich werde ab sofort auch vormittags die Truppen trainieren. Tarl zieht sich nun endgültig zurück und wird nur noch aushelfen, bis ein passender Stellvertreter gefunden ist."
Amar presste die Lippen zusammen.

„Aber …"
Asas Blick wanderte zu Jiral, dessen Gesichtsfarbe langsam schwand.

„Sarison, hab ich Recht?"
Die Zornesfalte erschien auf ihrer Stirn. Amar nickte seufzend und ließ sich auf einen Stuhl fallen.

„Er hatte gute Argumente und meine Beförderung war überfällig. Urgroßvater war ganz begeistert. Ich konnte mich da schlecht weigern."
Asa warf ihm noch einen ärgerlichen Blick zu, nickte dann aber.

„Ja, ich weiß. Zumindest wird er nicht ganz allein mit dem alten Esel sein"

Sie wandte sich Jiral mit einem Lächeln zu:

„Möchtest du noch etwas?"

Jiral schüttelte nur stumm den Kopf. Seufzend nahm Asa ihn in die Arme.

„Alles wird gut, Jiral. Glaube nur fest daran!"

Hauptmann Amar brachte Jiral noch zum Konzertsaal und verabschiedete sich von ihm bis zum Nachmittag. Auf Jirals ängstlichen Blick hin, gab er ihm einen aufmunternden Klaps auf die Schulter.

„Kopf hoch. Du bist doch nicht allein mit dem eitlen Esel. Notor passt auf, dass er nicht gemein zu dir ist." Damit wandte er sich ab und ließ den kleinen, blassen Jungen zurück. Jiral sah ihm noch nach, bis er um die Ecke verschwand. Er hatte ein ungutes Gefühl. Er überlegte kurz, ob er vielleicht einfach weglaufen und sich verstecken sollte, aber was dann? In diesem Moment öffnete sich die Tür und Sarison starrte böse auf ihn herab.

„Was stehst du hier vor der Tür und glotzt in der Gegend herum?"

Er packte Jiral fest am Kragen und zog ihn in den Saal. Die Spuren von gestern waren nur grob beseitigt worden. Amar hatte Jiral erzählt, dass der Konzertsaal sowieso renoviert werden sollte, also machte es nichts, wenn die ersten Übungen danebengingen. Jiral schaute sich schnell um. Notor war nicht da. Er war mit Sarison allein. Und ein Blick auf Sarisons gemeines Grinsen nahm ihm jede Hoffnung, dass sich Notor nur verspätet hatte. Er begann zu zittern. Sarison sah mit Genugtuung auf das kleine Häufchen Elend vor ihm. Er hatte Aramars Pläne, ihn bei Jirals Erziehung zu kontrollieren, gründlich durchkreuzt. Er hatte erreicht, dass der Hauptmann vormittags seinen Verpflichtungen nachkommen musste, schließlich musste die Armee auf die Angriffe vorbereitet werden. Und es würde auch notwendig sein, dass er die Soldaten auch nachmittags trainierte, dafür hatte er Sorge getragen. Tarors Lob von gestern hatte ihn auf die Idee gebracht. Amar hatte die Beförderung heute Morgen erhalten. Er würde den eigensinnigen Hauptmann schon von dem Jungen fernhalten. Und Notor, dieser Volltrottel … Für heute war er überzeugt, dass die Lehrstunden erst morgen begannen. Sarison hatte ihm weisgemacht, dass er sich in der Bibliothek noch verschiedene Informationen holen wollte, und morgen würde er Notor zur Außenstelle der Universität schicken, um noch weitere Informationen einzuholen. Er sollte ja lernen und so war auch er aus dem Weg. Und er konnte den Jungen nach seiner Fasson formen. Er holte den Feuerring aus der Tasche. Er hatte ihn Notor gestern unter dem Vorwand abgenommen, ihn Aramar zur Verwahrung zu geben. Ein leichtgläubiger Kerl, ein Wunder, dass er in den Rat aufgenommen wurde. Jiral stand immer noch zitternd vor ihm und starrte ihn ängstlich an. Sarison zwang ein Lächeln in sein Gesicht, als er Jiral den Feuerring reichte. Jiral nahm ihn und schluckte hart. Sarison unterdrückte ein Augenverdrehen, legte Jiral eine Hand auf die Schulter und steuerte ihn in die Mitte des Raumes, wo ein kleiner Stapel Holzscheite lag.

„Du wirst heute üben, Dinge mithilfe des Feuerrings zu bewegen. Mit den Holzscheiten fängst du an. Du wirst sie Stück für Stück zu einem neuen Haufen schichten.“

Sarison trat einige Schritte zurück und wartete darauf, dass Jiral seiner Aufforderung nachkam, doch der Junge stand unschlüssig vor dem Haufen, die Hand fest um den Feuerring geschlossen. Als mehrere Minuten verstrichen waren, seufzte Sarison genervt auf.

„Hast du etwas von meiner Anweisung nicht verstanden?“, fuhr er Jiral mit scharfer Stimme an.

„Ich weiß nicht wie.“ Jirals Stimme war kaum mehr als ein Flüstern.

„Ich habe dich nicht verstanden!“

„Ich weiß nicht, wie ich das Holz bewegen soll.“

Jiral standen Tränen in den Augen. Sarison ging rasch auf Jiral zu, sodass dieser ein Stück zurückwich. Sarison baute sich drohend vor ihm auf.

„Stellst du dich absichtlich so dumm an?“, donnerte er. Jiral schüttelte verzweifelt den Kopf, unfähig ein Wort hervorzubringen.

„Du musst den Feuerring zum Leuchten bringen und dir dann vorstellen, dass ein Holzscheit in die Luft steigt, ein Stück über den Boden schwebt und wieder auf den Boden sinkt. Das kann doch nicht so schwer sein!“

Sarison trat wieder ein paar Schritte zurück und betrachtete Jiral kalt. Jiral öffnete die Hand und der Feuerring begann, sich langsam zu drehen.

„Konzentriere dich!“

Jiral zuckte zusammen und die Drehungen kamen kurz ins Stocken. Nach einem raschen Blick auf Sarisons wütendes Gesicht, versuchte er mit aller Kraft, dem Befehl nachzukommen. Widerwillig drehte sich der Feuerring schneller und begann zu leuchten.

Schweißperlen standen Jiral auf der Stirn, während er den Feuerring immer schneller drehen ließ. Das oberste Scheit begann zu zittern und hin und her zu wackeln. Auf Sarisons Gesicht zeigte sich ein leicht triumphierendes Lächeln, das sofort verschwand, als sich aus dem Feuerring ein Blitz löste, der das Holzstück explodieren ließ und den restlichen Stapel im ganzen Raum verteilte. Mit einigen Schritten war Sarison bei Jiral und gab ihm eine schallende Ohrfeige.

„Du sollst sie bewegen und nicht zerstören, du Trottel!", brüllte Sarison wutentbrannt.

„Ich habe es versucht", schluchzte Jiral, sich die schmerzende Wange haltend.

„Versuch es noch mal", sagte Sarison kalt und schubste das Kind zum nächsten Scheit.

„Du wirst nicht eher etwas zu essen bekommen, bis alle Scheite wieder auf einem Haufen liegen und für jedes zerstörte Stück Holz bekommst du Schläge. Hast du das verstanden?"

Jiral nickte mit tränenüberströmtem Gesicht.

„Sprich lauter!"

„Ja", sagte Jiral mit zitternder Stimme.

Der Feuerring zitterte genauso wie seine Hand, als er sich wieder zu drehen begann.

Asa sprang erschrocken ein Stück von der Tür zum Konzertsaal zurück, an der sie gelauscht hatte, als sie Schritte hinter sich hörte. Errötend blickte sie in das besorgte Gesicht von Hauptmann Amar.

„Wie lange warten Sie schon vor der Tür, Asa?", fragte der, ohne jeglichen Vorwurf oder Tadel in der Stimme.

„Schon eine ganze Weile. Ich wollte den Jungen zum Mittagessen holen, bevor er mit Ihnen Sport macht, aber die Lehrstunde ist noch nicht vorbei. Jiral muss Hunger haben, er ist da jetzt schon mehr als drei Stunden drin."

Asa seufzte besorgt. In diesem Moment hastete Notor um die Ecke und kam schlitternd vor Asa und Amar zum Halt.

„Sarison hat mir weisgemacht, dass heute keine Lehrstunde stattfindet. Ich bin ihm voll auf den Leim gegangen", japste er.

Asa wurde blass.

„Jiral ist mit Sarison allein da drin?"

Amar nickte grimmig.

„Notor hat die Blitze im Konzertsaal bemerkt und ist mir auf dem Weg dahin in die Arme gelaufen."

Amar sah Notor streng an.

„Ihr müsst eindeutig mehr Sport treiben!"

Notor winkte ächzend ab.

„Was ist mit Jiral?"

Amar nickte.

„Ich werde ihn am besten zusammen mit den Soldaten trainieren. Wenn ich schon vormittags nicht dabei sein kann, so kann er wenigstens am Nachmittag Sarison entrinnen. Und Ihr …", er tippte Notor auf die Brust, „… lasst ihn vormittags nicht aus den Augen, egal was Sarison sagt."

Notor nickte grimmig und Asa seufzte erleichtert:

„Dann lasst uns den Jungen da jetzt herausholen, wer weiß, was Sarison ihm angetan hat."

Sie zog die Tür auf und gemeinsam betraten sie den Saal. Erschrocken sah Asa sich um und stieß einen leisen Pfiff aus. Der Boden war von Kratern übersät und mit Asche beschmiert. Einzelne Holzscheite lagen verstreut im Raum. Mitten in dem Chaos kniete Jiral auf dem Boden, die Hände schützend vor den Kopf haltend. Sarison stand über ihm, die Hand zum Schlag erhoben. Asa reagierte als erste.

„Wie könnt Ihr es wagen!"

Sie stürmte auf die beiden zu. Sarison, nicht im Geringsten beeindruckt, holte weiter aus, aber bevor er zuschlagen konnte, hielt Amar seinen Arm fest. Asa riss Jiral vom Boden hoch und nahm ihn schützend in die Arme.

„Wie könnt Ihr es wagen, Euch an einem Kind zu vergreifen?", schrie sie Sarison empört an.

Sarison entriss sich Amars Griff.

„Wagen Sie es nicht, mich noch einmal zu berühren. Ihr Großvater kann Sie nicht ewig schützen. Und was diesen ungelehrigen Bengel angeht, seine Lektion ist für heute noch nicht vorbei!"

Er streckte einen Arm nach Jiral aus, aber Asa drehte sich rasch weg. Amar stellte sich vor Asa und sah Sarison fest an.

„Es war vereinbart, dass Jiral nachmittags seinen Körper ertüchtigt. Ich bin gekommen, um ihn zu holen."

Sarison grinste höhnisch.

„Vernachlässigen Sie Ihre Aufgaben, Hauptmann?"

„Keinesfalls, edler Herr", entgegnete Amar kühl.

„Jiral wird mit den Soldaten trainieren. Die frische Luft wird ihm gut tun. Und der Herr Notor lässt seine heutige Abwesenheit entschuldigen. Er wird von nun an jeden Tag an den Lehrstunden teilnehmen."

Amar verbeugte sich leicht und starrte dann Sarison unnachgiebig in die Augen, bis dieser einen Schritt zurücktrat.

„Das werden wir sehen. Das letzte Wort ist noch nicht gesprochen", fauchte er den Hauptmann an.

„Morgen um die gleiche Zeit, wehe du kommst zu spät!", fuhr er Jiral an, der in Asas Armen zusammenzuckte. Dann stürmte er aus dem Saal, wobei er Notor anrempelte.

„Der Junge geht nirgendwohin, bevor er nicht etwas gegessen hat!", verkündete Asa mit einem Tonfall in ihrer Stimme, der keine Widerrede duldete. Der Hauptmann lächelte und verbeugte sich leicht.

Notor ging vor Jiral auf die Knie und legte ihm die Hand auf die Schulter.

„Verzeih mir, Jiral, ich wollte dich nicht im Stich lassen. Sarison …"

Notor brach ab, als Jiral sich umdrehte. Amar stieß erschrocken einen Pfiff aus, als er Jirals geschwollenes Gesicht sah.

„Nach dem Essen gehörst du ins Bett, mein Lieber!"

„Er kann unmöglich weiter mit Sarison lernen, Amar!", protestierte Asa.

Amar sah bedauernd auf Jiral hinab.

„Ich fürchte, er muss. Zuviel hängt von ihm ab", seufzte Amar. „Aber Notor passt morgen auf ihn auf."

Asa verzog zweifelnd das Gesicht und auch Notor blickte alles andere als überzeugt.

Amar straffte die Schultern.

„Und ich werde veranlassen, dass ein Soldat bei den Lehrstunden dabei ist. Er wird dafür sorgen, dass Sarison

Jiral nicht noch einmal misshandelt. Ich kläre das mit Urgroßvater."

Notor nickte erleichtert.

„Ja, das wäre gut."

Und auch Asa nickte grimmig.

„Und ich werde ein Wörtchen mit Aramar reden."

Damit schob sie Jiral aus dem Saal.

Einige Stunden später saß Aramar an Jirals Bett und schaute auf das kleine Gesicht, das sich beinahe in den Kissen verlor. Die Schwellung war zurückgegangen, aber die linke Wange war rot und violett eingefärbt. Immer wieder hatte Sarisons Hand getroffen. Aramar seufzte, sah auf und blickte direkt in Asas Augen. Sie saß auf der anderen Seite des Bettes.

„Ich hätte nie gedacht, dass sich Sarison derart an einem Kind vergreift", sagte er leise.

„Er sieht nicht nur im Gesicht so aus!" Asas Stimme war scharf.

Aramar schüttelte leicht den Kopf und fuhr sich mit der Hand über die Augen.

„Sarison weiß alles über den Feuerring. Er kennt alles, was ein Quitadar je mit ihm angestellt hat. Er weiß am besten Bescheid, wie er benutzt wird, wenn auch nur in der Theorie. Niemand weiß mehr. Er muss Jiral weiter unterrichten. Es gibt niemanden sonst, der dem Jungen den Umgang mit dem Feuerring beibringen kann. Es ist einfach keine Zeit, Jiral selbst herausfinden zu lassen, wozu er mit dem Feuerring in der Lage ist."

„Aber …"

Aramar hob die Hand und Asa verstummte.

„Ich habe Amars Gesuch stattgegeben, einen Soldaten als Jirals Schutz im Konzertsaal zu stationieren. Ich muss Sarison rechtgeben, dass Amar Araquitar am besten dient, indem er Soldaten trainiert. Es spricht auch nichts dagegen, dass Jiral nachmittags mit den Soldaten Sport macht. Ich hoffe, wir haben noch genug Zeit, damit er ein wenig kräftiger werden kann. Und ich selbst werde regelmäßig nach dem Rechten sehen. Sarison wird keine Möglichkeit mehr haben, Jiral weiter zu quälen."

Mit einem Ächzen erhob er sich und bedeutete Asa, ihn zu begleiten. Mit einem letzten Blick auf den schlafenden Jiral, verließen sie das Zimmer.

Pferdebeine und Heilsalben

„Sori, wo steckst du?"

Sori zuckte zusammen und warf einen Blick durch das schmale Fenster des kleinen Schuppens, in dem sie die Salben und Tinkturen zubereitete, die sie für die Pflege der Bewohner und Tiere des Hofes benötigte. Sori beobachtete, wie ihre Mutter suchend über den Hof stapfte. Sie hatte ihr noch nicht verziehen, dass sie ihr die Ausbildung zur Heilerin versagte. Deutlich erinnerte sie sich an das zweite Gespräch, in dem sie versucht hatte, ihre Mutter umzustimmen. Es war vergeblich gewesen. Ihre Mutter war der Meinung, dass sie genug an Heilkenntnissen für Hof und Familie besaß. Sori zog sich vom Fenster zurück und ignorierte einen weiteren Ruf ihrer Mutter. Oh ja. Sie wusste genug, um Wunden zu versorgen, Fieber zu senken und Husten zu lindern. Wahrscheinlich hatte ihre Mutter die Ausflüge zu Rana nur geduldet, da Soris erlernte Fähigkeiten nützlich für den Hof waren. Aber es gab noch so viel, das sie nicht wusste. Ohne anzuklopfen, trat ihre Mutter in den Schuppen.

„Hier steckst du. Hast du nicht gehört, dass ich dich gerufen habe?"

Sori schüttelte den Kopf.

„Ich bereite gerade frische Kräutersalbe zu, da muss ich mich konzentrieren. Ich muss morgen wieder den Verband von dem Pony auf der Weide am Hang wechseln."

Sori warf weiter Kräuter in das flüssige Fett und rührte alles um, ohne dabei aufzuschauen. Ihre Mutter seufzte leise und sah auf ihre Tochter hinab. Sori ließ sich nicht erweichen und zerschnitt und zerstampfte weiter die letzten getrockneten Kräuter vom Vorjahr. Sie musste Platz machen für die neuen, frischen Kräuter, von denen ein großer Teil getrocknet werden würde, um das ganze Jahr zur Verfügung zu stehen. Gestern Nachmittag hatte sie das erste Mal ein paar geschützte Stellen aufgesucht, um die ersten Kräuter des Jahres zu sammeln. Sie hatte Rana getroffen und ihr erzählt, was ihre Mutter für sie geplant hatte. Rana hatte sie in die Arme genommen, getröstet und ihr geraten, nicht aufzugeben. Vielleicht gab es ja noch einen anderen Weg. Niemand konnte sagen, was die Zukunft bringen würde. Rana konnte manchmal sehr geheimnisvoll sein.

Ihre Mutter stand immer noch vor ihr, also schaute Sori, wenn auch widerwillig, auf. Das Lächeln ihrer Mutter verkrampfte sich ein wenig, als sie Soris trotzigen Gesichtsausdruck sah.

„Wenn du fertig bist, komm bitte in die Küche, ich brauche dich dort."

Sie sah Sori einen Augenblick an, wartete vergeblich auf eine Antwort, drehte sich schließlich um und ging hinaus. Sori seufzte und ließ das Messer sinken. Es war so verdammt anstrengend, so lange böse zu sein. Aber schließlich ging es um ihr Leben und sie wollte selbst darüber entscheiden.

Einige Zeit später, als sie die noch flüssige Kräutersalbe zum Abkühlen in kleine Tiegel füllte, kam ihr Vater zu ihr in den Schuppen. Sie sah sein ernstes Gesicht, wusste sofort was kommen würde und presste die Lippen aufeinander.

„Sori", ihr Vater strich sich durch die Haare, „deine Mutter möchte nur das Beste für dich. Du tust ihr mit deinem Verhalten weh!" Der Vater seufzte. „Du kannst ihr nicht ewig böse sein. Und ich verstehe auch, dass sie dieses einsame Leben als Heilerin nicht für dich möchte. Denk darüber nach, wenn du morgen auf die Weide reitest, um das Pony zu versorgen. Versprichst du mir das?"

Sori nickte, war sich aber sicher, dass Nachdenken an ihrer Einstellung nichts ändern würde. Es würde noch sehr lange dauern, bis sie sich damit abfinden würde, vielleicht nie. Der Vater sah es ihr an, strich ihr mit der Hand über die Wange und drückte ihr einen Kuss auf die Stirn.

„Denk darüber nach."

Dann verschwand er und ließ Sori allein zurück. Sofort versank sie wieder ins Grübeln. Ihre Mutter hatte ihren Vater also auf ihre Seite gezogen. Jetzt hatten sich alle gegen sie verschworen. War es denn allen egal, dass sie sich ihr Leben anders vorgestellt hatte? War sie denn die einzige, die sich nicht freudig den Vorstellungen ihrer Eltern beugen wollte? War es denn so ungewöhnlich und ungehörig, selbst bestimmen zu wollen?

Sori atmete tief durch, um das Gedankenkarussell anzuhalten. Es würde sie sowieso die halbe Nacht wach halten. Sie würde solange grübeln, bis sie einen Ausweg fand. Weglaufen? Aber wohin? Sori schüttelte den Kopf, seufzte und begann den kleinen Schuppen aufzuräumen, als ihre Mutter wieder nach ihr rief.

Am nächsten Morgen machte sich Sori früh auf den Weg, ignorierte das Angebot zur Hilfe beim Brotschmieren und Pony satteln. Sie brauchte keine Hilfe, es wurde doch Zeit, dass sie erwachsen wurde und eine eigene Familie gründete. Ohne einen Blick zurückzuwerfen, ritt sie davon. Ihr Vater nahm ihre Mutter in den Arm und drückte sie an sich.

„Sie fängt sich wieder", versicherte er ihr, sie sah ihn nur zweifelnd an.

„Sie ist noch nie so nachtragend gewesen. Ich will doch nur, dass sie es gut hat, ist das so falsch? Ich bin mir sicher, dass sie mit Oron glücklich wird!"
Tränen standen in ihren Augen. Der Vater sah Sori besorgt nach.

Als das Wohnhaus ihrer Familie hinter den Hügeln verschwand, ließ Sori ihren Tränen freien Lauf. Sie war so wütend und gleichzeitig so verzweifelt und hilflos. Sie verstand ihre Mutter nicht im Geringsten. Rana war eine geachtete Frau, was war an dem Beruf als Heilerin nur auszusetzen? Sie hatte doch noch genug Kinder, die sie an den Erstbesten, der ihr über den Weg lief, verheiraten konnte. Warum konnte sie Sori nicht einfach in Ruhe und was Sinnvolles lernen lassen? Wie erwarte, hatte sie die halbe Nacht noch wach gelegen und nach einem Ausweg gesucht. Sie zog die Kapuze tiefer ins Gesicht, um sich vor den kalten Windböen zu schützen, und verbrachte die Stunde ihres Rittes damit, über ihre Situation nachzugrübeln.
Langsam kam die Koppel in Sicht und an einen Felsblock gelehnt, der ihn vor dem Wind schützte, wartete jemand. Beim Näherkommen erkannte Sori Oron und wäre am liebsten umgedreht, um auf einem anderen Weg auf die Weide zu kommen, aber er hatte sie schon gesehen und kam ihr entgegen. Er hielt die Zügel ihres Ponys und reichte ihr die Hand zum Absteigen.

„Hallo Sori", er lächelte schüchtern.

Um nicht unhöflich zu sein, nahm Sori seine Hand und ließ sich beim Absteigen helfen.

„Dein Vater hat mir gesagt, dass ich dich heute hier finden kann."

Sori versteifte sich. Na, das konnte ja heiter werden. Sie drehte ihm den Rücken zu und begann ihr Pony abzuladen. Die Arzneimittel für das verletzte Pony, ihre Verpflegung für den Tag und einen Kessel, in dem sie Tee kochen wollte, um sich warm zu halten. Sie ignorierte Orons hilfreich ausgestreckte Hand, ging an ihm vorbei zum Lagerplatz mit der Feuerstelle, auf dem sie bei der Frühjahrsinspektion ihr Zelt aufgestellt hatten. Sie brachte ein Feuer in Gang und stellte den Kessel darüber auf, Oron, der schweigend neben ihr stand, bewusst ignorierend.

„Ihr habt euch also alle gegen mich verschworen?", fragte sie schließlich, ohne aufzublicken, als sie Wasser in den Kessel füllte.

„Nein!" Oron zog ein erschrockenes Gesicht. „Ich dachte immer, dass du mich magst?"

Sori seufzte, warf Teeblätter in den Kessel und blickte dann auf.

„Das tue ich auch. Aber vielleicht habe ich mir mein Leben ein wenig anders vorgestellt."

Oron setzte sich auf einen der Steine, die um das Lagerfeuer platziert waren und sah Sori interessiert an.

„Und wie?"

Sori grunzte mürrisch. Da wollte wohl jemand hartnäckig sein.

„Hilf mir, das verletzte Pony einzufangen, dann erzähle ich es dir vielleicht."

Oron nickte und stand auf. Sori drückte ihm das Halfter in die Hand und dann machten sie sich auf die Suche nach dem verletzten Pony. Sie fanden es ein wenig abseits von der Herde im Windschatten einiger großer Felsblöcke. Sori sah schon von weitem, dass der Verband in Fetzen an dem verletzten Bein hing. Das Pony schonte dieses Bein. Als es sie kommen sah, versuchte es wegzulaufen, aber Sori und Oron waren schneller. Oron betrachtete stirnrunzelnd das Bein.

„Das sieht schlimm aus. Warum habt ihr es nicht geschlachtet?"

„Weil wir dann auch das Fohlen verloren hätten!", Sori zeigte auf den geschwollenen Leib der Stute und Oron nickte. Sori untersuchte das Bein und fluchte.

„Und wenn sie den Verband am Bein lassen würde, dann wäre es auch schon längst verheilt. Aber egal, wie fest ich ihn auch mache, sie schafft es immer wieder, ihn abzureißen. So heilt es viel langsamer."
Sie stand auf, legte dem Pony das Halfter um und zog es in Richtung Lagerplatz.

„Du scheinst einiges davon zu verstehen!", stellte Oron fest, griff ebenfalls nach dem Halfter und zog mit.

„Ja", sagte Sori bescheiden, „und ich möchte noch mehr lernen. Rana würde mich als Lehrling nehmen, aber meine Mutter hat ja andere Pläne."
Sori wusste, dass sie sich schlecht benahm und ihre Wut über ihre Mutter an Oron ausließ.

„Wieso hat deine Mutter etwas dagegen, dass du Heilerin wirst, das ist doch sehr praktisch?", fragte Oron verwundert.
Sori schüttelte gereizt den Kopf. Ihr war nie aufgefallen, wie dumm Oron wirklich war.

„Weil ich heiraten und Kinder bekommen soll?!"
Jetzt schüttelte Oron den Kopf.

„Das eine schließt doch das andere nicht aus", sagte er und sah sie fragend an.
Sori blieb stehen und sofort versuchte das Pony zu entkommen und Sori musste das Halfter fester packen.

„Wie meinst du das?", fragte sie misstrauisch und fragte sich, was ihr Vater Oron eigentlich erzählt hatte. Oron zuckte mit den Schultern, zog am Halfter und das Pony setzte sich widerwillig in Bewegung und auch Sori ging weiter.

„Der Hof muss erst aufgebaut werden. Es wird eine Weile dauern, bis er so viel abwirft, dass wir uns eine Magd und einen Knecht leisten können. Für Kinder ist da noch kein Platz, das hat ja auch noch Zeit. Meine Schwester Orana interessiert sich genau wie du für die Kunst des Heilens. Ich weiß, dass Rana im Dorf lebt, aber wir haben im Dorf ja den Laden, in dem wir unsere Produkte verkaufen. Wir haben dort noch einen kleinen unbenutzten Schuppen. Orana geht Rana an den Tagen, an denen sie Ware zum Laden bringt, zur Hand und hat dafür den Schuppen ein wenig her gerichtet. Du könntest das auch so machen. Es geht vielleicht nicht sofort, aber es ist möglich."
Sori starrte Oron mit offenem Mund erstaunt an. Das waren ja ungeahnte Möglichkeiten.

„Hast du dir das ganz alleine ausgedacht?"
Oron grinste ertappt.

„Nicht ganz. Dein Vater hat mir von deinem Wunsch erzählt und ich musste sofort an Orana denken. Bei ihr funktioniert es ja auch, obwohl sie mittlerweile schon zwei Kinder hat. Wir werden uns mit Orana abstimmen

müssen, aber das habe ich mit ihr schon vereinbart. Das Dorf wächst ja auch, also ist es kein Problem, wenn es eine weitere Heilerin gibt. Und wenn du mit dem Heilen noch etwas hinzuverdienst, ist das nur gut. Außerdem ist es sehr praktisch, wenn man eine Heilerin am Hof hat."
Oron nickte ernst.

„Du meinst das wirklich ernst?", fragte Sori, die immer noch nicht glauben konnte, was sie da hörte. Oron nickte nur wieder heftig.

„Ich würde mich wirklich freuen, wenn du mich heiratest, weil ich dich wirklich mag und ich denke, dass wir gut zusammenpassen."
Sori nickte langsam und lächelte.

„Unter den gegebenen Umständen, werde ich es mir überlegen."
Oron seufzte erleichtert.

„Das wäre toll, denn meine Mutter hat auch mit Sinas Mutter Gespräche geführt. Erinnerst du dich an sie?"
Sori nickte.

„Was für eine eitle, blöde Pute. Die kann doch das eine Ende von einer Kuh nicht vom anderen unterscheiden!"

„Genau! Und wenn du mich nicht heiraten willst, muss ich sie nachher noch heiraten."

„Oh, wie entsetzlich!", Sori musste gegen ihren Willen grinsen.
Oron runzelte die Stirn und drohte ihr mit dem Finger.

„Mutter hat mir auch erzählt, dass deine Mutter mit Sokos Mutter gesprochen hat."
Sori lief ein Schauer den Rücken herunter.

„Das würde sie niemals wagen! Ich kann Soko nicht ausstehen. Er hat mich immer an den Haaren gezogen."
Nun grinste Oron schadenfroh.

„Ich habe ihn neulich im Dorf getroffen. Er findet, dass du recht hübsch geworden bist und dich gut hinter dem Ladentisch in seiner Schneiderstube machen würdest!"

„Was?!", schrie Sori entrüstet und erschreckte das Pony so sehr, dass es sich aufbäumte.

„Ruhig, mein Mädchen." Oron tätschelte dem Pony die Nüstern und schaute Sori dann belustigt an.

„Es liegt also an dir, uns diese schlimmen Schicksale zu ersparen."

Sori starrte ihn entrüstet an und revidierte ihre Meinung, Oron sei dumm. Er war ein hinterhältiger Schlingel!

„Das hast du dir ausgedacht!"

Oron schüttelte nun wieder ernst den Kopf.

„Nein, habe ich nicht. Ich könnte dich auch nie belügen. Ich dachte nur, dass diese Informationen dir bei deiner Entscheidung vielleicht helfen werden."

Sori schnaubte entrüstet.

„Soko! Meine Mutter muss den Verstand verloren haben." Sie sah Oron an. „Also gut. Ich heirate dich und erspare dir Sina. Dafür darf ich bei Rana in Lehre gehen, wenn der Hof soweit aufgebaut ist."

„Und du ersparst dir Soko!"

Oron streckte ihr die Hand entgegen.

„Abgemacht?"

Sori zögerte einen Augenblick, nahm dann aber Orons Hand und schüttelte sie.

„Abgemacht!"

Sori versorgte das Bein der Stute, säuberte es, strich Heilsalbe auf die Wunde, verband das Ganze und flößte der Stute zum Schluss einen Kräutertrunk ein. Sie war froh um Orons Hilfe, der die Stute die ganze Zeit festhielt. Nachdem sie das Pony zurück auf die Weide gebracht hatten, setzten sie sich ans Feuer, teilten sich Soris Proviant und tranken Tee.

„Der Hof ist eher eine winzige Hütte und eine halbzerfallene Scheune", erzählte Oron. „Die Wiesen ringsum sind aber üppig und reich an Kräutern, das werden die Rinder mögen und ihr Fleisch und ihre Milch wird sehr gut schmecken. Vor allem der Käse."

Orons Augen leuchteten. Seine Familie arbeitete schon seit vielen Generationen in der Rinderzucht und der Käse war wirklich begehrt und das Hauptprodukt im Laden. Aber auch die Wurst mochte Sori sehr und freute sich, als Oron ein Töpfchen mit Schmalzwurst und ein Stück Brot auspackte. Im Laden gab es auch noch andere Lebensmittel, wie Kartoffeln, Obst und Gemüse. Teilweise wurden diese von den anderen Bauernhöfen geliefert und hauptsächlich an die Dorfbewohner verkauft. Vom Hof von Soris Eltern kamen die Kartoffeln und die Äpfel. Sie tauschten sie gegen Produkte, die sie nicht auf dem Hof herstellten. Viele Geschäfte wurden als Tauschgeschäfte abgewickelt, aber Sori fand die Münzen, die ihr Vater teilweise beim Verkauf der Ponys erhielt, nach wie vor äußerst interessant und war irgendwie stolz, wenn sie etwas mit Geld bezahlen durfte.

„Wie viele Rinder bekommen wir für den Anfang?", fragte Sori.

„Zwanzig", meinte Oron. „Kälber von diesem Frühjahr. Ich werde mich von Anfang an um sie kümmern, damit sie mich kennen. Meine Eltern werden uns unterstützen. Du brauchst dir keine Sorgen zu machen!", fügte er schnell hinzu.

Sori schüttelte den Kopf.

„Mache ich mir nicht. Ich muss nur wissen wie groß der Kräutervorrat sein muss. Unsere Kuh zu Hause ist selten krank und ich schätze, bei zwanzig brauche ich mich erst mal nicht überschlagen."

Oron lächelte.

„Orana kann dir da sicher auch noch ein paar Ratschläge geben."

Sori nickte.

„Ist Platz für einen Garten? Bis zum Dorf ist es ganz schön weit, da wäre es gut, wenn wir nicht alles kaufen müssten."

Sori schmiedete schon eifrig Pläne und streckte Oron die Zunge heraus, als sie merkte, dass er über ihren Eifer lachte. Oron lachte nun laut und ansteckend, sodass Sori ebenfalls lachen musste.

„Wenn du dich zu etwas entschließt, dann richtig, oder?", fragte Oron schließlich.

Sori nickte, lachte noch mal leise und meinte dann:

„Es ist irgendwie aufregend, sich selbst etwas aufzubauen. Darüber hatte ich gar nicht nachgedacht."

Oron nickte und nahm dann ihre Hand.

„Und ich bin sehr froh, dass du es dir überlegt hast."

Er sah sie an und Sori merkte, dass sie rot und verlegen wurde.

„Äh, ich …"

Sie verstummte und eine Weile schauten sie sich nur an. Dann hörten sie in der Ferne ein Wiehern, schreckten hoch und der Moment war vorbei. Sori sah sich um und bemerkte, dass die Sonne schon sehr tief stand.

„Beim heiligen Quitadar, ist es schon so spät? Ich hätte vor einer Stunde zu Hause sein sollen. Ein paar der Kühe stehen kurz vorm Kalben."

Oron sprang hoch und zog Sori, deren Hand er immer noch hielt, mit sich.

„Dann geh! Ich brauche nicht lange, um zusammenzupacken."

Oron nickte und sattelte sein Pony.

Dann kam er zu Sori, umarmte sie und drückte ihr einen Kuss auf die Wange.

„Ich freue mich wirklich!", sagte er und Sori merkte, wie sie schon wieder rot wurde.

„In drei Tagen bin ich wieder hier", sagte sie mit einem hoffnungsvollen Unterton.

Oron grinste und nickte.

„Es gibt noch viel zu planen", meinte Sori ernst. „Meinst du, du kannst …?"

Oron nickte.

„Bestimmt."

Er drückte sie noch einmal und schwang sich auf sein Pony.

„Bis in drei Tagen!", rief er, winkte und drückte dann seinem Pony die Fersen in die Flanken.

Sori schaute ihm noch nach und spürte den Kuss auf der Wange brennen. In drei Tagen würden sie sich wiedersehen. Bei dem Gedanken kribbelte es in ihrem Bauch. Was geschah bloß gerade? Irgendwie verlor sie die Kontrolle, aber andererseits waren die Aussichten besser, als sie zu hoffen gewagt hatte. Sie packte schnell zusammen und machte sich mit einem zufriedenen Gefühl im Bauch auf den Heimweg.

Sori lächelte in sich hinein, als sie die letzte Hügelkuppe überwand. Sie freute sich darauf, Oron wiederzusehen. Ihre Mutter hatte es so vielleicht nicht geplant, aber trotzdem eine gute Wahl getroffen. Als Sori das dunkle Haus sah, wurde ihr bewusst, wie spät es sein musste und dass sich ihre Eltern Sorgen machen würden. Sie verzog das Gesicht, als sie das Pony den Hügel hinunter trieb. Hoffentlich gab es nicht wieder Streit. Die Haustür öffnete sich, als sie abstieg, und ihr Vater trat heraus, eine Laterne in der Hand. Sori sah die tiefen Sorgenfalten in seinem Gesicht und verfluchte sich, dass sie nicht auf die Zeit geachtet hatte.

„Dem heiligen Quitadar sei Dank, da bist du ja. Wir hatten schon befürchtet, dass dir etwas zugestoßen ist. Wir hätten nicht mehr lange gewartet, dann wären wir dich suchen gegangen."

Er reichte die Laterne an Soris Mutter weiter, die hinter ihm aus der Tür gekommen war, und nahm Sori fest in den Arm. Eine Ewigkeit später machte Sori sich los.

„Es geht mir gut, Papa, es ist nichts passiert." Sie schielte an ihrem Vater vorbei und sah, dass ihre Mutter darauf wartete, sie ausschimpfen zu können. Bevor diese richtig den Mund öffnen konnte, sagte Sori schnell:

„Ich habe Oron getroffen. Draußen auf der Weide."

Ihre Mutter schloss den Mund und sah sie erstaunt an. Sori warf ihrem Vater einen strengen Blick zu, der darauf verlegen lächelte.

„Wir haben uns lange unterhalten und dabei die Zeit vergessen."

Soris Mutter runzelte wieder die Stirn und Sori fragte schnell:

„Du hattest doch nicht wirklich Soko für mich in Betracht gezogen, oder?"

„Du liebe Güte, nein!" Soris Mutter sah sie erschrocken an.

„Ihr habt euch noch nie gemocht. Seine Mutter hatte mich angesprochen, aber ich habe ihr noch keine Antwort gegeben. Sie war sehr enthusiastisch …"
Sori seufzte:

„Ja und für gewöhnlich bekommt Soko, was er will. Unter den gegebenen Umständen heirate ich dann doch lieber Oron." Sie lächelte ihre Mutter vorsichtig an. „Ich mag ihn immer noch sehr gern und ich denke, wir werden gut miteinander zurechtkommen."
Ihrer Mutter schossen die Tränen in die Augen. Sie warf die Laterne beinahe zur Seite und streckte die Arme nach Sori aus. Sori ließ sich nicht zweimal bitten und sank in die Arme ihrer Mutter.

„Es tut mir leid, dass ich so störrisch war, Mama", flüsterte sie ihrer Mutter ins Ohr und wurde nur noch fester gedrückt.

„Und es tut mir leid, dass ich es so geregelt habe, ohne vorher mit dir zu sprechen. Orons Familie ist sehr offen für ungewöhnliche Lösungen, wenn ich da nur an seine Schwester denke. Ich dachte, dass sich alles regeln würde, wenn ihr erst einmal verheiratet seid."
Soris Mutter schniefte und schob Sori ein wenig von sich, um sie anzusehen.

„Das wird es, Mama." Sori lächelte.

„Dann sind wir also wieder Freunde?", fragte Soris Mutter und Sori nickte.

Angriff der Godronen

Müde starrte Jiral die Decke in seinem Zimmer an. Er spürte das weiche Kissen, das seinen Kopf stützte und die warme Zudecke, die sich um seinen Körper schmiegte. Das warme Licht der Straßenlaterne, das durch die schweren Vorhänge vor dem Fenster drang, malte seltsame Schatten in die Zimmerecken. Er wollte so sehr schlafen, aber der Schlaf kam einfach nicht. Tausende Gedanken schwirrten durch seinen kleinen Kopf und ließen ihn nicht zur Ruhe kommen. Immer wieder tauchte das Gesicht seiner Mutter vor seinen Augen auf. Er vermisste sie so sehr. Ihren Duft nach Lavendel, ihre helle Stimme, wenn sie mit ihm lachte und mit ihm Fangen spielte. Immer wieder kamen die Tränen und kullerten über seine Wangen in den Kragen des Schlafanzuges, der schon ganz feucht war. Er wusste, dass Asa ihr Bestes gab, und er hatte sie auch sehr gern, aber sie war eben nicht seine Mutter. Dazwischen drangen immer wieder Erinnerungen an die letzten Tage an die Oberfläche. Der Sport machte Spaß und er war schon richtig schnell und stark geworden, hatte Amar gesagt. Mama würde staunen. Aber die Erinnerungen an die Trainingsstunden mit dem Feuerring ließen ihn immer noch frösteln. Er hasste Sarison, er war ein böser Mann. Ohne Notor und den Wachmann Gero hätte Sarison ihn immer weiter geschlagen, bis er irgendwann zerbrochen wäre, dessen war sich Jiral sicher. Einmal hatte Sarison es noch versucht, aber Gero war dazwischen gegangen und hatte Jiral beschützt. Bei ihm fühlte sich Jiral fast so wohl wie bei Amar. Auch Notor konnte er ganz gut leiden, machte er ihm doch immer wieder Mut, wenn er wieder einen Holzscheit angezündet hatte, anstatt ihn zu bewegen. Es war sehr schwer, sich zu konzentrieren, wenn man von Sarison böse angestarrt und beschimpft wurde. Daran hatte sich nicht viel geändert, trotz Notors Protest. Alle glaubten, dass er, wenn er nur genug übte, den Feuerring genauso gut beherrschen würde wie die großen Quitadare aus den Legenden, aber er glaubte es nicht. So sehr er sich auch anstrengte, er machte keine Fortschritte. Und er wollte auch nicht mehr. Er wollte nur nach Hause. Mit einem letzten Gedanken an seine Mutter schlief er schließlich doch ein.

Aramar saß mit den Mitgliedern des Rates in seinem Wohnzimmer. Es war gemütlicher als der kalte Ratssaal und jeder hielt sich an einer warmen Tasse Tee oder an einem Glas Wein fest. Mit ernster Miene hörte Aramar sich Sarisons Bericht über Jirals Fortschritte an und ignorierte Notor, der ungeduldig auf seinem Stuhl herumzappelte. Sarisons schneidende Stimme füllte den Raum und verlangte nach ungeteilter Aufmerksamkeit. Entgegen seinem Vorhaben, täglich im Konzertsaal vorbeizuschauen, hatte es Aramar in den letzten zwei Wochen nur zweimal geschafft. Doch das genügte, um zu wissen, dass Sarison massiv übertrieb, als er seine lehrtechnischen Fähigkeiten vor dem Rat in ein viel zu helles Licht rückte. Jiral würde in der kurzen Zeit, die ihnen blieb, niemals der fähige Quitadar werden, den sie brauchten. Vielleicht hatte er die Fähigkeit, den Feuerring vollkommen zu beherrschen, aber nach dem was Aramar selbst gesehen und was Notor ihm erzählt hatte, bezweifelte er dies, egal wie sehr Sarison die Sache beschönigte, weil er sich als fähigen Lehrer darstellen wollte. Jiral würde der Armee maximal mit Blitzen zur Seite stehen können. Aber vielleicht reichte das schon. So grausam die Godronen waren, so abergläubisch waren sie auch. Mit geschickt platzierten Blitzen in ihren Reihen, ließen sie sich vielleicht in die Flucht treiben. Aramar konzentrierte sich wieder auf Sarisons monotone Stimme, die sich in Kleinigkeiten erging. Vielleicht sollten sie Sarison als Waffe einsetzen. Mit diesem Monolog würde er jeden noch so mächtigen Feind ins Koma versetzen. Rasch kaschierte er sein Lächeln mit einem Husten und erntete dafür von Sarison ein Stirnrunzeln. Nun reichte es Aramar. Er hob die Hand und sprach, ohne Sarisons Reaktion abzuwarten:

„Vielen Dank, verehrter Sarison, für Eure Einschätzung der Fähigkeiten des Jungen. Doch ich fürchte, ich sehe seine Fortschritte nicht ganz so optimistisch wie Ihr."

Aramar sah in die Runde und ignorierte Sarison, der dunkelrot anlief.

„Genau!", platzte es aus Notor heraus. „Es ist fraglich, ob der Junge je ein fähiger Quitadar werden wird."

Sarison sprang auf.

„Wie könnt Ihr es wagen, meine Einschätzung in Frage zu stellen?!", schrie er wütend.

Notor sprang ebenfalls auf.

„Das würde jeder, der nur einmal zugesehen hätte. Beim heiligen Quitadar! Der Junge hat bei seinen Versuchen, ein paar Holzscheite zu bewegen, den Konzertsaal in Schutt und Asche gelegt und Eure Robe angezündet!", brüllte Notor mit geballten Fäusten.

„Meine Herren, ich muss doch bitten!", donnerte Aramar.

Notor setzte sich gehorsam, aber Sarison starrte Aramar mit unverhohlener Wut an. Ein Kichern ließ ihn herumfahren.

„Jiral hat wirklich Eure Kleidung angezündet, anstatt das Holzscheit zu bewegen? Muss an Eurer liebenswürdigen Art und Weise liegen." Taror gluckste vor Vergnügen und ließ sich nicht im Geringsten von Sarisons Blicken beeindrucken.

„Taror bitte, die Sache ist viel zu ernst für solche Späße", rief Aramar den alten Mann zur Ordnung, der Sarison nur höhnisch angrinste. Erhobenen Hauptes setzte sich Sarison und sah in die Runde, um die Stimmung einzuschätzen. Alle schauten ernst, einige tuschelten miteinander. Sie hatten ihm Jirals Erfolge nicht abgenommen. Die Wut in ihm erreichte ihren Siedepunkt. Das war alles Jirals Schuld. Er strengte sich nicht genug an. Wenn Aramar sich nur nicht eingemischt hätte. Er musste von seinen Plänen wissen oder zumindest etwas ahnen. Vor diesem alten Fuchs musste er sich in Acht nehmen. Mit zusammengekniffenen Augen beobachtete er Aramar, der sich mit Notor unterhielt. In diesem Moment wurde die Tür aufgerissen und ein atemloser Bote stürzte in das Zimmer, gefolgt von Asa, die sehr aufgeregt wirkte. Der Bote verbeugte sich tief, verlor beinahe das Gleichgewicht in seiner Hast und musste sich schwer auf den Tisch stützen, um nicht zu fallen.

„Edle Herren", keuchte er, „edle Herren, die Godronen kommen! Die Kundschafter haben gerade gemeldet, dass sie ihre Lager am Scrabol- und am Dova-

Pass auflösen. Die Pässe sind nahezu frei. Wir haben nur noch wenige Tage, bis sie die Pässe erreichen und in Araquitar eindringen!"

Stille herrschte im Zimmer. Man hörte nur das aufgeregte Atmen der Männer, als sie diese Nachricht aufnahmen. Aramar fing sich als erster.

„Was ist mit dem Quoral-Pass? Dort ist das größte Lager der Godronen", fragte er den Boten.

Der schüttelte den Kopf, immer noch nach Luft schnappend.

„Der Pass ist noch zu. Es wird noch mindestens zwei Wochen dauern, bis er frei ist."

„Besteht die Möglichkeit, dass das Lager der Godronen am Quoral-Pass ebenfalls aufgelöst wird und diese Godronen über die beiden kleinen Pässe nach Araquitar kommen?"

Aramar erschauerte bei Sarisons Frage. Sie war berechtigt, das musste er zugeben. Aber Sarisons Gemüt war so finster wie seine momentane Laune. Zu Aramars Erleichterung schüttelte der Bote abermals den Kopf.

„Nein, es sieht nicht danach aus. Die Boten berichten, dass im Lager am Quoral-Pass hauptsächlich Frauen, Kinder und Alte lagern. Im Verhältnis sind dort nur wenige Männer. Ganz anders als in den Lagern unterm Scrabol- und Dova-Pass. So wie es aussieht, werden die Männer der Godronen über den Scrabol- und Dova-Pass Araquitar vom Süden und Westen her überfallen und wahrscheinlich die Hauptstadt erreichen, wenn der Quoral-Pass frei wird, sodass sie die Stadt in die Zange nehmen können. So ist die Einschätzung der Kundschafter."

Der Bote senkte den Kopf.

„Das kann gut sein", meldete sich Taror zu Wort. „Ich habe in den alten Aufzeichnungen gestöbert. Beim letzten Angriff, ist ein Teil der Godronen in kleinen Gruppen ausgeschwärmt und über den Scrabol- und den Dova-Pass in die ländlichen Gegenden eingefallen und so haben sie die Armee von der Hauptstadt fortgelockt. Sie überfielen Angor, sobald der Quoral-Pass frei war. Drei Tage lang hielten sie Angor besetzt, plünderten die Stadt, töteten die Einwohner und zerstörten die Häuser, bis der Quitadar und die Armee kamen und sie vertreiben konnten."

Der Bote nickte:

„So sieht es in der Tat aus, edler Herr. Es hat reger Informationsaustausch zwischen den Lagern geherrscht. Sie agieren also gemeinsam und koordiniert."

Aramar seufzte. Er fühlte sich erschöpft.

„Hol die Kommandeure der Armee zusammen. Wir müssen uns unverzüglich beraten und unsere Gegenmaßnahmen in die Wege leiten", befahl er dem Boten.

„Sie erwarten Euch bereits im Ratssaal."

Der Bote verbeugte sich.

Sarison sprang auf.

„Wie können Sie es wagen! Der Ratssaal ist allein dem Rat vorbehalten!", rief er empört und baute sich drohend vor dem Boten auf, der zurückschreckte.

Aramar packte Sarison am Arm.

"Haltet Euch zurück, Sarison. Was ist denn nur in Euch gefahren? Ihr benehmt Euch, als hätte Euch Euer Verstand verlassen!"

Sarison wandte sich mit wutverzerrtem Gesicht Aramar zu, als sich Taror, der sich offensichtlich amüsierte, zu Wort meldete:

„Ihr wisst doch sicherlich, Sarison, dass sich im Ratssaal ein Modell von Araquitar und dem Quitar-Gebirge befindet. Die Kommandeure wissen das und haben es sicherlich schon aufgebaut. Wir sollten sie nicht warten lassen."

Er fixierte Sarison mit den Augen, bis dieser den Blick senkte. Der Rat folgte dem Boten. Aramar sagte im Hinausgehen zu Asa:

„Wecke Jiral und bring ihn zu uns in den Ratssaal. Dann packst du seine Sachen. Wir werden bald aufbrechen!"

„Aber …", setzte Asa zum Protest an, doch Aramar schnitt ihr das Wort ab:

„Tu es, wir haben keine Zeit mehr. Er wird sein Bestes geben müssen, so wenig das auch ist."

Wie Taror es richtig vermutet hatte, hatten die Kommandeure das Modell bereits aus dem Wandschrank geholt und aufgebaut. Sie standen grübelnd um das Modell herum, als die Ratsmitglieder eintraten. Sie drehten sich zu ihnen herum und verbeugten sich mit ernsten Gesichtern. Sarisons Gesicht verfinsterte sich, als er Amar unter den Befehlshabern sah. Aramar kam ohne Floskeln auf den Punkt:

„Wie ist die Lage, Quandor?", wandte er sich an den Ältesten der Kommandeure, einen kleinen, untersetzten Mann mit Vollbart, dessen scharfe Augen sein gemütliches Aussehen Lügen straften.

„Die Lage ist ernst, Aramar."

Er drehte sich zum Modell und nahm ein paar Fähnchen in die Hand.

„Das Lager am Quoral-Pass besteht noch. Die Lageraktivitäten sind normal, keine Anzeichen von Aufbruch. Der Pass ist noch unpassierbar, zumindest für die, die ausreichend Verstand haben."

Er erlaubte sich ein kleines Lächeln.

„Manchmal glaube ich, unseren Kundschaftern mangelt es daran. Der Mann, der uns die letzte Nachricht brachte, ist unterwegs einmal unter dem Schnee begraben worden und konnte sich nur mit Mühe und Not an die Oberfläche graben."

Sein Gesicht wurde wieder ernst.

„Es dauert noch mindestens zwei Wochen, bis der Pass soweit ist, dass man ihn passieren kann, ohne Gefahr zu laufen, von herabstürzenden Schneemassen verschüttet zu werden."

Er steckte ein Fähnchen auf die andere Seite des Quitar-Gebirges.

„Anders sieht es beim Dova- und Scrabol-Pass aus. Die Lager sind aufgelöst und die Godronen haben sich auf den Weg nach Araquitar gemacht. Sie haben sich bereits in viele kleine Gruppen aufgeteilt. Es gibt mehrere Wege von den Pässen herunter. Wir nehmen an, dass sie sich direkt nach den Pässen verteilen werden."

Notor trat neugierig an das Modell.

„Warum hat man nie versucht, die Pässe zu verschließen und unpassierbar zu machen?"

Sarison schnaubte abfällig:

„Das ist schon einige Male vergeblich versucht worden. Die fähigsten Quitadare haben sich an dieser Aufgabe probiert und sind gescheitert."

Der Kommandeur warf Sarison einen unergründlichen Blick zu und wandte sich dann an Notor:

„Das ist leider wahr. Der Fels ist einfach zu fest und die Durchgänge zu breit. Und davon abgesehen, würden die Godronen sicherlich einen anderen Pfad finden. Manchmal glaube ich, sie paaren sich mit Bergziegen, so gut können sie sich im Gebirge bewegen. Aber so wissen wir wenigstens, von wo genau sie kommen."

Sarison schnaubte nur wieder verächtlich, wurde aber von dem strengen Blick Aramars zum Schweigen gebracht.

„Habt Ihr Euch schon für eine Strategie entschieden?", fragte Aramar die Kommandeure, die daraufhin bedächtig nickten.

Die schwere Tür öffnete sich und Asa schob den müden und verängstigt drein blickenden Jiral in den Raum. Der oberste Kommandeur warf dem Kind einen ernsten Blick zu und lächelte ihn dann strahlend an, sodass Jiral zaghaft zurücklächelte.

„Da bist du ja, junger Mann. Komm mal her zu mir." Er streckte die Hand nach Jiral aus und Asa gab ihm einen kleinen Schubs. Der Kommandeur zog Jiral zu sich und hob ihn dann auf den Tisch, auf dem das Modell stand. Jirals Neugier gewann die Oberhand über seine Angst und er schaute sich das Modell genau an und kicherte, als die kleinen Bäume seine Handfläche kitzelten.

„Du hast ein sehr schönes Modell", stellte er fest und der Kommandeur nickte:

„Ja, es ist sehr schön."

Aramar räusperte sich und lenkte so wieder die Aufmerksamkeit auf den Ernst der Lage.

„Eure Strategie, meine Herren!"

Der Kommandeur nickte:

„Wir haben uns entschieden, die Godronen, die vom Dova- und vom Scrabol-Pass herabkommen, abzufangen. Jiral wird uns dabei helfen."

Er warf Jiral einen ernsten Blick zu und der Junge schrumpfte in sich zusammen, seine eben noch vorhandene Fröhlichkeit war vergessen.

„Ihr wollt die Hauptstadt unbewacht lassen? Das ist unerhört. Ihr begeht die gleichen Fehler wie einst. Jiral muss in Angor bleiben, seine Ausbildung fortsetzen und die Stadt verteidigen, wenn der Quoral-Pass frei wird und die Godronen sich auf die Stadt stürzen!"

Sarison baute sich vor dem Kommandeur auf und fasste Jiral besitzergreifend am Arm.

„Militärstrategie scheint nicht Euer Fachgebiet zu sein, Herr Sarison!", sagte der Kommandeur leise, fasste Sarison am Handgelenk und drückte fest zu, bis dieser Jiral losließ. Aramar zog Sarison vom Tisch weg, bevor dieser eine weitere Schimpftirade loswerden konnte.

„Lasst uns hören, was der Kommandeur zu sagen hat, ich bitte Euch, Sarison!", sagte Aramar bestimmt und nickte dem Kommandeur zu.

„Angor erhielt nach der Besetzung durch die Godronen eine Verteidigungsanlage. Sie wurde stetig in Stand gehalten und mit dem Wachstum der Stadt erweitert. Angor wird selbstverständlich nicht ohne Verteidigung gelassen. Ein Teil der Armee bleibt in der Stadt und wird sie verteidigen, wenn die Godronen kommen. Indem wir die vielen kleinen Gruppen, die bald über Araquitar ausschwärmen, vernichten oder zumindest zurücktreiben, verhindern wir, dass sie der

Bevölkerung von Araquitar zu viel Leid zufügen können. Und Jiral wird uns dabei eine große Hilfe sein."

Er blickte wohlwollend auf den kleinen Jungen, der nun zitternd auf dem Tisch stand und den Tränen nah war.

„Das kann unmöglich Euer Ernst sein!" Asas Empörung kannte keine Grenzen. Sie drängelte sich an den Männern vorbei, die um den Tisch herumstanden, und riss Jiral in ihre Arme.

„Beim heiligen Quitadar. Er ist ein sechsjähriges Kind! Er sollte in der Sonne mit seinen Holzklötzen spielen oder mit seinem Hund um die Wette laufen und nicht für Euch Gräueltaten begehen!"

„Asa!" Aramar sah sie mahnend an.

Asa hob trotzig den Kopf, Jiral fest an sich gedrückt. Der Junge hatte die Arme fest um sie geschlungen, als ob sein Leben davon abhing. Er weinte und jeder im Raum konnte seine Worte verstehen:

„Ich will nach Hause, ich will zu meiner Mama!"

Die Männer sahen sich betreten an.

„Ihr könnt nicht so herzlos sein. Diese Übungsstunden haben ihm schon genug angetan." Asa warf Sarison einen giftigen Blick zu.

„Er verkraftet nicht mehr!"

Amar löste sich als erster aus seiner Starre. Er ging zu Asa, trat um sie herum, sodass er Jiral ins Gesicht sehen konnte und strich ihm die Tränen von den Wangen.

„Hey, kleiner Mann", sagte er sanft. „Wir machen einen kleinen Ausritt, das wird ein richtiges Abenteuer. Du versuchst ein paar Steine ins Rollen zu bringen, sodass ein paar Pfade blockiert werden, und das war es auch schon."

Asa drehte den Kopf und sah Amar misstrauisch an.

„Und wenn du möchtest, kannst du noch mal Sarisons Robe anzünden!", fügte er so leise hinzu, dass nur Jiral und Asa es hören konnten.

„Bringt ihn in sein Zimmer. Er muss noch etwas essen, bevor wir aufbrechen."

Asa nickte und verließ mit Jiral den Raum.

Sarison plusterte sich erneut auf:

„Wie könnt Ihr es wagen ...."

„Haltet doch endlich mal den Mund!", fuhr Amar Sarison an.

„Habt Ihr wirklich geglaubt, wir lassen einen Sechsjährigen reihenweise Menschen umbringen?"

Amar warf einen Blick zum Kommandeur, der ihm zunickte.

„Der Plan ist, die Pfade so zu blockieren, dass die Godronen sich noch breiter verteilen müssen, um vom Pass herunterzukommen, und dass sie größere Konzentration darauf verwenden müssen, wohin sie ihre Füße setzen. Das ist Jirals Aufgabe. Entweder bewegt er die Steine oder beschießt sie mit Blitzen und löst kleine Lawinen aus. Das schafft er. Wir werden dann am Gebirge entlang Schützen postieren, welche die Godronen abschießen."

Aramar raufte sich den Bart.

„Haben wir dafür überhaupt genug Bogenschützen?"

Amar nickte:

„Seid die Bedrohung bekannt wurde, haben wir vermehrt Bogenschützen ausgebildet."

Der Kommandeur räusperte sich:

„Es wird nicht leicht, aber es ist zu schaffen. Je mehr sie sich verteilen müssen, umso besser. Und wir müssen sofort aufbrechen. Wir beginnen am Scrabol-Pass. Dort ist der Aufstieg auf der anderen Seite für die Godronen leichter. Sie werden ihn schneller erreichen als den Dova-Pass. Noch haben sie den Pass nicht erreicht und wir müssen die Zeit nutzen, die uns noch bleibt."

Aramar nickte.

„Gut, dann lasst uns aufbrechen."

Der Kommandeur sah ihn fragend an.

Aramar nickte erneut:

„Ich werde mitkommen." Er sah Notor an und dieser nickte ebenfalls.

„Der Rat muss informiert werden, am besten aus erster Hand."

Der Kommandeur seufzte, lächelte dann aber.

„Wie Ihr wollt, alter Freund. Aber beschwert Euch nicht, wenn Euch der Hintern weh tut, wir werden keine Rücksicht nehmen."

Sarison trat vor.

„Ich werde ebenfalls mit Euch reisen. Der Quitadar wird meinen Rat brauchen."

Er sah sich wichtig in der Runde um. Notor verdrehte die Augen. Der Kommandant machte eine leichte Verbeugung in Sarisons Richtung.

„Wie Ihr wünscht, edler Herr."

Notor raunte Aramar zu:

„Vielleicht bekommt er einen Pfeil in die Rippen, dann sind wir den alten Esel ein für alle Mal los!"

Aramar brachte seinen jungen Kollegen mit einem strengen Blick zum Schweigen, musste dann aber schmunzeln. So gemein der Gedanke auch war, er war sehr verlockend.

Die Morgenluft war noch frisch, aber sie hatte schon den wunderbaren Duft nach Frühling. Jiral setzte sich auf seinem Pony zurecht, das den anderen brav hinterhertrabte. Er streckte seine kleine Nase in die frische Brise und atmete tief ein. Er vermisste seine Eltern, seine Geschwister und Lollo, seinen Hund. Amar hatte ihm versprochen, dass er für ein paar Tage nach Hause durfte, wenn er die Steine zum Rollen gebracht hatte, und dann würde er sich verstecken. Das hatte er sich fest vorgenommen. Nie wieder wollte er zurück in diese große Stadt und zu dem bösen Mann, der ihm solche Angst einjagte und der ihn so doll verhauen hatte. Vorsichtig dreht Jiral den Kopf und beobachtete Sarison, der schräg hinter ihm ritt. Die kalten Augen des großen Mannes waren starr geradeaus gerichtet und sein zusammengekniffener Mund ließ erahnen, dass er gemeine Sachen dachte. Jiral rann ein Schauer über den Rücken und er schaute schnell wieder nach vorne. Er wünschte sich, dass er nie die Finger nach dem Feuerring ausgestreckt hätte, aber er hatte so schön geglänzt und wie er glitzerte, wenn er sich drehte. Es war das erste Mal gewesen, dass seine Mutter nicht geschimpft hatte, weil er nicht auf sie gehört hatte. Ihren erschrockenen Gesichtsausdruck würde er nie vergessen, sie hatte seinetwegen geweint. Er würde von nun an immer auf sie hören, nahm er sich ganz fest vor, wenn er nur zu Hause bleiben durfte. Nieselregen setzte ein und Jiral zog den Kopf wieder ein.

Die Soldaten in dem Zug waren achtsam und beobachteten die Umgebung genau. Am Horizont zeichneten sich die schneebedeckten Gipfel des Quitar-

Gebirges ab. Die Wiesen stiegen stetig an und in zwei Tagen würden sie den felsigen Fuß des Gebirges erreicht haben.

Das Paradies jenseits des Gebirges

Eiskalte Windböen fegten durch das Lager der Godronen unterhalb des Quoral-Passes. Nur wenige Hartgesottene wagten sich aus ihren dicht gedrängten Zelten. Das wenige Vieh und die kleinen, zotteligen Ponys suchten auf dem kargen Boden geduldig nach Nahrung. Die Wachen schauten sich aufmerksam um. Sie hatten bemerkt, dass sie von den Besetzern des Paradieses, den Nachkommen des Wolfsklans, von der anderen Seite der Berge beobachtet wurden. Aber das spielte keine Rolle. Sollten sie nur schauen. Am Ende würden sie unterliegen. Sie hatten kein Recht auf dieses schöne, fruchtbare Land auf der anderen Seite des Gebirges. Sie waren feige Schwächlinge, die es zu vernichten galt. Eine natürliche Auslese der Natur.

In einem der Zelte hatten sich drei Kinder um eine alte Frau gescharrt. Ein alter Mann lag leise schnarchend auf einem der Felllager, die sich entlang der Zeltwand befanden. Die alte Frau rührte in dem Topf, der über dem Feuer in der Zeltmitte hing. Der Rauch zog durch die Öffnung in der Spitze des Zeltes ab, dennoch war sein Geruch fest in die Felle, aus denen die Zeltwand gemacht war, eingezogen. Die alte Frau sog diesen Geruch tief ein. Sie liebte ihn und sie würde ihn vermissen. Dieses Zelt war ihr Zuhause, seit sie denken konnte. Sie war darin geboren worden. Seit Generationen hatte ihre Familie in ihm gewohnt. Doch schon bald würde sie ein festes Haus aus Stein haben, würde nicht mehr jedes Jahr vom Sommerlager ins Winterlager und zurück ziehen müssen. Das Leben würde so einfach werden.

Ihr Leben war seit jeher hart und entbehrlich gewesen, selbst in den besseren Zeiten. Aber dieses Leben hatte sie auch zäh und widerstandsfähig gemacht. Sie waren stolz auf ihre Fähigkeit, in der rauen Landschaft zu überleben. Die Reiter der Klans waren eins mit ihren kleinen, ausdauernden Ponys, flink und wendig. Sie waren geschickt mit Pfeil und Bogen, denn sie mussten die Wölfe von den Herden fernhalten. Sie konnten sich lautlos anschleichen, jede noch so kleine Unebenheit im Gelände ausnutzen und mit der Natur verschmelzen. Dies machte sie den Bewohnern des Paradieses überlegen und würde ihnen den Erfolg bringen. Sie waren stolz auf die Kultur, die sie über die Jahrtausende entwickelt hatten.

Der Name, den ihnen die Araquitaner gegeben hatten, war ihnen fremd und wenn sie ihn und seine Bedeutung kennen würden, wäre er eine tödliche Beleidigung für sie, ein Blutfehde wert.

Das Quitar-Gebirge, welches das Paradies von den Gebieten der Klans trennte, hatte auf seiner Ostseite steile Hänge, die teilweise hunderte Meter senkrecht abfielen. Nur an wenigen Stellen konnte es überwunden werden. Und der Aufstieg dorthin war beschwerlich und gefährlich. Ein falscher Tritt und man stürzte in die Tiefe.

Erst vor zweihundert Jahren hatten die Klans, getrieben von Hunger und Not den Aufstieg gewagt. Der Gebirgszug galt in ihren Legenden als der Rand der Welt. Wer ihn überschreitet, fällt einfach herunter. Die Not hatte einige junge Leute waghalsig werden lassen und sie hatten den Aufstieg gewagt und waren mit der unglaublichen Nachricht zurückgekehrt, dass die Welt nicht mit den Gipfeln endete, sondern dass die Gipfel das Tor zum Paradies waren, einem Ort, wie man ihn sich kaum schöner vorstellen konnte. Das Land östlich des Quitar-Gebirges war rau und unwirtlich. Die feuchte Meeresluft verlor ihren größten Teil an Feuchtigkeit auf der Westseite des Gebirges im Paradies.

Während die westlichen Hänge von üppigem Grün überzogen waren, herrschte auf der östlichen Seite Trockenheit. Die zudem deutlich steileren Hänge boten Flora und Fauna nur wenig Lebensraum.

Die Besetzer des Paradieses hatten die harten Winter östlich des Gebirges vergessen, denn das Gebirge schützte sie vor den eisigen Ostwinden. Die warmen Meeresströmungen sorgten für milde Winter im Paradies. Minusgrade und Schnee waren nur von kurzer Dauer. Die Winter waren nicht lang. Eine kurze Zeit, in der im Paradies alles ein wenig zur Ruhe kam, bevor das Land im Frühling wieder mit aller Gewalt erwachte.

Das kleinste der Kinder zupfte die alte Frau am Ärmel und riss sie so aus ihren Gedanken.

„Bitte Großmutter, erzähl es uns noch mal!", bat es und die anderen Kinder nickten begeistert.

„Aber ich habe euch die Legende doch schon so oft erzählt", sagte die alte Frau kopfschüttelnd.

„Aber wir wollen sie noch einmal hören!", riefen die Kinder im Chor.

„Ja, vom Parnies!", piepste die Kleine und die anderen lachten.

„Vom Paradies" verbesserte die alte Frau die Kleine und strich ihr über den Kopf.

„Also gut. Das Paradies ist vor tausenden von Jahren aus dem Meer gestiegen."

„Wie lange ist das?", wollte die Jüngste wissen.

Die Großmutter legte einen Finger an die Lippen und mahnte sie zur Ruhe. Wenn sie die Geschichte schon immer und immer wieder erzählen musste, wollte sie dabei nicht unterbrochen werden.

„Das war vor sehr, sehr langer Zeit. Es war leer. Ein paar wilde Ziegen grasten auf seinen Wiesen, aber niemandem gehörte das Land. Die Legende erzählt, dass damals der schändliche Wolfsklan von den anderen Klans in das Gebirge gejagt wurde. Der Wolfsklan kam niemals zurück."

Die Kinder machten abfällige Geräusche und wieder musste die Großmutter sie zur Ruhe mahnen. Der Wolfsklan war schon seit langer Zeit ausgerottet. Er war ein kriegerischer Klan gewesen, der seine Nachbarn ständig überfallen und ihnen die Vorräte geraubt hatte, bis sich die anderen Klans zusammentaten und fast alle Familien des Wolfsklans getötet hatten. Die wenigen Überlebenden flohen in das Hochgebirge und wurden nie wieder gesehen.

„Es hieß, die Welt hört hinter dem Gebirge auf, und wer die Berge überschreitet, fällt ins Nichts. Vor zweihundert Jahren aber, als die Nahrung immer weniger wurde und viele Familien Hunger litten, machten sich einige auf den Weg in das Gebirge. Sie wollten die Berge nicht überschreiten, sie wollten nur sehen, was auf der anderen Seite war. Und sie sahen grünes Land, üppige Felder und Wiesen, klare Bäche und Flüsse. Aber das Land war bewohnt. Ihnen wurde klar, wohin die Überlebenden des Wolfsklans verschwunden waren. Das durfte nicht sein. Es durfte nicht sein, dass dieses Gesindel in diesem fruchtbaren Land, ein Paradies im

Vergleich zu der kargen Steppe, in der sie mühsam ihr Dasein fristeten, ein gutes Leben führen durften. Es stand ihnen nicht zu.

Die jungen Männer kehrten zu ihren Klans zurück und berichteten was sie gesehen hatten. Ein Aufschrei der Empörung ging durch die Klans und sie beschlossen, dem Wolfsklan dieses Paradies zu entreißen und für sich in Besitz zu nehmen. Nur wenige wollten zurückbleiben. Und so zogen sie in die Berge, mit all ihrem Hab und Gut. Wie jetzt teilten sie sich auf drei Lager auf und warteten darauf, dass der Schnee auf den Pässen schmolz und sie das Gebirge überqueren konnten.

Damals, vor zweihundert Jahren, waren sie beinahe am Ziel gewesen. Die Hauptstadt war eingenommen und brannte. Viele der Höfe waren besetzt und die Bewohner getötet oder geflohen. Das Paradies war schon in ihrer Hand gewesen, doch dann kam der Zauberer, der Blitze schleudern konnte, und er hat viele von ihnen getötet und sie über die Berge zurück in die Steppe getrieben. Lange hatten die Klans ihre Wunden geleckt und um die im Paradies Gestorbenen geweint und den Hass gepflegt. Den Hass, der sich gegen die richtete, die sie wieder vertrieben hatten, die ihnen das Paradies verweigert und sie zurück in die Öde geschickt hatten. Der Hass wurde wie die Legende an die nächste Generation weiter gegeben. Aber nun ist es wieder soweit. Und diesmal werden wir erfolgreich sein!"

Die Kinder schauten sie ehrfürchtig an und nickten ernst. Sie dachten an ihre Väter und Brüder, die in diesem Moment den Pass weiter südlich überquerten, um für sie ein neues Zuhause zu suchen.

Pass in Sichtweite

Die eiskalten Windböen drückten die Godronen immer wieder an die Felswand und raubten ihnen ihre Kraft. In kleinen Gruppen suchten sie ihren Pfad die Felswand hoch, kletterten über Felsblöcke und auf Überhänge. Ihre kleinen, zotteligen Ponys waren eigentlich so trittsicher wie Bergziegen, hatten aber mit dem Gepäck auf ihrem Rücken Mühe, Schritt zu halten. Nur der eisige Wind machte ihnen wegen ihrem dichten Fell nichts aus. Die kleinen Gruppen arbeiteten sich mühsam die engen Pfade hoch. Sie konnten nur an wenigen Stellen rasten und viele erreichten die Rastplätze nicht. Immer wieder zerrissen verzweifelte Schreie die kalte, klare Luft, denn selbst für die geübtesten Kletterer unter den Godronen war der Aufstieg alles andere als einfach. Doch die Godronen ließen sich nicht davon aufhalten. Wer abstürzte, wurde seinem Schicksal überlassen, das Gesetz der Steppe, nur die Stärksten überlebten.

Der Dova- und der Scrabol-Pass waren bereits passierbar. Sie hatten das Donnern der letzten Lawinen gehört. Nicht mehr lange und sie würden Araquitar erreichen und ausschwärmen, die Bewohner aus ihren Häusern vertreiben oder töten. Sie würden sich über das Land verbreiten und die kleine Armee aus der großen Stadt locken, sodass diese ungeschützt am Quoral-Pass lag. War dieser erst frei und die Stadt in den Händen der Godronen, würde Araquitar endlich Geschichte sein. Ihnen kam gar nicht in den Sinn, dass die Araquitaner aus der Geschichte gelernt haben könnten. Auch an den Blitze schleudernden Zauberer aus der Legende, der letztendlich Araquitar vor zweihundert Jahren vor der endgültigen Eroberung bewahrt hatte, verschwendeten sie keinen Gedanken. Er war Legende. Sie würden so wie vor zweihundert Jahren vorgehen und diesmal würde es gelingen, denn sie waren stärker als ihre Vorfahren. Die Zeichen hatten auf Sieg gedeutet und die Zeichen täuschten sich nicht.

Weiter und höher kämpften sich die Godronen und ihre Ponys das Quitar-Gebirge hinauf. Sie hatten die Kundschafter von der anderen Seite bemerkt. Sollten die Menschen auf der anderen Seite ruhig wissen, dass sie kamen, es würde ihnen nicht helfen und sie nicht retten.

Die ersten Godronen erreichten den Scrabol-Pass, dick in ihre Felle gehüllt, schauten sie in das Land, von dem sie seit Generationen träumten. Die Luft war kalt und klar. Am Horizont konnte man das Meer sehen, welches das kalte Blau des Himmels widerspiegelte. Dazwischen das dunkle Grün der Nadelwälder und das helle Grün der Wiesen, die braune Erde der Felder. Tief atmeten sie ein und versuchten, etwas von dem würzigen Duft der erwachenden Natur zu erhaschen, der bereits jetzt reichhaltiger war als der Duft der Steppe im Sommer. Araquitar sah so aus, wie die Legenden es erzählten, und es würde ihnen gehören. Die Godronen machten sich an den Abstieg. Auf der Westseite waren die Hänge nicht so steil, wie auf der Ostseite. Araquitar lag auf einem Hochplateau. Das Quitar-Gebirge war nur die Spitze eines gewaltigen Gebirgsmassives, das sich unter Wasser weiter fortsetzte. Die Steppe der Godronen lag unter dem Meeresspiegel. Ihr Weg zu den Pässen des Quitar-Gebirges war viel weiter, höher und entbehrungsreicher als auf der Westseite. So kamen sie mit dem Abstieg gut voran. Die ersten Gräser wuchsen bereits in Nischen und Spalten und bald würden sie zu den Weiden gelangen, auf denen die Ponys und Rinder grasten.

Steine lösten sich unter ihren Füßen und den Hufen ihrer Ponys und lösten kleine Gerölllawinen aus. Der Fels war glitschig durch die Feuchtigkeit, die sich an ihm niederschlug, Pfade konnten sie nur erahnen. Wenn auch die Steigung nicht so stark war wie auf der Ostseite des Gebirges, so hatte doch das stete Wasser den Fels glatt gewaschen und gestaltete den Abstieg nicht weniger gefährlich als den Aufstieg. Davon hatten die Legenden nichts erzählt. Aber das Grün in der Ferne lockte und langsam, Schritt für Schritt, stiegen die Godronen in ihr Paradies hinab.

Jirals Albtraum

Die Berggipfel türmten sich mit jedem Schritt höher vor ihnen auf. Das Land zeigte sich völlig unbeeindruckt von den Nöten seiner Bewohner und ließ das frische Gras sprießen, schmückte die Wiesen mit den ersten Blüten und ließ die Bäume und Büsche frische Blätter austreiben. Immer wieder suchten die Soldaten die Hänge unter dem Scrabol-Pass mit dem Fernrohr nach Anzeichen dafür ab, dass die Godronen mit dem Abstieg begonnen hatten. Noch schienen sie das Rennen nicht verloren zu haben und am vierten Tag, nachdem sie von Angor aufgebrochen waren, sollte Jiral den ersten Steinschlag auslösen.

Noch ein wenig zweifelnd stellte Jiral sich etwas abseits der Stelle auf, die er unpassierbar machen sollte. Alle Blicke ruhten auf ihm und machten ihn nervös. Bis jetzt hatte er nicht bewusst Dinge bewegen oder die Blitze erzeugen können. Es war immer das passiert, was nicht passieren sollte. Er leckte sich über die trockenen Lippen und schaute sich noch einmal um. Sarison war nicht zu sehen und der Hauptmann nickte ihm aufmunternd zu. Jiral holte tief Luft und öffnete die Hand. Der Feuerring hob sich und begann sich zu drehen. Jirals Blicke suchten den Hang ab und blieben an den großen zerklüfteten Felsen hängen, an denen sich die herabsteigenden Godronen vorbeizwängen müssten. Er konzentrierte sich, versuchte sich vorzustellen, wie sie sich lockerten und losrollen würden. Stattdessen lösten sich mehrere mächtige Blitze aus dem Feuerring, zersprengten die Felsen und eine Flut an Geröll ergoss sich über das Felsgestein und blieb als lockerer Belag dort liegen. Die Araquitaner gingen in Deckung und warteten, bis die Geräusche abebbten und der Staub sich etwas gelegt hatte, bevor sie sich wieder zur Abstiegsstelle vorwagten. Wo vorher auf dem festen, glatten Felsen ein Abstieg möglich war, machten nun die losen Steinbrocken, die bei weiterer Erschütterung weiter zu rutschen drohten, einen Abstieg nahezu unmöglich, selbst für geübte Bergsteiger wie die Godronen und ihre zähen Ponys. Jiral betrachtete mit schief gelegtem Kopf sein Werk. Es war mal wieder nicht so gelaufen, wie es sollte, aber das Ergebnis war seiner Meinung nach zufriedenstellend. Er drehte sich zu den anderen um und sah die Anerkennung und die Zufriedenheit in ihren Gesichtern. Jiral wurde über alle Maßen gelobt, seine Wangen glühten und er wuchs ein Stück. Selbst Sarisons abfällige Blicke konnten ihm nicht die Laune verderben, während ihm die Soldaten anerkennend auf die Schulter klopften. Amar lenkte sein Pony neben ihn.

„Siehst du, Jiral, war doch gar nicht so schlimm, oder?" Jiral schüttelte heftig den Kopf.

„Nein, das war toll. Hast du gesehen, wie weit die Steine gekullert sind?"
Amar nickte.

„Schaffst du das heute noch einmal? Es gibt noch ein paar Stellen, an denen der Abstieg gut möglich ist."
Jiral nickte.

„Das schaffe ich auf jeden Fall!", sagte er stolz.
Amar nickte ihm aufmunternd zu, grinste ihn verschwörerisch an und gab dann den Befehl weiterzureiten.
Nach dem dritten Steinschlag war Jiral sichtlich erschöpft und Amar ließ das Lager trotz Sarisons Protest

aufbauen. Er ließ Wachen aufstellen, die auf verdächtige Geräusche achten sollten. Er rechnete fest damit, dass auch die Godronen Rast machten. Auch sie konnten nicht im Dunkeln sehen.

Eine Godronen-Gruppe, die sich nach dem Scrabol-Pass nach Norden gewandt hatte, hörte die Steinschläge bereits, bevor sie sie sahen. Geschützt durch zerklüftete Felsen sahen sie, wie das Geröll in die Tiefe rauschte und ihren Abstieg blockierte. Sie beobachteten unbemerkt von den Araquitanern, wie diese sich darüber freuten und einen kleinen Jungen in ihrer Mitte drückten und ihm auf die Schulter klopften und dann begannen, das Lager aufzubauen. Eine leise, aber heftige Diskussion darüber, ob sie sich weiter nach Norden wenden sollten oder zurück nach Süden und sich einer der nachkommenden Gruppen anschließen sollten, entbrannte. Allerdings wollten sie nicht teilen. Sie waren daran gewöhnt, für sich zuerst das Beste herauszuschlagen. Sie waren an erster Stelle ihrer Familie und dann ihrem Klan verpflichtet. Schlossen sie sich einer anderen Gruppe an, konnte es sein, dass sie bei der ersten Eroberung leer ausgingen und weiterziehen mussten.

Schließlich wurde ein Kundschafter losgeschickt, der nach freien Wegen suchen sollte, während sich die Araquitaner weiter unten für die Nacht einrichteten. Kurz nach Mitternacht kam der Kundschafter zurück und berichtete, dass auch die Hänge weiter nördlich mit Geröll überzogen waren und der Abstieg für die Ponys unmöglich und für sie selbst nur schwer zu bewältigen war.

Nach einer kurzen Ruhepause machten sie sich zähneknirschend auf den Weg zurück nach Süden. Ihren scharfen Augen genügte das Mondlicht, um, wenn auch vorsichtig, voranzukommen. Ihre Augen suchten unablässig nach Abstiegsmöglichkeiten. Ein gutes Stück vom Lager der Araquitaner entfernt ließen sie sich zur Rast nieder, um mit den ersten Sonnenstrahlen den Abstieg zu beginnen. Sie hatten keine Zweifel, dass die Araquitaner weiter nach Süden ziehen würden, um nach und nach die Hänge unpassierbar zu machen, aber sie würden schneller sein.

Amar ließ das Lager noch während der Dämmerung abbrechen. Die Sonne versteckte sich noch hinter den Berggipfeln, als sie Halt machten und Jiral den Feuerring in die Hand nahm. Glitzernd begann er, sich zu drehen, als einer der Soldaten rief:

„Seht, sie kommen!"

Er deutete nach oben und sie konnten die Gruppe Godronen ausmachen, die ihnen auf ihren Ponys den Berg hinab entgegen kamen.

„Jiral!", rief Amar, aber Jiral stand wie angewurzelt neben seinem Pony, Augen und Mund weit aufgerissen, während sich der Feuerring in seiner Hand weiter drehte. Jegliche Farbe war aus seinem Gesicht gewichen, als er auf die wild und gefährlich aussehenden Gestalten starrte, die unaufhaltsam näher kamen. Amar schüttelte ihn.

„Jiral, du musste die Steine zum Rollen bringen!"

Aber Jiral reagierte nicht.

„Zu den Bögen, Männer. Holt sie von ihren Ponys!", rief er und ein Pfeil bohrte sich direkt neben ihm in den

Boden. Amar zog sein Pony direkt neben Jirals, packte den Jungen, hob ihn in den Sattel, schwang sich auf sein eigenes Pony und griff nach den Zügeln von Jirals Reittier. Er winkte Aramar, Notor und Sarison zu:

„Wir müssen Euch in Sicherheit bringen!"

Dem Kommandeur rief er zu:

„Wir treffen uns an der nächsten Abstiegsstelle!"

Der Kommandeur nickte und machte Amar heftig Zeichen aufzubrechen.

„Sobald genügend Männer in Stellung gegangen sind, reiten wir weiter. Los, macht euch auf den Weg!"

Die Pfeile fielen immer dichter, mehrere Soldaten sanken getroffen in sich zusammen. Die Godronen hatten ein gutes Schussfeld und ihre Pfeile hatten eine größere Reichweite als die der Araquitaner. Amar gab seinem Pony die Sporen, Jirals Pony mit sich ziehend, dicht gefolgt von Aramar, Notor, Sarison und zwei Soldaten, die den Schluss bildeten.

Die Godronen sahen die kleine Gruppe, die sich von dem Trupp Soldaten absonderte. Einer der Godronen erkannte, dass das Kind, welches das glitzernde Ding in der Hand gehalten hatte, in dieser Gruppe war. Es schien wichtig zu sein. Er hob den Bogen und zielte. Amars Pony bäumte sich auf, als ein Pfeil es in die Hinterhand traf, lief aber tapfer weiter.

„Schneller!", keuchte Amar, „Schneller!"

Der Godrone zielte in aller Ruhe. Jiral schrie auf, als der Pfeil ihn in den Rücken traf. Sein Pony scheute, entriss die Zügel Amars Hand und ging durch. Jiral hing zusammengesunken im Sattel des sich schnell entfernenden Ponys und mit Entsetzen sahen die

Männer, wie er aus dem Sattel rutschte, mit dem Fuß im Bügel hängen blieb und weitergeschleift wurde.

„Jiral!", schrie Amar und trieb sein Pony an, das von einem weiten Pfeil getroffen wurde und zu Boden ging. Ein Soldat war sofort zur Stelle und zog Amar auf sein Pony. Im Galopp folgten die Männer der Spur, die Jirals Pony hinterlassen hatte. Die Soldaten hatten sich mittlerweile verschanzt und warteten darauf, dass den Godronen die Pfeile ausgingen oder sie sich in die Reichweite der Pfeile der Araquitaner begaben. Ein Teil der Soldaten zog im Schutz der Felsblöcke weiter zur nächsten Abstiegsstelle.

Rollende Steine

Sori packte in aller Frühe ihre Sachen zusammen. Gestern Abend hatte sie ihre Eltern noch darüber debattieren hören, ob sie heute zur Weide reiten durfte, oder nicht. Es gingen Gerüchte um, dass die Godronen die Pässe überschritten hätten. Sori hatte sich aber schon entschieden. Oron würde wieder auf sie warten und sie hatte nicht vor, ihn zu versetzen, es gab noch so viel zu besprechen. Seit ihrer ersten Begegnung auf der Weide hatten sie sich noch zweimal gesehen. Sie lernten sich gerade wieder richtig kennen, hatten sie sich seit der Schule, welche die Kinder in Araquitar im Alter von 7 – 12 Jahren besuchten, doch nur selten gesehen. Sori mochte Orons ruhige Art, denn seine Ruhe übertrug sich auf sie, vor allem, wenn sie mal wieder in Hektik verfiel. Er nahm sie ernst und sie hatte das Gefühl, sie konnte ihm alles erzählen, ohne sich lächerlich zu machen. Sie konnte es kaum glauben, dass sie sich in den wenigen Stunden, die sie miteinander verbracht hatten, wieder so nahe gekommen waren. Sie war in den letzten Tagen schon so in Gedanken versunken gewesen, weil sie sich auf das nächste Wiedersehen freute, dass sie manchmal den Grund vergaß, warum sie zur Weide ritt. Letztes Mal hatte sie beinahe das Verbandszeug vergessen. Ihr Vater hatte es ihr mit einem Grinsen im Gesicht noch gebracht, als sie gerade auf ihr Pony stieg. Sie hatte Oron versprochen, heute wieder zur Weide zu kommen und sie würde ihr Versprechen halten. Sie würde notfalls ohne die Erlaubnis ihrer Mutter losreiten.

Die ersten Streifen der Dämmerung zeigten sich am Himmel, als Sori ihr Pony aus dem Stall führte. Sie hatte in dieser Nacht kaum geschlafen, vor Angst, den Zeitpunkt zu verpassen. Ihr Vater hatte ihr während ihrer Weideinspektionen beigebracht, die Zeit an den Sternen abzulesen. Obwohl sie sich bemüht hatte, leise zu sein, musste ihre Mutter sie doch gehört haben. Sori zog den letzten Gurt fest, als die Lichter im Haus angingen. Schnell saß sie auf und winkte ihren Eltern zu, während sie ihrem Pony die Fersen in die Flanken drückte.

„Ich versuche, diesmal nicht so spät nach Hause zu kommen!", rief sie ihnen zu, winkte ein letztes Mal und ritt vom Hof.

„Sori, bleib hier!" Soris Mutter rannte ihr ein paar Schritte hinterher, bis Soris Vater sie einholte und festhielt.

„Sorana, lass sie", sagte er sanft, hob ihr Kinn und sah ihr in die Augen.

„Aber die Godronen!" Das Kinn von Soris Mutter zitterte und Tränen glitzerten in ihren Augenwinkeln. Soris Vater seufzte und nahm seine Frau fest in die Arme.

„Das sind nur Gerüchte. Wenn wir uns bei jedem Gerücht, dass die Godronen kommen, verkriechen würden, würden wir nichts von unserer Arbeit schaffen", sagte Soris Vater trocken und Soris Mutter schniefte:

„Wehe, wenn du nicht Recht hast!"
Soris Vater nahm seine Frau an die Hand und zog sie zurück ins Haus.

„Ich schlage vor, wir schlafen noch ein Stündchen. Es ist noch viel zu früh, um aufzustehen."

Sori hörte noch den Ruf ihrer Mutter, ignorierte ihn aber. Sie würde sich definitiv nicht davon abhalten lassen, die kleine Stute zu versorgen und Oron wiederzusehen. Eigentlich sollte ihre Mutter darüber froh sein. Aber nein. Heute so, morgen so. Sori machte sich keine Sorgen wegen der Gerüchte. Schon so oft hatte es geheißen, dass die Godronen kommen, und dann war nichts passiert, warum sollte es jetzt anders sein. Ihre Gedanken schweiften zu Oron und ihr wurde warm ums Herz. Ihre Mutter hatte sich mit Orons Mutter geeinigt und die Heirat war nun wirklich beschlossene Sache. Sie lächelte in sich hinein und träumte ein wenig vor sich hin, während ihr Pony den vertrauten Weg alleine fand.

Der Wind frischte auf und Sori zog die Jacke fest um sich. Die Luft roch nach Frühling, überall spross frisches Gras und die ersten Blumen zeigten ihre Farbe. In Gedanken ging Sori die Weide ab und fragte sich, wo sie das Pony heute wohl finden würde. In den letzten Wochen hatte sie es immer ein wenig abseits von der Herde gefunden, aber dem frischen Gras konnte es bestimmt nicht widerstehen. Oron konnte ihr ja beim Suchen helfen. Sie lächelte wieder.

Nach einer Stunde hatte sie die Weide erreicht. Es war bereits hell, aber es würde noch eine Weile dauern, bis die Sonne über die Spitzen des Quitar-Gebirges kroch. Der Himmel versprach einen klaren, schönen Tag.

Sori saß am Rastplatz ab und sah sich um. Oron war noch nicht da. Sie runzelte enttäuscht die Stirn, zuckte dann aber mit den Schultern. Sie war ja auch mindestens eine Stunde zu früh. Auch die Herde war nicht in Sichtweite. Missmutig schaute Sori auf das taufeuchte Gras. Sollte sie noch warten und schon mal Feuer anfachen? Eine Windböe zerzauste ihr das Haar. Sie schüttelte energisch den Kopf. Nein, ein Feuer konnte sie bei dem Wind nicht unbeaufsichtigt lassen. Also zuerst das Pony holen. Sie schaute sich noch einmal um, in der Hoffnung Oron zu entdecken, aber es war nichts und niemand zu sehen. Nur die Vögel zwitscherten aus vollen Kehlen. Entschlossen stapfte Sori los und versuchte die Feuchtigkeit zu ignorieren, die durch die Nähte ihrer alten, ausgeleierten Schuhe drang. Sie entdeckte die Herde in einiger Ferne und etwas abseits davon ein einzelnes Pony. Sie runzelte besorgt die Stirn. Warum war es nicht bei den anderen Ponys? Als sie es vor drei Tagen entlassen hatte, hatte es sich der Herde angeschlossen und mit den anderen Ponys nach den neuen, saftigen Grashalmen gesucht. Sori seufzte. Das Bein heilte schlecht, egal was sie tat und wenn es nicht bald besser werden würde, würde ihr Vater die Stute schlachten, sobald das Fohlen da war. Nach weiteren langen Minuten Fußmarsch und nun endgültig nassen Füßen hatte Sori das Pony erreicht. Sein Zustand hatte sich verschlechtert. Der Verband hing wieder in Fetzen und Sori konnte den Eiter sehen, der die schmutzige Wunde bedeckte. Sie fluchte leise. Warum nur hatte ihr Vater die kleine Stute nicht nach Hause geholt. Der Weg war zwar lang, aber in mehreren Etappen hätten sie es geschafft. So würde das nie etwas werden. Sori strich der Stute, die teilnahmslos den Kopf hängen ließ, über die Nüstern.

„Du armes Ding!", flüsterte Sori und streichelte die Stute. „Wenn das so weitergeht, verlierst du noch dein Fohlen."

Sie streifte der kleinen Stute das Halfter über und begann, sie sanft aber bestimmt mit sich zu ziehen. Nach ein paar Schritten stockte sie. Hinter einem Felsen lugten ein paar kleine Füße hervor. Mit klopfendem Herzen ließ sie das Pony los, ging um den großen Stein herum und schlug erschrocken die Hände vor den Mund. Vor ihr lag ein kleiner, blutverschmierter Junge. Die Kleidung war zerfetzt und legte den Blick auf zerschürfte Haut frei. Sori kniete sich hin und legte ein Ohr an seine Brust. Sie spürte, dass er langsam und flach atmete und sein Herz mühsam und unregelmäßig schlug. Er war eiskalt. Sie zog ihre Jacke aus und als sie ihn darin einwickelte, sah sie den Stumpf des abgebrochenen Pfeils, der aus seinem Rücken ragte. Tränen schossen ihr in die Augen.

„Der arme, kleine Wicht. Was ist nur mit ihm geschehen?", flüsterte sie. Sie schaute sich um. Sie musste ihn von hier wegbringen. Ihr Blick fiel auf die kleine Stute, die apathisch dastand, wo sie sie losgelassen hatte. Nein, sie konnte sich selbst kaum auf den Beinen halten, geschweige denn eine Last tragen. Vielleicht konnte sie eines der anderen Ponys einfangen. Sori schüttelte den Kopf. Selbst wenn es ihr gelingen würde, das Pony wäre nicht ruhig genug, um den Kleinen auf seinem Rücken zu tragen. Sie würde ihn wohl selbst tragen müssen. Sori schaute in Richtung Rastplatz. Wenn doch nur Oron hier wäre. Aber wahrscheinlich wartete er am Rastplatz auf sie. Sie seufzte und beugte sich wieder über das Kind. Dabei fiel ihr etwas auf, das in seiner offenen Hand lag. Er musste das glitzernde Ding während seiner ganzen Odyssee fest in der Hand gehalten haben. Neugierig streckte Sori die Hand danach aus und es erwachte zum Leben, hob sich in die Luft und folgte der Bewegung ihrer Hand, die sie erschrocken zurückzog. Der glitzernde Ring drehte sich immer schneller und Licht schien aus seiner Mitte zu kommen. Sori starrte fasziniert darauf und hielt den Atem an, als ihr bewusst wurde, was sich da unter ihrer Handfläche drehte. Sie drehte die Handfläche nach oben, der Feuerring folgte der Bewegung und schwebte nun einige Zentimeter über ihrer Handfläche. Das Licht war so hell, dass sie kaum hineinsehen konnte. Und irgendwie war ihr die Bewegung vertraut, als ob sie diese schon einmal gesehen hatte, verschwommen, wie in einem Traum.

Ein Geräusch schreckte sie aus ihrer Trance. Sie hörte Steine über den Felsen kullern und blickte erschrocken den Hang hinauf. Ihr stockte der Atem, bei dem Anblick, der sich ihr bot. Noch sehr weit oben sah sie in Fell gekleidete Männer auf zotteligen Ponys. Godronen! Diesmal war es nicht nur ein Gerücht! Schreckensstarr sah sie, wie die Godronen sie entdeckten und ihre Bögen zur Hand nahmen. Sori sah sich panisch um. Sie musste sich verstecken, aber wo?

Ihr Blick fiel auf den bewusstlosen Jungen. Und was sollte aus ihm werden? Ihre Augen suchten wieder den Hang ab. Nie gingen Lawinen ab, wenn man sie brauchte. Der Feuerring in ihrer Hand flammte auf, als ihr Blick an den Felsblöcken hinter den Godronen hängen blieb. Die Felsblöcke neigten sich, zerbarsten und rissen einen Teil des Hanges, die Godronen und ihre Ponys mit sich. Die Erde rumpelte und bebte und selbst über das ohrenbetäubende Krachen und Dröhnen waren die schrillen Schreie der Männer zu hören. Nach kurzer Zeit rumpelten die Steine direkt an Sori vorbei, die fassungslos, den wirbelnden Feuerring über ihrer Hand, auf das Geschehen starrte. Erschrocken schnappte sie nach Luft, der Feuerring hörte schlagartig auf, sich zu drehen und fiel auf ihre Handfläche. Sie presste die Finger darum und legte ihre Hand aufs Herz. Das durfte nicht wahr sein, sie hatte nur daran gedacht und …

„Sori!"

Sie hörte Orons Stimme, die nach ihr rief.

„Sori!"

Sie stand immer noch so da, als Oron sie erreichte. Ohne Worte nahm er sie in den Arm und drückte sie fest.

„Ich habe am Rastplatz auf dich gewartet, als der Steinschlag runterkam. Ich habe schon gedacht, dass es dich erwischt hat."

Er ließ sie los und sah sie besorgt an. Beim Anblick ihres blassen Gesichtes runzelte er die Stirn.

„Was ist los? Hat dich ein Stein getroffen?"

Er machte sich daran, sie zu untersuchen, aber sie schüttelte ihn sanft ab.

„Da waren Godronen. Sie wollten auf mich schießen und dann sind die Steine ins Rollen geraten und …"

Sori brach ab, unfähig weiterzusprechen. Oron nahm sie wieder in die Arme und streichelte sanft über ihre Haare.

„Es ist nicht deine Schuld und besser sie als du!"

Er sah sie fest an und schließlich nickte sie und blinzelte ein paar Tränen weg, die sich aus den Augenwinkeln stehlen wollte.

„Wir sollten von hier verschwinden, falls noch mehr ins Rutschen gerät."

Oron ergriff Soris Hand, aber sie hielt ihn zurück.

„Der Junge. Wir können ihn nicht hier zurücklassen!"

Oron sah sie fragend an und Sori deutete auf den kleinen Jungen, der immer noch bewusstlos neben dem Felsen lag. Oron war mit ein paar Schritten bei ihm und schaute unter die Jacke, die Sori um ihn gewickelt hatte.

„Ach du Schreck, den hat es aber schlimm erwischt." Sori kniete sich neben ihn.

„Kannst du ein Pony holen? Wir können ihn nicht nach Hause tragen."
Oron sah sie besorgt an.

„Einer von uns müsste dann laufen und wenn wirklich Godronen unterwegs sind …"
Er pfiff durch die Lücke in seinen Frontzähnen.

„Mein Pony ist ziemlich kräftig. Es würde es schaffen, mich und den Kleinen zu tragen."
Sori nickte, Oron stand auf und ging ein paar Schritte in Richtung Rastplatz, kam zurück, zog seine Jacke aus und legte sie Sori wortlos um die Schultern. Sie lächelte ihn an.
Kurze Zeit später kam er im Trab zurück, mit ärgerlichem Gesicht und verhalten fluchend.

„Was ist los?", fragte Sori, während sie die Zügel seines Ponys nahm und es ruhig hielt.

Dein Pony muss sich losgerissen haben. Vorhin war es noch da, aber jetzt ist es weg."
Sori schaute ihn bestürzt an. Orons Pony konnte sie auf gar keinen Fall alle drei tragen. Orons Blicke glitten zu der kleinen Stute, die immer noch teilnahmslos, mit hängendem Kopf dastand. Sori schüttelte den Kopf.

„Sie geht nirgendwo hin. Und die Herde ist geflüchtet. Selbst wenn wir eins fangen könnten, es wäre zu aufgeregt."
Oron nickte düster. Sori schürzte die Lippen.

„Aber vielleicht …"

Sie öffnete die Hand, der Feuerring hob sich und begann sich zu drehen.

Der zerfetzte Verband fiel vom Bein ab und legte die schwärende Wunde frei. Langsam verschwand der Eiter, die Schwellung ging zurück und die Wunde hörte auf zu nässen. Haut bildete sich und Haar wuchs nach. Nach kurzer Zeit sah das Bein so aus, als ob nie etwas gewesen wäre. Das Pony stand noch einige Augenblicke da, ohne sich zu bewegen, dann schüttelte es den Kopf und machte ein paar Schritte. Schnell war Oron bei ihm und fasste es am Halfter. Es ließ es geschehen, hatte es sich in den letzten Wochen doch daran gewöhnt, angefasst zu werden. Oron starrte Sori nur sprachlos an, die die Hand wieder geschlossen hatte. Unzählige Gedanken schossen Sori durch den Kopf. Es war keine Einbildung gewesen, sie hatte den Steinschlag verursacht, aber auch das Bein des Ponys geheilt und ihm so das Leben gerettet. Sorgsam steckte sie den Feuerring in ihre Rocktasche und verschloss diese. Zögernd sah sie zu Oron auf. Der klappte nun endlich den Mund zu und räusperte sich.

„Sori, woher hast du dieses Ding?"

Soris Blick wanderte zu dem Jungen.

„Es hat in seiner Hand gelegen."

Sie kniete sich neben das Kind.

„Es sieht so aus, als ob er einen Pfeil abbekommen hat und dann noch eine Weile über den Boden geschleift wurde."

Oron kniete sich neben sie.

„Kannst du nicht …?"

Er deutete auf ihre Rocktasche. Sori zuckte unsicher mit den Schultern.

„Ich weiß nicht. Ich …"

Sie sah Oron unbehaglich an.

„Beim Pony wusste ich, was geschehen sollte, so konnte ich mir es vorstellen. Aber bei ihm weiß ich nicht, was ich machen soll."

Oron runzelte nachdenklich die Stirn. Eine Windböe fuhr um den Felsen und ließ ihn erzittern.

„Du könntest ihn dir genau anschauen", schlug er vor, aber Sori schüttelte den Kopf.

„Aber ich kann nicht in ihn hineinschauen, ich weiß nicht, was der Pfeil in ihm angerichtet hat."

Oron schüttelte den Kopf und öffnete den Mund, um zu widersprechen.

„Oron, es ist viel zu kalt, um ihn hier und jetzt auszuziehen, und du frierst dich auch bald zu Tode!", kam Sori ihm zuvor und ihre Stimme duldete keinen Widerspruch. Ein Lächeln schlich sich in Orons Gesicht.

„Gut, bringen wir ihn zu dir, euer Hof liegt nicht ganz so weit entfernt."

Sori nickte. Sie hoben den Jungen auf Orons Pony und Oron setzte sich hinter ihn. Er zog seine Jacke wieder an und hüllte auch den Jungen damit ein. Auch Sori zog ihre Jacke an und schwang sich auf das Pony, das sie nur neugierig ansah, als frage es sich, was sie da machte. Sori drückte dem Pony die Fersen in die Flanken, doch es schüttelte nur den Kopf. Sori schnaubte ärgerlich. Aber woher sollte die Stute auch wissen, was zu tun ist, war sie doch nie zugeritten worden. Ohne lange zu überlegen, holte sie den Feuerring aus der Tasche und gab dem Pony das Wissen ein, ein Reitpony zu sein. Als sie die Stute neben Oron lenkte, sah er sie nachdenklich und streng zugleich an.

„Ich denke, du wirst in der Lage sein, in ihn hineinzuschauen. Wenn wir bei dir zu Hause sind, musst du es versuchen!"

Sori zögerte mit der Antwort.

„Er stirbt, wenn du es nicht versuchst!"

„Aber wenn er stirbt, weil ich etwas falsch gemacht habe?"

„Dann hast du es wenigstens versucht und ihn nicht einfach sterben lassen!"

Sori nickte langsam.

„Also gut. Du hast Recht. Ich glaube, ich könnte es mir auch nicht verzeihen."

Oron nickte zufrieden. Sie schauten sich an und müssten plötzlich laut loslachen.

„Du bist ein ganz schöner Dickkopf!", stellte Sori prustend fest.

„Du bist aber auch nicht besser!", schoss Oron zurück. Sie machten sich auf den Weg zu Soris Eltern. Der Junge wachte unterwegs nicht auf, stöhnte nur hin und wieder leise. Sori und Oron wechselten besorgte Blicke. Der Junge war blass. Er hatte viel Blut verloren und trotz der warmen Jacke und Orons Körperwärme war er immer noch kalt.

Als sie schließlich den Hof erreichten, wurden sie schon erwartet. Soris Mutter kam ihnen entgegengelaufen und zog Sori vom Pony.

„Oh Sori, ich habe mir solche Sorgen gemacht. Vor zwei Stunden ist dein Pony ohne dich zurückgekommen. Dein Vater ist mit den Nachbarn losgezogen, um dich zu suchen."

Sori löste sich von ihrer Mutter.

„Wir haben ihn unterwegs nicht getroffen."

Der Blick von Soris Mutter glitt zu Oron und ihre Augen weiteten sich, als sie den kleinen Jungen sah.

„Er lag auf der Weide, dann gab es einen großen Steinschlag und mein Pony ist weggelaufen."

Soris Mutter akzeptierte die Erklärung mit einem knappen Nicken und ließ sich von Oron den Jungen geben. Sie trug ihn ins Haus und Sori folgte ihr, während Oron die Ponys versorgte. Kurze Zeit später trat Oron ins Haus, gefolgt von Soris Vater. Der war mit ein paar Schritten bei Sori und drückte sie fest.

„Wir sind der Spur deines Ponys gefolgt, es ist den direkten Weg, querfeldein gelaufen. Wir hätten ihm das nie zeigen sollen. Er sah an sich herunter auf seine schlammbespritzten Kleider.

„Ich sehe aus wie ein Schwein!"

Dann fiel sein Blick auf den kleinen Jungen, der auf dem Sofa lag.

„Wir haben allerdings ein anderes Pony gefunden."

Er ging zum Sofa und sah auf das Kind hinab.

Draußen hörte man plötzlich Hufgetrappel von mehreren Ponys. Soris Vater blickte auf, wechselte einen Blick mit Oron und beide gingen hinaus.

„Sori, hilf mir!"

Die Aufforderung ihrer Mutter störte Sori dabei zu hören, was vor dem Haus vor sich ging. Ein Durcheinander vieler Männerstimmen drang durch die offene Tür. Aber sie schienen keinen Streit zu suchen.

„Sori!"

Sori half ihrer Mutter, den kleinen Jungen auszuziehen und während Soris Mutter Wasser heiß machte, holte Sori ein Nachthemd ihrer kleinen Schwester. Sie

179

versuchte, einen Blick durch die offene Tür auf das Geschehen vor dem Haus zu werfen. Sie sah eine Gruppe von Männern, einige Soldaten unter ihnen, die ernst mit ihrem Vater und Oron redeten. Sori hörte den Wasserkessel im Wohnzimmer klappern und beeilte sich. Ihre Mutter wusch den kleinen Jungen und zusammen versorgten sie seine Wunden. Ratlos sahen sie auf den abgebrochenen Pfeil hinab, der aus seinem Rücken ragte. Soris Mutter berührte sanft den Schaft und der Junge stöhnte leise. Sie sah Sori besorgt an.

„Die Wunde entzündet sich schon. Wenn der Pfeil nicht bald entfernt wird, stirbt der Kleine auf jeden Fall!" Sori nickte und ihre Finger tasteten nach dem Feuerring. Sie hatte es Oron versprochen.

„Lauf zu Rana! Sie wird wissen, was zu tun ist!" Sori nickte erleichtert. Rana wusste immer, was zu tun war. Sie wandte sich um, um ihre Jacke zu holen, als sich der Raum mit Männern füllte. Ihre Mutter wollte sie protestierend hinausschicken, aber ihr Vater brachte sie zum Schweigen.

„Heiliger Quitadar, Jiral!" Ein junger Hauptmann löste sich mit raschen Schritten aus der Gruppe und kniete neben dem Jungen nieder und strich ihm sanft durch das Haar.

„Er braucht einen Heiler, sofort!", sagte Soris Mutter bestimmt.

„Schick Niri!", befahl Soris Vater. Soris Mutter nickte und verließ den Raum.

Soris Vater wandte sich zu Sori und winkte sie zu sich. Zögernd löste sich Sori aus der schützenden Zimmerecke und stellte sich neben ihn. Sie sah sich einem alten Mann gegenüber. Sie erkannte den Ältesten des Weisenrates. Sie hatte ihn bei einem Besuch in Angor gesehen.

„Erzähl ihnen alles. Von Anfang an!", forderte ihr Vater sie auf.

Sori nickte nervös und mied den Blick des alten Mannes.

„Ich bin früh aufgebrochen, zu der äußeren Weide, um nach der Wunde an dem Bein eines der Ponys zu sehen. Ich habe mein Pony am Rastplatz zurückgelassen und bin auf die Weide gegangen, um die kleine Stute einzufangen. Der kleine Junge hat in ihrer Nähe hinter einem großen Stein gelegen. Oron und ich haben ihn dann nach Hause gebracht." Sie warf Oron einen Blick zu und errötete leicht.

„Sein Name ist Jiral und er ist der Quitadar, den der ehrenwerte Sarison gefunden hat." Er nickte zur Gruppe der Männer hin und Sori sah, wie sich einer der Männer aufrichtete. Er hatte ein scharfgeschnittenes Gesicht und kalte Augen.

Der Hauptmann erklärte:

„Wir waren dabei, die Abstiegspfade vom Scrabol-Pass zu blockieren, als uns die Godronen zuvorkamen. Jiral hat einen Pfeil abbekommen, ist vom Pony gerutscht und im Steigbügel hängen geblieben. Das Pony hat ihn mitgeschleift, als es durchgegangen ist. Wir sind seiner Spur gefolgt und haben die Stelle gefunden, an der er gelegen hat, aber er war nicht mehr da …"

Sarison fiel dem Hauptmann ins Wort.

„Der Junge hatte einen silbernen Ring bei sich. Hast du ihn?"

Sori zuckte unter der kalten, scharfen Stimme zusammen. Ihre Hand wanderte zur Rocktasche und glitt hinein. Ihre Finger schlossen sich um den Ring, der augenblicklich warm wurde und zu vibrieren begann. Sarisons Augen verengten sich. Sori schluckte.

„Ja, ich habe ihn gefunden." Sie zog die Hand aus der Rocktasche. Sarison war mit einem Satz bei ihr und packte ihre Hand, sodass sie erschrocken den Ring fallen ließ.

„Sarison!"

Aramars Stimme war wie ein Peitschenhieb. Er packte Sarison am Oberarm und zog ihn von Sori weg.

„Was ist denn nur in Euch gefahren?!"

Sarison hob arrogant den Kopf und machte sich los.

„Sollte ich zulassen, dass sie den Feuerring stiehlt?" Er bedachte Sori mit einem abwertenden Blick und machte einen Schritt auf den Ring zu. Aber Oron war schneller und stellte sich zwischen ihn und den Feuerring, den Blick fest auf Sori geheftet.

„Sori, du musst es ihnen sagen. Du musst es ihnen zeigen!"

„Sori, was …?"

Ihr Vater blickte verwirrt von Sori zu Oron, auch der Hauptmann war augenblicklich sehr wachsam, ebenso Aramar. Sori schluckte, blickte auf den Ring, der augenblicklich wieder zu vibrieren begann. In dem Moment stöhnte Jiral wieder leise. Oron trat einen Schritt auf sie zu.

„Sori, bitte, du hast es versprochen!"

„Aber …" Sori stiegen Tränen in die Augen, doch Oron sah sie fest an.

„Du kannst es und du weißt das!"

Sori holte tief Luft und streckte ihre Hand über den Ring aus. Er schnellte in die Höhe und begann sich zu drehen und zu glitzern. Alle im Raum holten tief Luft.

„Sakrileg! Ketzerei!", empörte sich Sarison, aber niemand beachtete ihn. Alle Augen ruhten auf Sori, die sich nun langsam neben Jiral auf das Sofa setzte. Den Feuerring über der einen Hand, berührte sie mit der anderen den Pfeilschaft. Sie spürte Jirals Schmerzen und zuckte zusammen. Ihre Gedanken glitten den Pfeil hinab, spürten die Zacken, die das Fleisch erbarmungslos aufreißen würden, sollte man ihn einfach herausziehen. Die Lunge war verletzt und füllte sich langsam mit Blut und Wasser. Der Schmutz an der Spitze hatte bereits die ersten Entzündungen hervorgerufen. All dies sah Sori nun klar vor sich. Sie stellte sich vor, wie das Fleisch sich von der Pfeilspitze zurückzog, und zog den Pfeil aus Jirals Rücken, ohne weiteren Schaden anzurichten. Sie stoppte die Blutungen, ließ die Entzündungen abheilen und die Wunde sich schließen. Aufatmend nahm sie nun die Verbände ab und heilte die Schürfwunden. Jiral bekam wieder Farbe und seine Augenlider flatterten, als er wieder zu sich kam und heftig zu husten anfing. Der Hauptmann sah Sori nachdenklich an, die nun, die Finger fest um den Feuerring geschlossen, mit gesenktem Kopf neben Jiral auf dem Sofa saß. Oron war mit ein paar Schritten bei ihr, legte den Arm um ihre Schultern und drückte sie an sich.

„Da war ein mächtiger Steinschlag, wo Jiral gelegen hat", sagte der Hauptmann langsam.

Sori nickte und die Tränen begannen zu laufen.

„Da waren Godronen, die wollten auf mich schießen und da hab ich …"

Sie sah wieder die Bilder der rollenden Steine vor sich und hörte die verzweifelten Schreie der Männer.

„Da hast du die Steine ins Rollen gebracht", vollendete der Hauptmann den Satz und Sori nickte.

Unerwarteter Widerstand

Eine jähe, kalte Böe fegte über den Bergkamm, ließ ihn bis ins Mark erschauern und zerzauste das Fell seines Ponys, das er am Halfter hinter sich herzog. Er blieb stehen, um den Umhang zurechtzurücken, und schaute sich um. Seine Gruppe bestand aus weiteren fünf Klanmitgliedern des Adlerklans, eine davon seine Frau, die sich geweigert hatte bei den Großeltern, den anderen Frauen und den Kindern im Lager am Quoral-Pass zu bleiben. Dort war der leichteste Aufstieg und die Kraft der Armee der Bewohner des Paradieses sollte gebrochen sein, wenn die Alten, Frauen und Kinder im Anschluss an die Gruppe, welche die Hauptstadt besetzen sollte, das Quitar-Gebirge überschritten.

Aber seine Frau hatte sich geweigert, konnte sie doch genauso gut mit Pfeil und Bogen umgehen wie er selbst. Sie zeigte keine Furcht und war stark und manchmal zu seinem Unmut auch sehr widerspenstig. Sie wollte das neue Zuhause unbedingt selbst aussuchen. Sie hatten erst vor wenigen Wochen geheiratet, kurz nachdem der Beschluss, das Paradies zu erobern, gefasst wurde. Er wäre gerne in der Steppe geblieben, aber seine Frau hatte beschlossen, dass sie in das Paradies ziehen und dort ihre Familie gründen. Ihm war schnell klar geworden, dass sie ihm das Leben zur Hölle machen würde, sollte er ihr diesen Wunsch verwehren und so hatte er nachgegeben. Und als er das erste Mal das Paradies mit eigenen Augen sah, war jeder Zweifel verflogen. Nun schaute sie ihn aufmerksam an, das Gesicht zum Schutz vor den eisigen Winden halb hinter Fellen verborgen. Manchmal wenn der Wind drehte, brachte er den Duft nach frischem

Grün und eine wunderbare Wärme mit sich, welche die Sehnsucht, hier zu leben, noch steigerte. Sie alle hatten die Erschütterung gespürt, die durch den mächtigen Steinschlag verursacht wurde und die verzweifelten Schreie der dort Absteigenden gehört. Nun, es war dumm von ihnen gewesen, sich eine derart gefährliche Stelle zum Abstieg auszusuchen. Nur die Klügsten und Stärksten überlebten, so war das Gesetz der Natur. Aber sie waren schlauer. Er drehte sich wieder um und ließ seinen Blick über den Hang schweifen. Festes Gestein, kein Geröll, weiter unten waren die ersten Grasbüschel zu sehen. Sollte er die Stelle markieren, um nachfolgenden Gruppen den Weg zu weisen? Er schüttelte sacht den Kopf. Er wollte nicht auch noch gegen andere Klanmitglieder um ihr neues Zuhause kämpfen müssen. Der erste Hof, den sie eroberten, gehörte ihnen.

Er winkte seinen Leuten zu, ihm zu folgen und machte sich an den Abstieg, immer ein wachsames Auge auf das Gebiet unter ihnen gerichtet. Es hieß, dass die Armee der Bewohner dieses Landes am Fuß des Gebirges entlang zog, um sie beim Abstieg zu erschießen, aber es war weit und breit nichts zu sehen. Er schnaubte verächtlich durch die Nase. Wie konnte man ein so herrliches Land nur so ungeschützt lassen. Sicheren Schrittes führte er sein Gruppe immer tiefer. In der Ferne sahen sie weitere Gruppen beim Abstieg. Bald würde das Land ihnen gehören.

Als das Gras dichter wurde und die Böen vom Bergkamm dem lauen Wind aus dem Tal, der die Hänge hinaufstrich, gewichen waren, machten sie Rast und die Ponys machten sich über das frische Grün her, das so unterschiedlich von den harten, oft trockenen Gräsern der Steppe war. Er beschirmte die Augen mit der Hand und schaute in das Tal vor ihm. Er sah Herden von Pferden, Schafen und Rindern und entdeckte mehrere Höfe, recht nah beieinander, aber doch weit genug entfernt waren, um sie nacheinander anzugreifen. Ein Kinderspiel. Seine Frau stellte sich neben ihn und schaute ebenfalls in das Tal, dann hob sie den Arm und zeigte auf den Hof, der ihnen am nächsten lag. Ein kleiner Bach führte direkt an den Gebäuden vorbei und auf dem Hof stand ein großer Baum, der die ersten Blüten zeigte.

„Dieser soll es sein!", sagte sie mit rauer Stimme, die keinen Widerspruch duldete.

Er nickte. Ihm war es gleich. Es waren genug Höfe für jeden von ihnen da. Sie würden sie besetzten, ihre Flagge hissen und so nachfolgenden Gruppen signalisieren, dass sie weiterziehen sollten.

„Ein guter Platz!"

Seine Frau drückte kurz seinen Arm und nickte.

Er forderte seine Gruppe auf, ihm zu folgen und stieg weiter hinab ins Tal.

Verborgen hinter einer Gruppe Felsen, warteten sie auf den Einbruch der Nacht. Sie hatten den Hof beobachtet und emsig umherlaufende Menschen gesehen. Sie waren völlig ahnungslos. Sie hatten die Tiere im Stall gefüttert, Holz aus dem angrenzenden Wald geholt und Wäsche aufgehängt. Sie ahnten nichts von der Gefahr, die nicht weit entfernt lauerte. Sobald die Lichter ausgingen, würden sie angreifen.

Die Atmosphäre auf dem Hof war angespannt. Früh am Morgen hatte ein Bote vom Nachbarhof die Nachricht gebracht, dass Godronen den Scrabol-Pass überschritten hatten und nun in Araquitar eindrangen. Sie hatten ebenfalls Boten ausgesandt, um die Nachricht weiter zu verbreiten. Zwei Kinder mit den schärfsten Augen beobachteten nun die Hänge, die sich hinter dem Hof in die Höhe schwangen. Gegen Mittag hatte eines von ihnen Bewegungen auf den Wiesen oberhalb des Waldes ausgemacht. Zügig, aber ohne verräterische Hektik, hatten die Bewohner ihren Hof gesichert. Einige Fensterläden repariert, die Waffen ausgepackt und frisch geschärft. Einige von ihnen waren der alltäglichen Arbeit nachgegangen, um ihre Angreifer in Sicherheit zu wiegen. Sie waren aber jederzeit bereit gewesen, Schutz zu suchen. Kurz vor der Abenddämmerung waren die Godronen aus dem Wald gekommen und hatten sich zwischen den Felsblöcken versteckt, zwischen denen die Kinder im Sommer so gern zelteten. Nach allem was man über die Godronen gehört hatte, waren sie heimtückisch und hinterhältig. Sie warteten auf die Nacht, um im Geheimen anzugreifen.

Die Lichter im Haus gingen aus. Er gab das Zeichen zum Aufbruch. Nahezu lautlos näherten sie sich dem Haus. Alles war still, als sie kurze Zeit später den Hof betraten. Durch die geschlossenen Stalltüren drangen die Geräusche der Tiere, ansonsten war kein Laut zu hören. Er nickte seinen Leuten zu, deren Schemen er im Mondlicht sah. Sie schwärmten aus, um einen Zugang in das Haus zu finden. Aber alle Fenster waren mit Fensterläden versperrt und die Türen fest verschlossen.

Nach erfolgloser Suche trafen sie sich wieder auf dem Hof, ratlos und unbehaglich. Das lief nicht so, wie erwartet. Wie sollten sie den Hof erobern, wenn sie nicht an seine Bewohner herankamen?

Da, ein Knacken. Beim Stall, oder doch beim Schuppen? Plötzlich waren überall Geräusche und Schatten huschten durch die Nacht. Feuer flammte auf und blendete sie. Von allen Seiten erhob sich Geschrei und die Hofbewohner stürzten auf sie zu. Sie saßen in der Falle. Die Bewohner des Paradieses waren doch nicht so weich und wehrlos, wie die Legende erzählt hatte. Nach einer Schreckenssekunde zog er gerade noch sein langes Messer, das er zum Schlachten benutzte, wehrte damit einen heftigen Hieb ab, stach zu und traf Fleisch. Zufrieden nahm er das Ächzen des Getroffenen wahr, stöhnte dann aber selbst auf, als er einen brennenden Schmerz in seiner Brust spürte. Das war falsch, so sollte es nicht sein. Er drehte sich um, während er in die Knie ging. Seine Frau schlitzte einem der Bewohner den Arm auf, lief dann aber in einer Drehung in das Schwert eines anderen, der von hinten auf sie zugelaufen war, um seinem Freund beizustehen. Der Kampf war kurz und heftig. Die Bewohner waren fest entschlossen, mit allen Mitteln ihr Leben sowie ihr Hab und Gut zu verteidigen. In seinem letzten Augenblick sah er noch mit brechenden Augen, wie der letzte seiner Gruppe fiel. Das Siegesgeheul der Bewohner drang durch die Nacht. Die Türen wurden geöffnet und die Verletzten ins Haus geschafft. Diese Gefahr war gebannt. Aber niemand wusste wie viele Godronen noch kommen würden. Es war noch nicht vorbei, aber sie waren bereit.

Flussaufwärts

Die kleine Armada von Schiffen ließ sich von der Strömung treiben. In der Ferne konnten sie schon das grüne Land sehen, das von hohen Gebirgszügen umschlossen war und ihr nächstes Ziel sein sollte. Die Bäuche der Schiffe der Moraner waren schon gut mit Schätzen gefüllt, die sie auf ihrer langen Reise anderen Völkern geraubt hatten. In diesem Land, so hieß es, lägen die Edelsteine in den Bergen nur so herum, man musste sie nur aufheben und die Flüsse würden vor lauter Gold gelb glänzen. Das Land war fruchtbar und so würden sie problemlos ihre Vorräte auffüllen können. Die Menschen, die dort lebten, sollten groß und stark sein. Sie würden gute Sklaven abgeben. Es war schon Jahrhunderte her, dass sie versucht hatten, dieses legendäre Land zu erreichen. Bis auf ein Schiff war damals die gesamte Flotte in einem plötzlichen, gewaltigen Sturm gesunken. Dieses Schiff hatte es wieder nach Hause geschafft und so konnte die Besatzung davon berichten. Sie waren schon so nah am gelobten Land gewesen, bevor der Sturm über sie hereinbrach, dass sie das gelbe Glänzen des großen Flusses und das saftige Grün der Wiesen und Wälder sehen konnten. Mit ihren ausgezeichneten Fernrohren hatten sie die Menschen bei der Arbeit beobachtet und auch an den Hängen des Gebirges Anzeichen von Bergbau entdeckt. Von der Meeresströmung abgetrieben, waren sie erst Jahre später nach Hause zurückgekehrt. Nun hatten die Häuptlinge erneut beschlossen, die Flotte loszuschicken, um neue Schätze zu erobern. Entlang der warmen Meeresströmung überfielen sie Inselbewohner und kleine

Länder. Sie raubten die Schätze und die kräftigsten jungen Männer. Hinter sich ließen sie zerstörtes Land. Nun sahen sie die Mündung des großen Flusses vor sich und sein Wasser glitzerte wie Gold in der aufgehenden Sonne, so wie in den Erzählungen.

Ein Schiff nach dem anderen schob sich aus dem Nebel vor der Küste und nahm Kurs auf die Flussmündung. Mit Entsetzen sahen die Araquitaner in den Küstendörfern die Schiffe aus dem Nebel kommen und auf die Flussmündung zusteuern. Die Gefahr durch die Godronen war ihnen bekannt. Sie hatte sich entgegen den Absichten des Rates schnell in der Bevölkerung verbreitet und sie hatten Vorkehrungen getroffen, um die Godronen abzuwehren.

Aber diese neue Bedrohung, die über das Meer kam, ließ sie ihre Häuser und Dorfer verlassen. Einige der Alten kannten die Geschichten von den Moranern noch und das Wappen auf den Segeln machte sehr deutlich, dass nur sie es sein konnten. Sie galten als noch grausamer als die Godronen und so suchten die Bewohner tiefer im Land Schutz. Langsam schoben sich die Schiffe flussaufwärts. Die Moraner frohlockten. Der Fluss war gelb und im Sonnenschein konnte man tatsächlich glauben, dass es Gold war, was dort glitzerte. Sie segelten mehrere Kilometer in das Land hinein und rissen dabei jede der hölzernen Brücken nieder, die den Goldfluss überspannten und ihr weiteres Eindringen behinderten. Die einzige steinerne Brücke stoppte schließlich ihr Vorwärtskommen. Sie wendeten die Schiffe, um bereit zu Abfahrt zu sein, und warfen die Anker. Schwimmende Stege wurden zu den Ufern gelegt. Die Moraner schwärmten über die nun nahezu menschenleeren Landstriche aus, trieben die Herden zu den Schiffen und rafften alles Essbare, das sie fanden, zusammen. Sie nahmen die wenigen Menschen, die sie entdeckten, gefangen und brannten die Höfe nieder. In ihrem übermäßigen Hochmut, verursacht durch den bisher erfolgreich verlaufenden Feldzug, fiel ihnen die Menschenleere der Landschaft und die fehlende Gegenwehr gar nicht auf. Alle flohen, wenn sie vorrückten, aber niemand entkam ihnen. Ein großer Treck aus eingefangenen Ponys und den meisten der Moranern machte sich bereit, um in das Gebirge zu gelangen. Die Sklaven sollten unter Aufsicht einiger zurückbleibender Aufseher im Fluss nach Gold suchen.

Die erste Quitadarin

Sori wagte es immer noch nicht aufzublicken und fühlte dankbar Orons Arm um ihre Schultern. Der Steinschlag war mehr eine unbewusste als eine bewusste Handlung gewesen und dennoch schämte sie sich dafür. Sie wollte Leben retten und nicht nehmen. Sie hörte ein Räuspern und schaute auf. Aramar stand vor ihr und sah sie ernst an. Dann winkte er einem der Soldaten, ihm einen Stuhl zu bringen, setzte sich, sodass er mit Sori auf Augenhöhe war und nahm ihre Hand. Sarison sog scharf Luft ein und machte ein empörtes Gesicht. Aramar tätschelte Soris Hand und sagte freundlich:

„Ich sehe, dass es dich bedrückt, diese Godronen getötet zu haben."
Sori konnte nur stumm nicken.

„Und vermutlich hilft es dir auch nicht weiter, dass sie dich und viele andere unschuldige Araquitaner getötet hätten, wären sie nicht in diesem Steinschlag umgekommen", fuhr Aramar fort und Sori schüttelte den Kopf. Aramar seufzte, ließ ihre Hand aber nicht los.

„Und wegen der Skrupel eines dummen, kleinen Mädchens sollen wir jetzt zusehen, wie die Godronen unser Land überrennen, die Menschen töten und unser Eigentum stehlen?"
Sori zuckte bei der schneidenden Stimme zusammen, runzelte dann aber wegen des verächtlichen Tonfalls ärgerlich die Stirn. Sie blickte auf und sah, dass Aramar genervt die Augen verdrehte. Sie blickte weiter nach oben und sah Sarison, der sich vor ihr aufgebaut hatte, direkt in die Augen.

„Es wird Zeit, dass du den Feuerring an den rechtmäßigen Quitadar zurückgibst, dem du ihn gestohlen hast. Du solltest froh sein, dass du nicht auf der Stelle dafür hart bestraft wirst!"

Sarison streckte herrisch die Hand aus und Soris Hand presste sich nur noch fester um den Feuerring. Sie wollte ihn nicht wieder hergeben. Aramar ließ Soris Hand los und richtete sich auf, bis er mit Sarison auf Augenhöhe war.

„Es ist nicht an Euch, über den Feuerring zu bestimmen, Sarison!", sagte Aramar leise, aber mit fester Stimme. Sarison schnaubte und konnte seine Verachtung kaum verbergen.

„Sie ist nur ein Mädchen. Sie kann kein Quitadar sein, dazu ist ihr Gehirn zu weich. Frauen taugen doch nur zum Putzen und Kinderkriegen. Ihr seht doch selbst, Aramar, wie sie sich beinahe vor Angst in die Hose macht. Wie sie ihre eigenen Wünsche über die des Landes stellt. Sie ist nur ein dummes, kleines Mädchen, das zu viel Zeit hat, um Dummheiten anzustellen …"

Sarisons Stimme versagte. Seinen Lippen bewegten sich noch, aber es kam kein Ton heraus. Erschrocken griff er sich an die Kehle und sein Blick fiel auf Sori, die ihn zornig anblickte. Der Feuerring glitzerte über ihrer geöffneten Hand. Hauptmann Amar versteckte ein breites Grinsen rasch hinter vorgehaltener Hand und die Männer im Raum verbargen ihr Gelächter in einem Husten, als sich Sarison zornig zu ihnen umdrehte.

„So wie es den Anschein hat, verehrter Sarison, scheint die junge Dame nicht ganz Eurer Meinung zu sein!"

Aramars Augen funkelten verschmitzt, als er seinem Kollegen einen strengen Blick zuwarf. Er wandte sich wieder an Sori:

„Sori, meine Liebe, es gehört sich nicht, den Feuerring derart eigennützig zu verwenden." Er lächelte sie breit an. „Obwohl ich die Ruhe sehr erholsam finde! Aber ich denke er hat genug."

Sori schloss langsam die Hand, warf Sarison einen letzten bösen Blick zu und wandte sich dann an Aramar:

„Ich will nicht umherziehen und massenweise Menschen umbringen", sagte sie mit fester Stimme.

„Du dummes Mädchen, das sind doch keine Menschen, das sind wilde Tiere! Warum stellst du dich nur so widerspenst…"

Soris Hand hatte sich wieder geöffnet und Sarison verstummte erneut. Wütend machte Sarison einen Schritt auf Sori zu, wurde aber auf einen Wink vom Hauptmann von einem der Soldaten zurückgehalten.

Aramar seufzte:

„Ich fürchte, er ist nicht sehr lernfähig."

Sori schloss die Hand.

„Die Godronen haben wie Menschen ausgesehen und sie haben verzweifelt geschrien, als die Steine sie verschüttet haben!"

Vor dem Haus gab es einen Aufruhr und ein junger Mann stürzte ins Haus.

„Oron, hier bist du ja! Du musst sofort mitkommen! Die Godronen kommen und wir brauchen dich!"

Oron sprang auf, machte einen Schritt auf den jungen Mann zu, hielt inne und drehte sich unschlüssig zu Sori um. Der junge Mann drängelte:

„Oron!"

Oron zögerte und Sori runzelte die Stirn.

„Wag es ja nicht, hier zu bleiben, wenn deine Familie in Gefahr ist!", sagte sie streng.

Oron nickte, kam zu ihr zurück, ging vor ihr auf die Knie und sah ihr fest in die Augen.

„Und du tust, was du allein für richtig hältst!"

Sori nickte.

Oron stand auf, drückte ihr einen Kuss auf die Stirn und flüsterte:

„Pass auf dich auf!"

„Du auch!"

Er folgte dem jungen Mann zur Tür hinaus und man hörte leises Hufgetrappel, als sie fortritten. Sorgenvoll starrte Sori einen Moment lang zur Tür und stand dann auf.

„Ich muss nachdenken. Allein!"

Sarison schnaubte verächtlich, öffnete den Mund, um etwas zu sagen, überlegte es sich im letzten Moment aber anders und starrte Sori beinahe hasserfüllt an.

„Nimm dir so viel Zeit, wie du brauchst, mein Kind!"

Aramar nickte ihr freundlich zu und Sori verließ den Raum. Kaum hatte sie den Flur betreten, ging die Diskussion hinter ihr los. Sie ließ sich davon nicht beirren, ging in ihr Zimmer, schloss die Tür hinter sich und ließ sich schwer auf ihr Bett fallen. Was sollte sie nur tun?

Aramars Worte gingen ihr immer wieder durch den Kopf. Die Godronen würden den Araquitanern das Land nehmen und alle töten, die sie fanden. Sie glaubte das. Aber wie sollte sie damit leben, ein anderes Volk zu vernichten, um ihr eigenes zu retten? Allein die Vorstellung war zu schrecklich, um weiter darüber nachzudenken. Es musste doch einen anderen Weg geben.

Die Tür zu ihrem Zimmer öffnete sich und ihr kleiner Bruder Natal steckte seinen Kopf in ihr Zimmer, grinste sie an, schob sich dann ganz in den Raum und krabbelte zu ihr aufs Bett. Er kuschelte sich an sie. Sie schloss ihn in die Arme und legte ihre Wange an seinen Kopf.

„Bist du auch vor den lauten Männern weggelaufen?", fragte er und Sori nickte.

Eine Weile saßen sie so da, dann machte Natal sich los.

„Holst du Kekse?", fragte er hoffnungsvoll. Sori lächelte. Natal würde alles für die süßen Kekse tun, die in einer Dose auf dem Küchenschrank standen. Das wäre eine gute Idee. Soris Blicke wanderten durch den Raum und blieben an der kleinen Kommode neben der Tür hängen. In ihrem Kopf formte sich vage ein Gedanke. Sie öffnete die Hand und der Feuerring erwachte zum Leben. Natal bemerkte es gar nicht. Er starrte entzückt auf die Kommode, auf der die Keksdose stand. Er jauchzte begeistert, sprang vom Bett, rannte zur Dose, machte sie auf und fing an, einen Keks nach dem anderen in sich hineinzustopfen. Sori betrachtete ihn fasziniert, wie er immer wieder in die Luft griff, die Hand zum Mund führte, geräuschvoll schmatzte und sich voller Wohlbehagen mit der anderen Hand den Bauch rieb. Er sah, was sie ihm als Illusion eingegeben hatte. Sie war verblüfft, wie einfach es war.

„Natal das reicht jetzt. Wenn zu viele fehlen, wird es Mutter merken!"

Natal zog einen Flunsch, machte dann aber brav die imaginäre Dose zu und rülpste leise. Zufrieden kletterte er zu Sori aufs Bett und schlief in ihren Armen ein.

Sie schloss die Hand um den Feuerring und ließ ihre Gedanken wandern. Sie konnte Anderen Dinge vorgaukeln, die nicht da waren, und so ihre Handlungen beeinflussen. Könnte das vielleicht die Lösung sein? Sie dachte darüber nach und langsam formte sich eine Idee. Wieder erklang Hufgetrappel vor dem Haus. Sie legte Natal in ihr Bett, deckte ihn zu, schlich zur Tür und öffnete sie einen Spalt. Laute, angsterfüllte Stimmen waren zu hören. Noch mehr schlechte Nachrichten?

Die Neuankömmlinge gingen an ihrer Zimmertür vorbei ins Wohnzimmer. Sie folgte ihnen leise und blieb vor der Wohnzimmertür stehen, um zu lauschen, ohne gesehen zu werden. Der Bote kniete vor Aramar nieder und zitterte am ganzen Leib.

„Edler Aramar. Die Moraner sind in Araquitar eingefallen. Sie haben im Goldfluss geankert und ziehen nun in Richtung Osten und töten und verbrennen alles, was auf ihrem Weg liegt!"

Die Stille im Raum, die auf seine Worte folgte, war beinahe greifbar. Sori hielt den Atem an. Noch eine Armee, die Araquitar bedrohte? Von beiden Seiten wurde das kleine Land bedrängt. Sarisons Stimme ertönte scharf aus dem Raum:

„Wir müssen sofort handeln und können keine Rücksicht auf die Skrupel eines einfältigen Mädchens nehmen! Wenn sie die Feinde nicht töten will, muss es eben Jiral tun!"

Das reichte. Sori betrat den Raum und alle Blicke richteten sich auf sie.

„Es gibt vielleicht noch eine andere Möglichkeit. Ich habe da eine Idee, aber ich …"

„Was weißt du schon, du einfältiges Geschöpf! Du solltest lieber das Denken denen überlassen, die …"

Soris Hand, in der sie den Feuerring hielt, sprang auf und bevor Sarison weiter sein Gift versprühen konnte, fand er sich auf einer kargen, steinigen Ebene wieder, die von eisigen Winden gepeitscht wurde, und die ihn bis ins Mark erschauern ließen. Er war allein, niemand war bei ihm und es gab überhaupt kein Anzeichen von Leben an diesem Ort. Fasziniert sahen die Männer im Wohnzimmer zu, wie der große Mann mit der scharfen Zunge, wimmernd in die Knie ging und die Arme um sich schlang. Er zitterte, als würde er heftig frieren.

„Ist da jemand?", rief er. „Hilfe! Wo seid ihr?"

Sori schloss die Hand und sah kalt auf den zitternden Mann am Boden hinab.

Aramar beugte sich zu Sarison herunter.

„Was habt Ihr gesehen?"

Sarison stöhnte leise:

„Eine steinige Ebene. Karg, öde und ohne jegliches Leben. Ich war ganz allein und dieser eisige Wind! Er war so kalt. Ich wäre bald erfroren."

Er schluchzte, wurde sich plötzlich bewusst, wo er war und was geschehen sein musste. Mit einem Ruck stand er auf, schüttelte die helfenden Hände wütend ab und baute sich drohend vor Sori auf.

„Du …"

Aramar hielt ihn zurück und sah Sori mit einem seltsamen Lächeln nachdenklich an.

Der Plan nimmt Gestalt an

Aramar forderte Sori mit einer Geste auf, sich zu setzen, und nahm ihr dann gegenüber Platz. Hauptmann Amar setzte sich neben ihn und sah Sori ebenfalls an. Sori blickte unbehaglich von einem Mann zum anderen, die sie nun aufmerksam anschauten. Sie war sich des wütenden Sarisons bewusst, der sie hasserfüllt aus der Ecke, in die er sich zurückgezogen hatte, anstarrte. Ihre Blicke irrten im Raum umher und blieben an ihrem Vater hängen, der ihr aufmunternd zulächelte. Sie holte tief Luft und richtete ihre Blicke wieder auf die zwei Männer, die vor ihr saßen und sie immer noch erwartungsvoll ansahen. Aramar räusperte sich:

„Erzähl bitte, was du im Sinn hast, ohne Details, nur deine Idee."

Sori schüttelte langsam den Kopf.

„Ich habe noch nichts im Sinn. Zumindest nichts Konkretes. Die grobe Idee ist, die Moraner und die Godronen mithilfe von Illusionen gegeneinander auszuspielen. Aber wie genau, weiß ich noch nicht. Sowohl die Moraner als auch die Godronen sind auf der Suche nach bestimmten Dingen. Ich muss mehr darüber wissen, um mir etwas überlegen zu können."

Sarison schnaubte und trat einen Schritt aus seiner Ecke heraus.

„Was für eine lächerliche Idee. Ich kann kaum glauben, dass Ihr Euch das auch nur anhört!"

Aramar hob die Hand und gebot seinem Kollegen zu schweigen. Er maß Sarison mit einem Blick, der offen seine Verachtung und seine Abneigung ihm gegenüber zeigte. Sarison starrte mit zusammengekniffenem Mund zurück.

„Soldat, der edle Sarison möchte sich ein wenig die Beine an der frischen Luft vertreten. Geleitet ihn bitte hinaus!"

Der Soldat sah rasch zum Hauptmann und der nickte knapp.

„Das wagt Ihr nicht!" Sarison entzog seinen Arm dem Griff des Soldaten.

„Nun geht doch endlich und hört auf, uns mit Eurem arroganten und stupiden Gerede auf die Nerven zu gehen!", meldete sich Notor gereizt zu Wort.

Sarison wandte sich dem jungen Mann zu und zischte:

„Ihr habt mir gar nichts zu sagen! Und ich werde dafür sorgen, dass Ihr nie wieder etwas zu sagen habt!"

„Geht endlich raus, Sarison!" Aramars Stimme war scharf und die Autorität in ihr ließ keinen Widerspruch zu.

Sarison erstarrte und fixierte Aramar mit kaltem Blick.

„Das werdet Ihr noch bereuen!"

Steifen Schrittes verließ er das Haus und bald darauf hörten sie Hufgetrappel, das schnell leiser wurde.

„Möge er große Blasen am Hintern bekommen!", murmelte Notor.

„Amen!" Der Hauptmann grinste frech.

Aramar maß Notor mit einem strengen, missbilligenden Blick.

„Das war anmaßend und unnötig!"

Notor hielt dem Blick stand und zuckte dann mit den Schultern.

„Aber die Wahrheit!"

Aramar seufzte, schüttelte den Kopf und verkniff sich mühsam ein Lächeln.

Hauptmann Amar sah ihn ernst an.

„Ihr müsst Euch bald um Sarison kümmern. Er ist der Falsche für diese Position."

Aramar nickte betrübt, richtete sich dann aber auf.

„Eins nach dem anderen."

Er richtete den Blick wieder auf Sori.

„Das ist eine interessante Idee, die du da hast."

Er sah Sori ernst an.

„Aber?", fragte sie.

Aramar schüttelte den Kopf.

„Kein Aber! Uns läuft nur die Zeit davon. Godronen und Moraner ziehen bereits durch Araquitar und richten großes Unheil an. Die Menschen sind verunsichert. Wenn wir nicht bald etwas tun, ist Araquitar verloren."

Sori sah ihn ernst an und nickte.

„Ich werde auf gar keinen Fall massenweise Menschen umbringen. Auch nicht Godronen und Moraner!"

Sie seufzte frustriert.

„Und wir kommen auf jeden Fall nicht weiter, wenn wir hier sitzen bleiben. Ich brauche einen Überblick über das ganze Land. Ich muss wissen, wie weit die Godronen und die Moraner schon vorgedrungen sind. Gibt es da eine Möglichkeit?"

Aramar nickte.

„Der Turm von Angor ist sehr hoch und mit dem Fernrohr dort oben kann man bis an die Grenzen von Araquitar sehen."

Sori nickte und kaute dabei nachdenklich auf der Unterlippe.

„Also gut. Wir machen uns sofort auf den Weg und unterwegs erzählt Ihr mir alles, was Ihr über die Godronen und die Moraner wisst!"

Sori stand auf und sah die anderen auffordernd an.

Aramar schaute sie verblüfft an. Das eben noch schüchterne und verunsicherte Mädchen hatte das Kommando übernommen. Amar reagierte sofort, ohne Aramars Antwort abzuwarten, und gab Befehl zum Aufbruch.

Eine halbe Stunde später ließen sie den Hof hinter sich. Jiral war bei ihren Eltern geblieben und sorgenvoll drehte sich Sori noch einmal um und schaute zurück. Nun hing alles an ihr. Ihre Gedanken wanderten weiter zu Oron. Ob er wohl sicher zu Hause angekommen war? Sie ritten in schnellem Trab und bald tat Sori schon das Hinterteil weh. Sie verzog das Gesicht. Um sich abzulenken, lenkte sie ihr Pony neben Aramar und ließ sich alles erzählen, was er über die Godronen und die Moraner wusste. Sie hatten grundverschiedene Interessen an Araquitar. Während die Moraner das Land seiner Schätze berauben und Sklaven nehmen wollten, um mit ihrer Beute dann weiterzuziehen, wollten die Godronen dieses Land in Besitz nehmen, um hier zu leben, da ihr Lebensraum sehr karg war. Die Godronen handelten zum einen aus Verzweiflung, aber auch aus der Überzeugung heraus, dass ihnen dieses Land zustand. Sori hatte von Aramar erfahren, dass die Araquitaner vermutlich von Godronen abstammten, die vor langer Zeit das Quitar-Gebirge überwunden hatten. Genau genommen waren sie verwandt. Araquitar konnte noch sehr viel mehr Menschen ernähren, als die, die hier schon lebten. Gab es vielleicht eine Möglichkeit des Zusammenlebens? Araquitar war nördlich von Angor nur sehr dünn besiedelt. Allerdings schien der Hass der Godronen auf die Araquitaner sehr tief zu sitzen, für ein friedliches Miteinander würde viel Überzeugungsarbeit notwendig sein. Sowohl bei den Godronen als auch bei den Araquitanern. Sie würde nicht nur Illusionen erzeugen, sondern diese auch dauerhaft in den Erinnerungen verankern müssen. Soris Gedanken kreisten um diese Möglichkeit. Schien sie ihr doch die beste Lösung angesichts der Alternativen zu sein, die sie sonst noch sah. Allerdings würde ihre Umsetzung sehr schwierig werden. Doch da waren auch immer noch die Moraner.

Während ihres Rittes zur Hauptstadt sah Sori in der Ferne, dort wo der Goldfluss sein sollte, Rauchschwaden. Der Bote hatte nicht übertrieben und auch Aramars Ängste waren verständlich. Dennoch schienen sich die Feuer auf die Flussufer zu beschränken. Wohin wollten die Moraner nur? Wenn sie dem Flusslauf folgten, würden sie unweigerlich in das Gebirge steigen. Die Quelle des Goldflusses befand sich etwas unterhalb des Scrabol-Passes. Dort gab es einige Bergwerke. Waren diese vielleicht ihr Ziel? Würden sie vielleicht einfach wieder verschwinden, wenn sie genug zusammengerafft hatten?

Von den Angriffen der Godronen erfuhren sie von den Dorf- und Hofbewohnern, die sie unterwegs trafen. Der Rat hatte die Nachricht von der Gefahr, die Araquitar drohte, weitestgehend geheim gehalten, um Panik in der Bevölkerung zu vermeiden. Dennoch hatte sich die Nachricht, dass ein Angriff der Godronen bevorstand, schnell verbreitet und die Araquitaner hatten sich vorbereitet. Sobald die ersten Godronen in Araquitar von den Bewohnern der Höfe am Quitar-Gebirge bemerkt worden waren, war die Warnung vor den Godronen rasch an benachbarte Höfe und Dörfer weitergeleitet worden und hatte sich so in kürzester Zeit über das ganze Land verbreitet. Die Araquitaner hatten ihre Heime gesichert und sich mit allen Mitteln gegen die Angreifer gewehrt. Zu Soris Erleichterung hielten sich die Verluste in Grenzen. Die Frage, wo Araquitars Armee sei, warum sie die Araquitaner nicht vor den Angreifern schützte, wurde nur selten laut. Es hatte bereits die Runde gemacht, dass die Armee ihr Möglichstes tat, um die Godronen am Eindringen zu hindern. Aber es waren einfach zu viele und die kleine Armee konnte nicht überall sein. Sie konnte nicht verhindern, dass Araquitar überrannt wurde. Den Araquitanern war klar, dass sie sich selbst verteidigen mussten. Mit jeder Stunde, die verstrich, wurde Sori unruhiger und wäre am liebsten durchgeritten. Doch die Aufregung der letzten Tage hatte alle erschöpft und so wurde am späten Abend das Lager aufgeschlagen. Sori fand keine Ruhe und setzte sich zu Aramar und Amar. Sie lasen gerade eine Nachricht von der Armee, die immer noch versuchte, die Godronen beim Abstieg zu behindern.

„Und, hast du schon einen Plan?", fragte Aramar freundlich und gespannt, aber Sori schüttelte den Kopf.

„Noch nicht konkret. Mir schwirren mehrere Ansätze im Kopf herum, aber ich habe mich noch nicht entschieden. Aber was auch immer ich letztendlich tun werde, die Bevölkerung muss gewarnt werden, damit die Menschen nicht in Panik geraten."

Aramar und der Hauptmann sahen sie nur fragend an. Sori zog entschuldigend die Schultern hoch.

„Das Beste wäre, wenn sie in der Zeit, in der ich arbeite, in ihren Häusern bleiben und nicht nach draußen gehen, egal was sie hören. Sie sollten sich ruhig verhalten, damit sie die Illusion nicht stören."
Der Hauptmann nickte.

„Eine gewaltige Aufgabe. Aufklärung der Bevölkerung, ohne dass die Moraner und die Godronen es merken, und dann muss die Menschen zeitnah ein Signal erreichen, damit sie wissen, dass es losgeht und dass es vorbei ist."
Sori nickte. Aramar seufzte und sah den Hauptmann fragend an.

„Und wie stellen wir das an?"
Der Hauptmann klopfte sich nachdenklich an die Nase.

„Ich schicke einen Boten zur Armee. Sie soll sofort ihre Stellungen aufgeben. Der Wettlauf gegen die Godronen ist sowieso verloren. Die Soldaten sollen in Zweiergruppen ausschwärmen und die Bevölkerung unterrichten. Wenn sie ihre Helme und die Tuniken mit dem Wappen ablegen, sind sie für die Godronen nicht als Soldaten erkennbar. Die Dörfer sollten zuerst unterrichtet werden. Sie können dann Boten an die umliegenden Höfe schicken. So sollten alle in zwei, höchstens drei Tagen Bescheid wissen."
Sori nickte zufrieden. Das hörte sich gut an.

„Und das Startsignal?"
Aramar kam dem Hauptmann zuvor.

„Das kann mit den Signalhörnern geschehen. Jedes Dorf und jeder Hof hat eins, um bei Bränden Hilfe zusammenzurufen. Die Moraner und die Godronen werden das zwar ebenfalls hören, aber nicht wissen, was es zu bedeuten hat."

Der Hauptmann nickte.

„Mit den Signalhörnern hat sich das Startsignal innerhalb von Minuten verbreitet."

Sori war zufrieden.

„Das ist gut. So machen wir das."

Der Hauptmann nickte.

„Was sollen die Soldaten der Bevölkerung sagen?"

Fragende Blicke richteten sich wieder auf Sori.

Sie räusperte sich:

„Sie sollen Vorräte für drei Tage bereithalten. Wenn das Signal ertönt, sollen sie sich in ihren Kellern verstecken. Sie sollen nicht auf merkwürdige Geräusche von draußen reagieren, sie sollen nicht durch die Fenster nach draußen schauen. Vorbeilaufende Godronen sollen sie laufen lassen. Sie sollen das zweite Signal abwarten und falls sie es nicht hören: Nach drei Tagen sollte der Spuk auf jeden Fall vorbei sein."

Der Hauptmann machte sich schnell ein paar Notizen.

„Der Bote sollte die Armee morgen früh erreichen." Er verließ das Zelt und ließ Sori und Aramar allein zurück.

„Drei Tage?"

Aramar sah Sori fragend an.

Sori nickte.

„Das wird keine leichte Aufgabe. Das braucht seine Zeit."

„Wie willst du das schaffen?"

Sori verzog das Gesicht.

„Ich werde halt wach bleiben müssen. Ich weiß selbst, dass es nicht einfach wird."

Aramar fuhr sich mit der Hand durch die Haare und raufte sich dann den Bart.

„Na schön. Ich werde dir vertrauen. Aber wir sollten uns jetzt schlafen legen. Der morgige Tag wird früh beginnen."

Sori nickte, erhob sich und verschwand ebenfalls aus dem Zelt.

Aramar starrte noch eine Weile auf die Zeltklappe.

„Asa wir mich umbringen", murmelte er, als er sich schließlich auf seinem Lager ausstreckte. Sori war zwar deutlich älter als Jiral, dennoch sah sie recht zerbrechlich aus.

Auch Sori fand noch lange Zeit keine Ruhe. Die Aufgabe, die vor ihr lang, schien unlösbar. Allerdings war unlösbar keine Option. Sie hatte bereits eine konkrete Idee, aber ob sie funktionieren würde, würde sie erst wissen, wenn sie auf dem Turm war und sich einen Überblick verschaffte hatte. Darauf lief es hinaus.

Der nächste Morgen begann früh und Sori, nach der kurzen Nacht noch sehr müde, blieb für sich und ging immer wieder ihre Idee und die damit verbundenen Möglichkeiten durch. Aramar ließ sie in Ruhe, behielt sie aber im Auge und registrierte mit Sorge ihre müde nach unten hängenden Schultern. Am Abend berichtete der Hauptmann, dass die Benachrichtigung der Bevölkerung gute Fortschritte machte und abgeschlossen sein sollte, wenn sie Angor erreichten. Abends verschwand Sori ohne Worte in ihrem Zelt und gab so dem Hauptmann und Aramar keine Möglichkeit sie auszuhorchen. Sie wollte noch nicht über ihre Idee sprechen, auch wenn sie wusste, dass der Ratsälteste in großer Sorge war. Sie konnte es in seinem Gesicht sehen.

Gegen Mittag des nächsten Tages kam Angor langsam in Sicht und Sori richtete sich im Sattel auf, um nichts zu verpassen. Vor ihnen lag der Goldfluss. Mit einer stark beschädigten Fähre schafften sie es, den Fluss zu überqueren. Sori hatte schon aus der Ferne die Rauchschwaden entlang des Flusses gesehen. Die Moraner verbrannten wirklich alles, was in ihrem Weg lag.

Sori heftete ihren Blick wieder auf die Stadt, die vor ihnen lag. Sie hatte Angor nur einmal besucht, als sie noch recht klein gewesen war. Sie konnte sich an die Stadt selbst kaum erinnern. Ihr war mehr das Fest in Erinnerung geblieben. So viele Lichter und Blumen. Und die traditionelle Prüfung, ob sich ein neuer Quitadar unter den anwesenden Männern befand. Der Rat hatte majestätisch über dem ganzen Geschehen gethront. Sori war aufgeregt und ängstlich zugleich. Sie hoffte, dass Aramar nicht übertrieben hatte, als er behauptet hatte, sie würden vom Turm aus jeden Winkel des Landes sehen können.

Nach einigen weiteren schmerzvollen Stunden im Sattel erreichten sie schließlich das Stadttor und wurden unverzüglich eingelassen. Kaum waren sie von den Pferden gestiegen, sagte sie zu Aramar:

„Ich will auf den Turm und mich umsehen!"

Aramar sah sie besorgt an.

„Du fällst beinahe vor Müdigkeit um, du solltest erstmal ausruhen!"

Sori schüttelte störrisch den Kopf.

„Danach!", sagte sie bestimmt und Aramar lächelte wieder sein geheimnisvolles Lächeln.

„Dann komm."

Sori nahm die Hand, die er ihr entgegenstreckte und ging schweigend neben ihm her. Er hatte Recht. Sie war zum Umfallen müde. Aber sie würde keine Ruhe finden, bevor sie sich nicht umgesehen hatte. Sie waren kaum ein paar Schritte weit gekommen, als sich ihnen eine kleine, korpulente Frau energisch in den Weg stellte.

„Wo willst du mit dem Kind hin, Aramar?"

Eine kleine, runde Hand fasste nach Soris Arm, um sie sanft aber bestimmt von Aramar wegzuziehen.

„Sie braucht etwas zu essen und Schlaf, das ist doch offensichtlich!"

„Sori möchte vorher noch auf den Turm, um sich umzusehen, danach kannst du dich um sie kümmern, Asa."

Asa ließ Sori los und musterte sie stirnrunzelnd.

„Das ist keine gute Idee!"

Sori zwang ein Lächeln in ihr müdes Gesicht.

„Ich muss. Ich finde sonst keine Ruhe."

Asa seufzte übertrieben.

„Wie du willst, kleines Fräulein. Aber nicht zu lange, du schläfst ja schon fast im Stehen ein!"

Asa wandte sich zum Gehen, drehte sich dann aber noch mal um.

„Wo ist Jiral? Der Bote sagte, er sei verletzt worden."

Sori antwortete ihr:

„Das stimmt. Aber es geht ihm jetzt wieder gut. Er ist bei meinen Eltern, die passen gut auf ihn auf."

Asa musterte Sori noch einmal von oben bis unten.

„Das will ich hoffen!", sagte sie und stapfte dann mit festem Schritt zurück in das Haus, aus dem sie gekommen war. Sori sah ihr ein wenig geschockt nach. Aramar lachte leise, als er ihren Gesichtsausdruck sah.

„Sie kann sehr energisch sein."

„Kann man wohl sagen!", murmelte Sori.

„Keine Sorge, sie ist eine herzensgute Frau und wird sich gut um dich kümmern."

Sori sah ihn nur zweifelnd an, verkniff sich aber jeden weiteren Kommentar. Aramar zog sie weiter die Straße entlang auf den großen Turm zu, der einen Teil der inneren Stadtmauer bildete. Er hatte nicht übertrieben. Bereits jetzt musste Sori den Kopf in den Nacken legen, um die Spitze sehen zu können. Kurz unter dem Turmdach waren Fenster ringsherum in das Mauerwerk eingelassen.

„Glaubst du, du schaffst das noch? Wir müssen bis ganz nach oben."

Aramar sah sie besorgt an. Sori nickte und behielt den Gedanken, dass sie ihn aufgrund seines Alters das gleiche fragen könnte, für sich. Aber zu ihrer Beschämung schien Aramar das Treppensteigen kaum etwas auszumachen. Er schritt forsch voran und Sori hatte Mühe, ihre müden Glieder dazu zu bewegen, Schritt zu halten.

Aber die Anstrengungen lohnten sich. Der Ausblick war selbst ohne Fernrohr schon atemberaubend. Sie sah in der Ferne den Goldfluss glitzern und konnte auch die Schiffe der Moraner erkennen, die vor Anker lagen.

„Sori, komm!"

Sori ging zu Aramar, der das Fernrohr in der Mitte des Raumes abgedeckt hatte.

„Du kannst es in alle Richtungen drehen."

Er zeigte ihr, wie sie es einstellen konnte und nahm dann auf einem Stuhl vor einem der Pfeiler, welche die Fenster trennten, Platz.

Sori hielt vor Aufregung den Atem an, alle Müdigkeit war verflogen. Sie konnten den Berggrat des Quitar-Gebirges erkennen und sah dass keine Godronen mehr über den Scrabol- und den Dova-Pass strömten. Sie wusste von den Lagern dort, der Hauptmann hatte davon erzählt. Die Lager waren jetzt leer und diese Godronen bereits in Araquitar. Sie suchte die Felsen über der Baumgrenze ab und entdeckte noch vereinzelte Gruppen. Ein Schwenk in die Täler offenbarte ihr viele umherziehende Gruppen von Godronen. Sie sah Rauch aus einigen Höfen aufsteigen. Sie suchte weiter, fand den Hof ihrer Eltern und atmete erleichtert auf, als sie sah, dass alles ruhig war. Ein Stück weiter hinten auf dem Hof von Orons Familie konnte sie noch rauchende Reste einiger Holzhaufen erkennen und sie sah einige leblose Gestalten im Hof liegen, die aber alle die zotteligen Felle der Godronen trugen. Sie sendete ein Stoßgebet zum heiligen Quitadar, dass es Oron gut gehen möge. Dann schwenkte sie das Fernrohr weiter. Ein gutes Stück hinter dem Hof von Orons Eltern begann das Steinfeld. Eine der Bergspitzen hatte in grauer Vorzeit Feuer gespuckt. Sie kannte die Geschichten und die Bilder dazu. Dort siedelte niemand, denn die Natur eroberte dieses Gebiet nur sehr zögerlich zurück. Sie sah, dass die Godronen sich bereits weit über Araquitar verbreitet hatten und in kleinen Gruppen versuchten, die Höfe zu besetzen. Sori schüttelte verwirrt den Kopf. Das war sehr dumm von ihnen. Würden sie gemeinsam einen Hof nach dem anderen überfallen, hätten die Araquitaner keine Chance sie abzuwehren. Sie waren anscheinend nicht sehr klug oder sie mochten sich untereinander nicht. Sori sah, dass sie sich generell bereits in Richtung Goldfluss bewegten, wo die Dichte der Höfe größer war. Sie bewegten sich also schon in die richtige Richtung. Sori nickte zufrieden. Sie schwenkte das Fernrohr und betrachtete die Schiffe, die träge auf dem Fluss schwankten.

Kurz hinter ihnen sah sie die große, steinerne Brücke, die sie auch schon aus der Ferne bei ihrer Flussüberquerung auf der halbverbrannten Fähre gesehen hatte. Die einzige steinerne Brücke hatte die Moraner am weiteren Eindringen mit den Schiffen gehindert. Weiter flussabwärts konnte sie die verkohlten Überreste zweier der in Araquitar üblichen Holzbrücken erkennen. Auch flussaufwärts waren alle Brücken und Fähren von den Moranern zerstört worden. Sori lenkte ihren Blick wieder auf die Schiffe.

Es herrschte reges Treiben an den Ufern des Flusses. Sori schaute genau hin. Es sah so aus, als ob die Menschen dort unten Steine aus dem Flussbett holten. Warum taten sie das? Jeder wusste, dass im Fluss kein Gold war. Aus Quellen im Gebirge gespeist, vereinten sich die Bäche zu einem großen Fluss, bevor sie das Meer erreichten. Die zum größten Teil gelben und braunen Kiesel gaben dem Wasser seine Farbe. Das Gebirge war von Schichten dieses weicheren gelben Gesteines durchzogen, das leicht abzubauen und zu bearbeiten war, aber auch stetig ausgebessert werden musste, da es schnell verwitterte. Die Bäche trugen es aus dem Gebirge bis in den Fluss.

Sie sah, dass nur wenige Gestalten in den merkwürdigen Gewändern der Moraner den Rest der Menschen mit Peitschen zur Arbeit trieben. Sie sah einige Araquitaner in ihren typischen Mänteln und einige Menschen mit merkwürdig dunkler Hautfarbe in unterschiedlichen Schattierungen. Das mussten die Sklaven sein, von denen Aramar erzählt hatte, welche die Moraner ebenso wie die Schätze raubten. Ein heftiges Bedauern durchfuhr sie. Sie würden sich vor der Illusion nicht schützen können. Sie konnte nur hoffen, dass diese armen Seelen es schafften zu fliehen und Schutz zu finden. Sie zählte die Anzahl der Schiffe und zählte über zwanzig. Die Schiffe waren groß und bauchig. Sie hoffte, dass sie für ihren Plan ausreichten, der sich immer konkreter in ihrem Kopf formte. Sie schaute wieder flussaufwärts und sah den langen Treck der Moraner, der bereits zum Teil in den Wäldern verschwunden war. Sie würden noch ungefähr zwei Tage brauchen bis sie über der Waldgrenze waren. Sori schürzte nachdenklich die Lippen und schwenkte das Fernrohr weiter zum Quoral-Pass. Dort war noch alles ruhig, der Schnee aber nahezu weggetaut. Sori kaute grübelnd auf der Unterlippe. Die Zeit musste passen. Die Godronen aus dem Lager durften den Pass erst überqueren, wenn die Moraner die Baumgrenze hinter sich gelassen hatten. Sonst würde es schwierig werden. Sori ließ das Fernrohr los und trat einen Schritt zurück. Ihre Schultern hingen müde herab und die Erschöpfung ließ sie beinahe in die Knie gehen. Aramar hatte sie die ganze Zeit über beobachtet und stand nun auf.

„Verrätst du mir, was in deinem Kopf vorgeht?"

214

Sori schüttelte langsam den Kopf und lächelte entschuldigend.

„Ich muss es noch einmal genau durchdenken, bevor ich Euch erklären kann, was ich vorhabe. Und ich muss wissen, wann die Godronen über den Quoral-Pass kommen."

Aramar nickte.

„Das wird Hauptmann Amar mittlerweile wissen. Sobald wir unten sind, lasse ich ihn in unser Esszimmer bringen. Und dahin sollten wir uns nun auch schleunigst begeben, sonst reißt mir Asa den Bart aus und zwar Haar für Haar!"

Sori rang sich ein Lächeln ab und tastete nach dem Feuerring in ihrer Rocktasche. Als ihre Finger das Metall berührten begann es zu vibrieren. Sori spürte, wie ein wenig Kraft in sie hineinfloss.

„Wirst du es nach unten schaffen?"

Aramar sah sie besorgt an. Sori nickte und richtete sich ein wenig auf.

Sie erreichte den Fuß des Turmes mit letzter Kraft und lehnte sich an das kühle Mauerwerk, während Aramar den Soldaten, der an der Tür Wache hielt, beauftragte den Hauptmann Amar in seine Gemächer zu bringen. Von weitem sah Sori eine kleine, rundliche Gestalt auf den Turm zustürmen. Asa hatte wohl offensichtlich auf sie gewartet. Aramar sah sie auch.

„Oh je, die Gewitterwolke naht!" Er zwinkerte Sori zu. „Wir sollten uns beeilen und guten Willen zeigen."

Wider Willen musste Sori grinsen und zwang ihre müden Beine in einen Trott, um mit Aramars langen Schritten mitzuhalten. Asa bekam vor lauter Empörung kein Wort heraus. Sie maß Aramar mit einem vernichtenden Blick, den dieser amüsiert erwiderte, und wickelte Sori dabei fest in eine Decke.

„So, jetzt reicht es!"

Sie legte Sori einen Arm um die Schulter und dirigierte sie entschlossen auf ein großes, weißes Haus am Ende der Hauptstraße zu und redete dabei unentwegt auf sie ein.

„Ich habe dir eine schöne Gemüsesuppe warm gemacht und frisches Brot aufgeschnitten. Wenn du jetzt zu schwer isst, wirst du sonst nicht schlafen können. Danach nimmst du ein heißes Bad mit meiner speziellen Kräutertinktur, das beruhigt die Nerven. Der Wasserkessel hängt bereits über dem Feuer und dann gibt es noch einen schönen, heißen Gutenachttee und du wirst mindestens zwanzig Stunden schlafen. So wie du aussiehst, ist das auch das mindeste, was du brauchst. Und ich werde aufpassen, dass dich niemand stört!"

Sie schoss einen weiteren bösen Blick in Aramars Richtung, aber der war in Gedanken schon ganz woanders. Sori ließ Asas Fürsorglichkeit über sich ergehen. Sie hatte das Gefühl, dass Widersprüche sowieso nicht helfen würden.

Sori wurde in das kühle Haus geschoben und auf einen Stuhl gesetzt. Kurz darauf stand ein dampfender Teller mit Suppe vor ihr und die Scheibe Brot daneben duftete köstlich.

„Kannst du alleine essen oder soll ich dir helfen?"

Sori schaute in Asas besorgte Augen.

„Asa! Sori ist sechzehn Jahre alt. Sie kann das schon seit langer Zeit alleine!"

Asa schnaubte und sah Sori skeptisch an.

„Danke, es geht schon", krächzte Sori mit rauer Stimme und griff nach dem Löffel, skeptisch beobachtet von Asa. Aramar hielt einen Diener an, der gerade einen weiteren Teller Suppe brachte.

„Schau nach, wo Hauptmann Amar bleibt. Er sollte längst hier sein."

Der Diener nickte und stellte den Teller ab.

„Aramar!" Asa hatte ihr Gesicht in zornige Falten gelegt und die Faust in die Hüfte gestemmt.

„Es ist wichtig, Asa!"

Asa schnaubte nur.

„Und es ist noch wichtiger, dass du auch etwas isst!" Sie hielt Aramar den Löffel hin und deutete auf den Teller mit Suppe. Sori versteckte ihr Lächeln hinter der Scheibe Brot, während Aramar Platz nahm und die Suppe zu löffeln begann. Kurz danach kam Hauptmann Amar in das Zimmer gestürmt. Asa stellte sich ihm in den Weg, wie eine Löwin, die ihre Jungen beschützen will.

„Jetzt nicht, Hauptmann!", fauchte sie.

Aramar erhob sich halb vom Tisch.

„Asa, es reicht. Hast du nicht noch irgendetwas anderes zu tun?"

Asa rümpfte ihre Nase und hob sie ein Stück in Richtung Decke.

„In zehn Minuten ist das Bad für das Kind fertig!", verkündete sie, verließ erhobenen Hauptes das Zimmer und stampfte geräuschvoll die Treppe hinauf.

Aramar seufzte und ließ sich wieder auf den Stuhl sinken.

„Verzeihen Sie, Hauptmann. Manchmal ist sie ein wenig übereifrig."

Der Hauptmann nickte nur.

„Wissen Sie, wann die Godronen den Quoral-Pass überschreiten?"; fragte Aramar direkt ohne Umschweife und der Hauptmann nickte.

„Die Kundschafter sagen, dass sie bereits das Lager räumen und mit dem letzten Aufstieg begonnen haben. In zwei Tagen werden sie den Pass überschreiten."
Aramar sah Sori fragend an und diese nickte erleichtert.

„In zwei Tagen sollten auch die Moraner die Baumgrenze hinter sich gelassen haben."
Der Hauptmann nickte zur Bestätigung. Sori steckte sich den Rest vom Brot in den Mund und kaute langsam.

„Wenn die Moraner die Baumgrenze hinter sich gelassen und die Godronen den Pass überschritten haben, dann fangen wir an."
Aramar und der Hauptmann sahen sie fragend an, auf weitere Einzelheiten wartend. Als Sori nichts weiter sagte, wandte sich Aramar an den Hauptmann:

„Der Quoral-Pass und der Moraner-Treck sollen rund um die Uhr beobachtet werden und die Bevölkerung soll sich bereithalten."
Der Hauptmann nickte.

„Die Benachrichtigung der Bevölkerung ist nahezu abgeschlossen, sie werden bereit sein."
Er nickte Sori und Aramar zu und verschwand dann aus dem Zimmer.

Kurz danach kam Asa wieder in das Zimmer gepoltert.

„Ist er endlich weg? Darf ich nun meine Pflicht erfüllen?"
Ohne eine Antwort abzuwarten zog, sie Sori vom Stuhl hoch und schob sie in Richtung Tür. Über die Schulter sagte sie noch zu Aramar:

„Und du gehst auch ins Bett!"

Sori wurde in die Wanne gesteckt und von oben bis unten abgeschrubbt. Sie hörte Asas Gebrabbel nur mit halbem Ohr zu, während sich langsam ein Bild in ihrem Kopf formte. Ja, so würde es funktionieren. Nun konnte sie auch schlafen. Sie ließ sich klaglos von Asa die wunden Stellen am Po behandeln, trank den Tee und kaum hatte ihr Kopf das Kissen berührt, war sie auch schon eingeschlafen.

Aramar saß immer noch am Tisch, als Asa wieder in das Zimmer kam.

„Du sitzt ja immer noch hier", stellte sie fest und räumte geschäftig das Geschirr zusammen.

„Ich gehe gleich", murmelte Aramar und starrte weiter vor sich in die Luft.

Asa setzte sich zu ihm und legte ihm eine Hand auf den Arm.

„Sie ist nur ein paar Jahre älter als Jiral. Habt ihr denn niemanden finden können, der älter und kräftiger ist?", fragte sie ihn und Aramar schüttelte den Kopf.

„Der Feuerring hat sie gefunden und sie ist seine wahre Meisterin."

Aramars Augen funkelten, als er sie auf Asa richtete.

„Sie konnte Dinge tun, die Jiral nicht mal nach stundenlanger Übung auch nur ansatzweise hätte schaffen können. Sie kann alles tun, was sie sich vorstellen kann. Und ihre Vorstellungskraft scheint sehr ausgeprägt zu sein." Seine Augen richteten sich auf die Wand hinter Asa und wurden wieder trübe. „Sie wird es schaffen, sie muss es schaffen, sonst …", er verstummte.

„Was, Aramar?" Asas Griff um seinen Arm wurde fester und holte ihn zurück.

„Ich weiß noch nicht, was sie genau vorhat. Sie will mit einer Illusion die Moraner und die Godronen gegeneinander ausspielen. Mehr weiß ich nicht. Ich hoffe, sie erzählt uns mehr darüber, wenn sie ausgeschlafen hat."

Asa sah ihn skeptisch an.

„Die Moraner und die Godronen gegeneinander ausspielen? Wie lange soll das denn dauern?"

Aramar seufzte.

„Die Bevölkerung soll sich für drei Tage verstecken."

„ Drei Tage?! Und so lange soll sie wach bleiben?"

„Sie muss!"

Asa grunzte unzufrieden.

„Das arme Kind! Wie soll …"

„Mach einen anderen Vorschlag!", fiel Aramar ihr ins Wort und sah sie direkt an. Asa presste die Lippen zusammen.

„Sie wird Unmengen von meinem Spezialtee brauchen, der euch auf euren langen Sitzungen wach hält."

Aramar nickte. Asa runzelte die Stirn.

„Aramar, das gefällt mir nicht!"

Aramar senkte den Kopf.

„Mir auch nicht. Aber ich glaube, sie weiß, was sie tut." Er lächelte. „Sie hat uns eine Kostprobe gegeben. Sarison hat tatsächlich geglaubt, er sei mutterseelenallein auf einer windgepeitschten Einöde."

Asa ließ sich nicht beirren.

„Das war ein Mann und dazu noch ein einfältiger."

Aramar lächelte müde.

„Sie ist sich sicher, dass sie es schafft. Wir müssen ihr vertrauen. Ich gehe jetzt ins Bett."

Damit beendete er das Gespräch und erhob sich. An der Tür drehte er sich noch einmal um.

„Sie ist ein Quitadar wie aus den Legenden. Einen besseren finden wir nicht.

Lebendige Illusionen

Sori wachte erfrischt, ausgeschlafen und sehr, sehr hungrig auf. Ihre Kleider lagen ordentlich über dem Stuhl und der Feuerring lag neben ihr auf dem Nachttisch. Sie nahm ihn in die Hand, um seine vibrierende Kraft zu spüren. Vereinzelte Sonnenstrahlen verirrten sich durch die geschlossenen Vorhänge in das Zimmer. Sie musste weit in den nächsten Tag hineingeschlafen haben. Zwanzig Stunden, hatte Asa gesagt. Sori lächelte. Es war wohl auch nötig gewesen. Sie drehte sich ein wenig und verzog ihr Gesicht, als sich ihr Hinterteil schmerzlich bemerkbar machte. Und sie musste auf die Toilette. Und wie! Sie hörte Asa im Nebenzimmer hantieren. Sie überlegte gerade, ob sie sich selbst auf die Suche nach dem Badezimmer machen oder Asa fragen sollte, auch auf die Gefahr hin, dass sie sich wieder ihrer übermächtigen Fürsorge aussetzte, als es im Nachbarzimmer laut wurde und sich die Tür zu ihrem Zimmer öffnete. Aramar steckte den Kopf herein und lächelte erleichtert, als er sah, dass sie wach war.

„Aramar!"

Aramar ignorierte Asas empörten Ausruf und schob sich ganz in das Zimmer.

„Gut, dass du wach bist!"

Sori nickte.

„Bin gerade aufgewacht."

„Wie fühlst du dich?"

„Gut. Ich habe riesigen Hunger und muss ganz dringend auf die Toilette."

Aramar nickte.

„Das glaube ich. Du hast fast zwei Tage lang geschlafen."

„Was?" Sori setzte sich mit einem Ruck auf und ignorierte ihre protestierende Blase. „Zwei Tage?"

Aramar nickte wieder.

„Die Godronen sind dabei den Quoral-Pass zu überqueren."

Sori schluckte.

„Die Moraner?"

„Einige Nachzügler müssen noch die Baumgrenze hinter sich lassen. In ein höchstens zwei Stunden sollte es soweit sein."

Sori nickte und schlug die Decken zurück. Es ging also los. Asa war auch ins Zimmer gekommen und zog nun die Vorhänge zurück.

„Dann ist ja wohl noch Zeit für ein Frühstück."

Aramar nickte.

„Wir werden das Startsignal auslösen."

Sori stimmte zu.

Eine gute Stunde später saß Sori hinter dem Fernrohr und verschaffte sich einen Überblick, eine dampfende Kanne von Asas Wachhaltetee neben sich. Er schmeckte scheußlich. Es war keine Zeit mehr gewesen, um Aramar und die Kommandeure ausführlich über ihr Vorhaben zu unterrichten. Das war auch gut so, denn auf diese Weise konnte ihr wenigsten niemand hineinreden. Der langanhaltende Signalton war verklungen und zufrieden sah Sori, dass niemand, außer den Godronen und den Moranern, sich außerhalb der Häuser aufhielt.

Der Strom der Godronen, der über den Quoral-Pass strömte, schien allmählich dünner zu werden. Das war sehr gut. Die Godronen waren noch weit genug entfernt. Der Moraner-Treck hatte vollständig die Baumgrenze hinter sich gelassen. Ihnen konnte sie nun den Weg abschneiden. Es war soweit. Sori holte tief Luft und richtete ihren Blick auf die Einöde am anderen Ende von Araquitar und auf den hinter ihr aufragenden Gipfel. Sie öffnete die Hand. Flirrend fing der Feuerring an sich zu drehen. Schneller, immer schneller. Sein Glitzern erhellte ihr Gesicht und den ganzen Raum. Sie vergaß alles um sich herum, wurde eins mit der Illusion und mit dem Land, das sie schützen sollte. Sie brauchte das Fernrohr nicht mehr, sie fühlte, was vor sich ging. Die ängstlich in ihren Kellern ausharrenden Araquitaner, die Verwirrung der Moraner und der Godronen, als das erste Rumpeln die Erde von Araquitar erbeben ließ. Die letzten Wagen der Godronen überquerten den Quoral-Pass. Ein weiteres starkes Beben ließ das Land erzittern und herabfallende Steine verschlossen den Godronen den Rückweg. Dann erwachte der schlafende Vulkan brüllend zu neuem Leben. Lava wurde weit in die Luft geschleudert und trieb die Godronen auf der Ebene vor sich her. Wo die Lava außerhalb des Ödlands niederfiel steckte sie alles in Brand. Langsam bewegte sich die Feuerwalze in Richtung Goldfluss und trieb die verzweifelten Godronen vor sich her. Schnell genug um sie anzutreiben und das letzte aus ihren Ponys herauszuholen, aber sie holte sie nie ein. Hinter Sori fing Angor erst zu rauchen an, dann schlugen helle Flammen aus der Universität und griffen schnell auf die gesamte Stadt über. Den Godronen, die von Quoral-Pass kamen, blieb nur der Weg hinunter zum Goldfluss, wo die Schiffe der Moraner lagen.

Einige der Moraner hatten sich einen Weg zum Scrabol-Pass gesucht und sahen nun auf das Gebirge, das sich dahinter erstreckte. Ihre Augen erblickten golden und silbern funkelnde Flüsse, die sich wie glitzernde Bänder zwischen die Felsen wanden. Und die Felsen selbst zeigten durch ihre Farben an, dass sie reichlich die Schätze enthielten, welche die Moraner suchten. Schätze über Schätze schlummerten hier, mehr noch als die Legenden verrieten. Ohne zu zögern oder zurückzublicken, überschritten die Moraner den Pass. Die Nachricht des funkelnden Gebirges verbreitete sich rasend schnell und der Treck drängte den Hang hinauf, auf den Pass zu.

Paradies in Flammen

Die kleine Gruppe von Godronen hatte hinter einem großen Gebüsch, dessen Zweige mit dem zarten Frühlingsgrün sie vor suchenden Blicken schützte, Deckung gesucht. Vor ihnen lag ein größerer Hof mit mehreren Ställen und Scheunen sowie zwei großen Wohnhäusern. Diesen Hof hatten sie sich als neues Heim ausgesucht. Sie mussten sich beeilen, um ihn einzunehmen, denn weitere Gruppen waren auf dem Weg hierher. Das Land war weit und eben, so wie sie es kannten, aber das satte Grün des ersten Grases zeigte die große Fruchtbarkeit des Bodens, der ihrer alten Heimat fehlte. Sie beobachteten das geschäftige Treiben der arglosen Menschen auf dem Hof. Sie besserten Ställe und Scheunen aus und beseitigten Schäden vom Winter. Sie schienen nicht im Geringsten mit einem Angriff zu rechnen. Die Godronen wollten auf die Nacht warten und die Bewohner im Schlaf überraschen. So viel Zeit hatten sie noch. Von Ferne her hörten sie plötzlich leise einen langanhaltenden Ton. Er kam immer näher, als nach und nach die Signalhörner in den Dörfern ihn aufgriffen. Verwirrt sahen sich die Godronen an. Was war das?

Auf dem Hof vor ihnen brach Hektik aus. Scheunen und Ställe wurden hastig zugesperrt und Fensterläden fest verschlossen. Innerhalb von kurzer Zeit waren alle Bewohner in den Häusern verschwunden und kein Geräusch war mehr zu hören. Stille breitete sich in Araquitar aus. Die Godronen hielten den Atem an und sahen sich verwirrt an. Was hatte das zu bedeuten? Was ging da vor sich? Sie gerieten über die Frage in Streit, ob sie die Ruhe nutzen und gleich angreifen oder lieber abwarten sollten. Ihre Stimmen drangen laut in die Stille, als plötzlich die Erde erzitterte. Erst leicht und nur einen Augenblick lang. Die Godronen erstarrten. Was war das nun wieder? Die Erde bebte erneut und riss sie von den Füßen. Mühsam kamen sie auf die Beine, aber ein neues Beben warf sie sofort wieder zu Boden. Ein tiefes Grollen kam direkt aus der Erde und dann explodierte der Berg, der hinter ihnen über der Einöde aufragte. Die Druckwelle presste sie fest auf den Boden und der Knall ließ ihre Ohren schmerzen. Heißer Staub und Steine prasselten auf sie hinab. Glühende Gesteinsbrocken wurden weit ins Land geschleudert und steckten alles in Brand, wo sie nieder gingen. Ganze Höfe gingen binnen Sekunden in Flammen auf. Die Flammen gingen auf Bäume, Sträucher und Gras über. Sogar die Erde selbst schien Feuer zu fangen. Fassungslos sahen die Godronen zu, wie sich die Feuerwand schloss und sich auf sie zubewegte. Sie sahen andere Gruppen in wilder Panik fliehen, weg vom Feuer, auf den Fluss zu. Sie halfen sich gegenseitig auf die Füße, schwangen sich auf ihre Ponys und trieben diese zum Galopp, die Hitze im Rücken. Sie mussten zum Fluss, über den Fluss, denn dem Fluss konnte das Feuer nichts anhaben. Sie trieben ihre Ponys Stunde um Stunde an, bis diese vor Erschöpfung wankten. Dann stiegen sie ab und liefen so schnell ihre Beine sie tragen konnten. Die Angst übertönte ihre Erschöpfung, sie gönnten sich keine Pause. Wie konnte es sein, dass sich ihr Paradies in solch eine Hölle verwandelt hatte? Nichts in den Legenden deutete darauf hin. Als der Fluss in Sicht kam, erstarrten sie vor Schreck. Die Hauptstadt stand in Flammen und das um sich greifende Feuer trieb ihre Familien, die vom Quoral-Pass heruntergekommen waren, vor sich her. Es gab kein Zurück. Nur ein Vorwärts hinunter zum Fluss. Einer der Godronen rief aufgeregt etwas und deutete zum Fluss. Schiffe! Die Nachricht verbreitete sich schnell. Schiffe auf dem Fluss. War das die Rettung? Oder nur eine weitere List ihrer Götter, um sie für die Flucht aus ihrer angestammten Heimat zu bestrafen? Sie hörten das Feuer hinter sich prasseln. Sie eilten auf den Fluss und die Schiffe zu und hasteten über die steinerne Brücke. Auch der Zug vom Quoral-Pass erreichte den Fluss und die rettenden Schiffe. Die Godronen drängten sich auf die Schiffe, doch was nun? Sie kannten nur die kleinen Boote, mit denen sie auf den kleinen Seen und wenigen Flüssen in ihrer Heimat fischten. Umständlich fuhren sie die Ruder aus. Die ersten Schiffe legten ab, als sie gefüllt waren. Nach und nach brachten sich die Godronen mit ihren Habseligkeiten auf den Schiffe in Sicherheit, ruderten auf die Mitte des Stromes und ließen sich von der Strömung flussabwärts in Richtung Meer treiben. Zu beiden Seiten des Flusses wütete das Feuer und als die letzten Godronen auf den Schiffen waren, schien es hinter ihnen den Fluss zu überspringen. Wasserdampf stieg auf und verbarg das Quitar-Gebirge vor ihren Augen. Sie strebten auf das Meer zu und während hinter ihnen die Hölle tobte, war die Küste in goldenes Licht getaucht. Das Meer lag friedlich vor ihnen und weit vor ihnen am Horizont schimmerte es in sattem Grün. Sollten sie doch eine Chance auf eine neue Heimat bekommen? Die Ruder pflügten gleichmäßig durch das Wasser. Die Augen fest auf das Grün am Horizont gerichtet, strebten die Godronen direkt auf das Meer.

Vor der Küste wurden sie von der Strömung erfasst, die sie stetig nach Nordwesten trieb. Sie hatten ein neues Ziel. Ein neues Paradies hatte sich vor ihnen aufgetan. Dieses würde ihnen niemand streitig machen.

Die Vorhut der Moraner erreichte den Pass. Die Männer hielten den Atem an, als sie sahen, was vor ihnen lag. Sie beschirmten ihre Augen gegen die Höhensonne und waren dennoch wie geblendet von dem Funkeln und Glitzern der Bäche und Flüsse die von den Bergen in die zahlreichen Täler hinabliefen. Bunte Bänder durchzogen die Felsen. Typische Farben verschiedenster Erze und Hinweise auf kostbare Edelsteine. Hier waren sie am Ziel. Hier würden sie die Reichtümer finden, die sie suchten. Es war mehr, als die Schiffe auch nur ansatzweise fassen konnten, aber sie konnten ja jederzeit zurückkehren. Die Männer grinsten sich an und warfen einen abschätzenden Blick auf den Treck hinter ihnen und die Ponys, die sie mit sich führten. Sie würden zunächst genug fassen. Das Feuer hinter ihnen nahmen sie nur am Rande wahr, auch das Beben hatten sie kaum gespürt. Was interessierte sie dieses Land, das was sie wollten, lag vor ihnen. Sie überquerten den Kamm und machten sich daran, einen Weg zu finden und ihn zu markieren. Sie sahen nicht zurück. Das Gold zog sie in seinen Bann und in dem Funkeln schien eine Melodie mitzuklingen, die sie immer weiter in das Quitar-Gebirge hineinlockte.

Sarison sah durch einen Schlitz zwischen den geschlossenen Vorhängen wie Aramar und Asa das Mädchen zum Turm brachten. Wie konnten sie es wagen! Das Horn ertönte und sein Klang breitete sich über das Land aus und wurde von weiteren Hörnern aufgenommen. Sarison hielt sich die Ohren zu. Man hatte ihn von allen weiteren Entscheidungen ausgeschlossen. Ihn, ein Mitglied des Rates! Aber er würde schon noch herausfinden, was geschehen sollte, und es zu seinem Vorteil nutzen. Er beobachtete, wie Aramar und Asa zurückkamen. Er lächelte grimmig, trat auf seinen Balkon und lief über den kleinen Steg, der diesen mit der Stadtmauer verband. Niemand war zu sehen. Pah, die Schwächlinge hatten sich doch allesamt verkrochen. Ihm konnten die Illusionen eines kleinen Mädchens nichts anhaben, er war jetzt vorbereitet. Sarison ließ seinen Blick ein letztes Mal über die Stadt schweifen, die ruhig und verlassen unter ihm lag, und wandte dann seinen Blick dem Land zu. Seine Augen bleiben an dem großen Berg hängen, der seit jeher über Araquitar thronte. Er sah den Treck der Moraner, die auf den Scrabol-Pass zustrebten und auf ihrem Weg dorthin nur Asche hinterlassen hatten. Seine scharfen Augen sahen die Godronen, die vom Quoral-Pass hinabströmten. Bald würden sie in Angor sein und die stolze Stadt dem Erdboden gleich machen. Das durfte nicht geschehen! Er musste diese Göre dazu bringen, endlich ihre Pflicht zu tun und den Kampf aufzunehmen! Mit grimmigem Gesicht wandte er sich dem Turm zu, in dem Sori saß und hielt inne, als die Erde unter ihm erzitterte. Er runzelte die Stirn. Was war das gewesen? Ein erneuter Erdstoß riss ihn von den Füßen. Fluchend richtete er sich wieder auf. Als er sich an den Zinnen wieder emporzog, fiel sein Blick auf den Berg und sein Unterkiefer sackte hinab. Aus dem Berg quoll Rauch. Das war unmöglich. Selbst in den ältesten Legenden war es doch eine Legende. Tiefes Grollen drang aus der Erde, die nun immer stärker bebte. Sarison hielt sich nur mit Mühe aufrecht, den Blick fest auf den Berg geheftet. Was geschah hier? Entledigte sich Araquitar seiner Feinde gar selbst? Dies konnte unmöglich das Werk des Mädchens sein! Das hatte nicht einmal der große Jingoral vermocht. Er spürte wie seine Beine langsam unter ihm nachgaben, als der große Berg explodierte. Sarison sank in sich zusammen und presste beide Hände auf die Ohren. Er konnte die Hitze spüren, die vom Berg ausging. Er hörte das Prasseln der glühenden Steine, die auf das Land niedergingen, die verzweifelten Schreie der Godronen, die aus der Ferne zu ihm heraufdrangen. Dann begann Angor vor seinen Augen zu brennen. Das war zu viel für seinen Verstand und er fiel in eine tiefe Ohnmacht.

Sori saß im Turm und der Feuerring erfüllte das Zimmer mit seinem Glühen. Sie war eins mit Araquitar. Sie spürte die verängstigten Menschen in ihren Kellern und sprach ihnen Mut zu, sie trieb die Godronen zur Eile, damit sie wie besessen ruderten und weit auf das Meer hinaustrieben, einen Blick auf das grüne Paradies, das sie sich so ersehnten. Für sie hätte es keinen Platz in Araquitar gegeben, das war Sori aus den Gesprächen mit den Dorfbewohnern schnell klar geworden.

Die Moraner, vom glitzernden Reichtum der Berge geblendet, zogen immer weiter in das Quitar-Gebirge hinein, immer der Aussicht auf noch größere Schätze folgend. Sie achteten nicht auf ihre Umgebung, sahen nur das Glitzern in der Ferne. Es würde Jahre dauern, wenn es überhaupt je geschah, dass sie den Weg nach Araquitar zurückfanden und bis dahin mussten die Pässe irgendwie endgültig verschlossen werden. Sie sollten nie nach Araquitar zurückkehren können und auch sonst niemand von der östlichen Seite des Quitar-Gebirges. Das würde ihre letzte Aufgabe sein. Von Erschöpfung überwältigt rutschte Sori langsam vom Stuhl, der Feuerring glitt aus ihrer Hand und hörte auf sich zu drehen. Stille legte sich über Araquitar.

Neues Zeitalter

Asa und Aramar saßen in der Speisekammer in der Ecke, wo sie die Kartoffeln lagerten. Sie spürten die Erschütterungen, die das Haus erzittern ließen, hörten das Tosen und Krachen, dass von draußen bis in diesen Raum drang.

„Was geht da draußen vor?", flüsterte Asa ängstlich und drückte sich fest an ihren Mann. Der legte den Arm um seine Frau.

„Was immer es ist, es zu sehen, würde einem sicherlich den Verstand rauben", flüsterte er und spürte wie Asa nickte.

Die Zeit verging, sie verloren jegliches Gefühl dafür und plötzlich war es still.

Asa regte sich.

„Ist es vorbei?"

„Ich weiß nicht."

Sie warteten schweigend. Schließlich rappelte Aramar sich auf.

„Ich sehe mal nach."

Asa hielt ihn fest.

„Was, wenn es nicht vorbei ist? Sori würde uns doch Bescheid sagen?"

Aramar machte sich los.

„Es sind vermutlich mehrere Tage vergangen. Ich glaube nicht, dass sie noch in der Lage ist, irgendwem Bescheid zu sagen."

Im Schein einer kleinen Kerze tastete er sich zur Tür, öffnete sie einen Spalt und schaute hindurch. Kein Blitzen, kein Donnern, alles war ruhig. Er schob sich aus der kleinen Kammer, ging den Flur entlang und die

Treppe hoch in das Wohnzimmer. Alles war, so wie sie es verlassen hatten, und die Sonnenstrahlen tanzten auf den Kissen. Mit ein paar Schritten war er am Fenster und sah hinaus. Die Stadt lag verlassen, aber unversehrt da. Er hörte leise Schritte hinter sich und drehte sich zu Asa um.

„Ich gehe zum Turm und sehe nach Sori."

Asa nickte.

„Ich komme mit."

Aramars Widerrede wischte sie mit einer Handbewegung zur Seite.

„Sie wollte den Feind bestimmt nicht mit Sonnenschein vertreiben. Also ist sie entweder fertig mit dem, was sie machen wollte, oder sie ist vor lauter Erschöpfung vom Stuhl gefallen und in diesem Fall brauchst du meine Hilfe."

Ohne auf Aramar zu warten, machte sie sich auf den Weg.

Sie fanden Sori schlafend neben dem Stuhl auf dem Boden. Asa rüttelte sie kräftig, aber Sori murmelte nur etwas und rollte sich noch weiter zusammen.

„Lass sie", sagte Aramar, nahm seinen Mantel ab und legte ihn über Sori. „Hol Hauptmann Amar, damit wir sie ins Bett bringen können."

Asa machte sich ohne Widerspruch auf den Weg. Aramar trat nach kurzem Zögern an das Fernrohr und sah hindurch. Das Land lag still und friedlich unter ihm. Das Vieh, das nicht in die Ställe gepasst hatte, graste ungestört auf den Weiden. Nirgendwo waren Menschen zu sehen. Aramar stutzte und begann gezielt, die Gegend abzusuchen. Der Treck der Moraner war komplett verschwunden. Hatten sie alle den Pass überquert? Der lange Zug der Godronen, der vom Quoral-Pass herabgeströmt war, hatte sich ebenfalls komplett aufgelöst. Keine einzelne Gruppe von Godronen war mehr zu sehen und – Aramar hielt den Atem an – die Schiffe der Moraner waren ebenfalls verschwunden. Was war geschehen? Sori stöhnte leise, drehte sich auf die andere Seite, wachte aber nicht auf. Aramar lächelte. Hatte die junge Frau tatsächlich das Undenkbare vollbracht? Asa kam die Treppe hinaufgepoltert, Hauptmann Amar und zwei Soldaten im Schlepptau.

„Ist sie aufgewacht?", fragte sie schnaufend.

Aramar schüttelte den Kopf.

„Ich kann weder Godronen noch Moraner und ihre Schiffe sehen."

Hauptmann Amar war mit wenigen Schritten am Fernrohr und sah hindurch. Dann atmete er tief durch.

„Wir müssen sicher sein, bevor wir das Signal zur Entwarnung geben."

Er kniete sich neben Sori und begann sie zu schütteln. Als Asa schon kurz davor war, ihn am Hemdkragen von Sori wegzuziehen, öffnete sie die Augen. Aramar kniete sich ebenfalls neben sie.

„Sori, was ist geschehen?"

Sori sah ihn verständnislos an, dann klarten ihre Augen auf.

„Muss den Pass verschließen", murmelte sie und wollte sich aufrichten. Amar hielt sie fest.

„Wo sind die Godronen?"

„Auf dem Meer, mit den Schiffen."

Amar und Aramar sahen sich an. Die Godronen waren auf den Schiffen der Moraner auf das Meer gesegelt.

„Und die Moraner?"

„Im Gebirge."

Sori versuchte vergeblich, die Augen offen zu halten, und fiel wieder in tiefen Schlaf.

„Ich gebe Entwarnung und postiere Kundschafter entlang der Pässe und entlang der Küste."

Aramar nickte. Wahrscheinlich krochen die Menschen sowieso allmählich aus ihren Schutzräumen. Amar hob Sori auf und nickte einem der Soldaten zu, der sich sofort zum Signalhorn begab.

Sori wachte mit einem Ruck auf. Sie war noch nicht fertig, sie musste noch die Pässe verschließen. Sie setzte sich auf, blickte sich um und sah in Aramars freundliches Gesicht.

„Na, weilst du wieder unter den Lebenden?", fragte er mit einem Lächeln auf den Lippen. Asa kam in den Raum und drückte Sori ein Glas Wasser in die Hand, was diese in einem Zug austrank.

„Du hast den Tee kaum angerührt!", sagte Asa vorwurfsvoll. „Du musst völlig ausgetrocknet sein!"

„Dann hol ihr noch ein Glas Wasser", schlug Aramar freundlich aber bestimmt vor. Er wandte sich Sori wieder zu und sah sie nur erwartungsvoll an.

„Die Godronen sind mit den Schiffen der Moraner auf das Meer gerudert, in der Ferne eine grüne Insel vor Augen. Die Strömung wird sie weit nach Nordwesten treiben, vielleicht finden sie dort, was sie suchen, ohne jemanden umbringen zu müssen."

Aramar nickte anerkennend.

„Und die Moraner?"

„Sind weit in das Gebirge vorgedrungen, ohne nach links und rechts zu schauen. Ich glaube nicht, dass sie den Weg zurückfinden, da das Gebirge, in das sie gezogen sind, anders ausgesehen hat als in Wirklichkeit. Aber trotzdem …"

„Sollten wir die Pässe verschließen", beendete Aramar den Satz und Sori nickte.

„Das ist bereits mehrmals versucht worden", erinnerte er sie.

Sori zuckte mit den Schultern.

„Ich muss es mir anschauen."

Aramar nickte.

„Danke!", sagte er dann leise.

Zwei Tage später standen Sori, Amar und ein paar Soldaten auf dem Quoral-Pass. Sori hatte sich schnell wieder erholt und Aramar solange genervt, bis er sie hatte gehen lassen.

Nun stand sie auf einem Felsvorsprung und starrte angestrengt in die Tiefe. Sie konnte den Pfad erkennen, den die Godronen für ihren Aufstieg genutzt hatten. Er führte über Geröllfelder und blanken Fels und war alles andere als ein leichter Aufstieg. Wie sie es mit den Ponys und den Wagen hier hinauf geschafft hatten, war ihr ein Rätsel. Rechts und links davon waren die Flanken abgerissen und die Steilhänge unpassierbar. Sie konnte auf dem Pfad selbst Risse im Gestein erkennen, Anzeichen dafür, dass auch dort der Fels brüchig war. Mit Hilfe des Feuerrings versenkte sie ihre Gedanken in das Gestein unter sich und fand was sie suchte. Kleine und große Spalten, welche die Steilwände miteinander verbanden. Es war nur eine Frage der Zeit, bis dieser Teil des Felsens nachgab und die Aufstiegsmöglichkeit zum Quoral-Pass unter sich begrub. Sie musste den Pass gar nicht verschließen, sie musste ihn nur unerreichbar machen und natürliche Vorgänge beschleunigen.

„Zieht euch zurück!", rief sie ihren Begleitern zu und kletterte vom Felsvorsprung herunter und ging ein gutes Stück zurück in Richtung Araquitar.

„Was hast du vor?", fragte Amar, aber Sori ignorierte ihn. Ihre Gedanken waren schon wieder im Felsen. Der Feuerring leuchtete so hell, dass die Männer ihre Augen bedecken mussten, um nicht geblendet zu werden. Sori weitete Risse, zog und drückte und schließlich gab die Felswand mit einem lauten Knirschen nach und rutschte donnernd in die Tiefe. Die Erschütterung warf sie von den Füßen und musste auch in ganz Araquitar zu spüren gewesen sein. Als sich nach Stunden der Staub gelegt hatte, wagten sie sich wieder an den Rand des Passes. Zufrieden schaute Sori in die Tiefe, die sich abrupt vor ihnen auftat. Amar lachte leise.

„Auf die Idee ist keiner gekommen. Hier wird niemand mehr hochklettern!"

Er klopfte Sori auf die Schulter.

„Abstieg und dann schlagen wir das Lager auf. Du musst etwas essen und dich ausruhen."

Sori wollte widersprechen, doch ihr Magen knurrte laut. Sie gab nach. Die nächsten Tage würden noch anstrengend genug werden. Sie musste nicht nur die beiden übrigen Pässe unerreichbar machen, sondern alle nur erdenklichen Stellen, an denen das Gebirge irgendwie überwunden werden konnte, überprüfen und wenn nötig unpassierbar machen. Sie würden den kompletten Bergrücken besteigen müssen, um auf jede Stelle hinter dem Berggrat einen Blick werfen zu können. Wenn das geschafft war und jede Möglichkeit ausgeschlossen war, dass jemand das Gebirge überschreiten konnte, würde sie sich Gedanken über das Danach machen.

Zukunftsträume

Sori erwachte mit einem Schrecken. Der Traum war zu real gewesen. Ganz Araquitar hatte gebrannt. Sie schaute sich um. Sie saß in ihrem Bett in ihrem Zimmer. Die Vorhänge waren zugezogen aber Sonnenstrahlen stahlen sich durch die Ritzen in den Raum. Ihr Blick fiel auf den Nachttisch und blieb an dem Feuerring hängen. Die Erinnerung kam zurück. Es war kein Traum gewesen. Sie hatte das wirklich getan. Araquitar von den Godronen und den Moranern befreit. Es hatte ein rauschendes Fest gegeben. Ganz Araquitar war nach Angor gekommen, um die neue Quitadarin und die Befreiung des Landes zu feiern. Auch ihre Eltern und Oron mit seiner Familie waren gekommen.

Dann hatte sie dem Rat verkündet, dass sie nicht vorhatte, in Angor zu bleiben, sondern dass sie mit Oron einen Hof aufbauen und Heilerin werden wollte. So wie sie es sich wünschte. Es hatte heftige Diskussionen und Widersprüche gegeben und das auch ohne Sarison, der sich immer noch in diesem verwirrtem Zustand befand und wohl auch nicht mehr gesund werden würde. Sori hatte sich durchgesetzt. Die Gefahr war gebannt und es gab keinen Grund, warum sie in Angor bleiben musste. Wenn man sie brauchte, konnte man sie ja holen. Zähneknirschend hatte der Rat sie gehen lassen.

Sie hörte die Stimmen von Oron und ihrer Mutter vor ihrer Tür. Wie immer stritten sie sich darum, wer ihr das Frühstück bringen durfte.

Soris Mutter hatte darauf bestanden, dass Sori bis zu ihrer Hochzeit im Elternhaus schlief. Oron war seit ihrer

Rückkehr jeden Tag bei Sonnenaufgang an ihrem Elternhof erschienen, um sie zu wecken und ihr das Frühstück zu bringen. Danach waren sie gemeinsam zu ihrem kleinen Hof geritten, um ihn einzurichten und bewohnbar zu machen. Vieles machten sie mit der Hand, weil Sori es nicht richtig fand den Feuerring für so alltägliche Dinge einzusetzen und sie wollte es auch selbst machen, denn es war ihres.

Epilog

Sori saß im Sonnenschein im Schaukelstuhl auf ihrer Veranda, schaute auf die Wiese und das grasende Vieh. Sie dachte an ihr Leben und war zufrieden. Nun plagten sie die Gebrechen wie alle alten Menschen und schon lange zog sie nicht mehr in die umliegenden Dörfer, um die Menschen zu heilen. Sie kamen zu ihr und ihre Enkelin, die nun den Hof bewirtschaftete, regelte den Besucherstrom, damit sie nicht überlastet wurde. Oron war letzten Winter gestorben und sie spürte, dass sie ihm bald folgen würde.

Dann würde der Feuerring wieder zurück nach Angor in seine Vitrine wandern und auf den nächsten Quitadar warten. Sori seufzte zufrieden und hielt das faltige Gesicht in die wärmenden Sonnenstrahlen. Sie hörte leise Schritte hinter sich und ihre Enkelin reichte ihr eine Tasse dampfenden Tees. Sie gab ihr einen Kuss auf die Wange und fragte leise:

„Wie geht es dir heute? Kannst du ein paar Menschen empfangen? Sie warten schon eine Weile."

Sori trank bedächtig einen Schluck Tee und nickte dann. Sie stellte die Tasse ab und sagte:

„Schick sie ruhig her."

Sie öffnete die Hand und der Feuerring begann, sich zu drehen.

Danksagung

Ich möchte Renate Kalkowski und Susanne Küssner für ihre wertvollen Hinweise und Anregungen danken und dafür, dass sie mir immer wieder geduldig zugehört haben. Ich möchte auch vor allem meiner Lektorin Tatjana Heinrich für ihre sorgfältige und tiefgründige Arbeit und die anregenden Diskussionen danken, die mir meinen Blick auf meine Arbeit geschärft und mich geerdet haben.